岩 波 文 庫

31-090-9

富嶽百景・女生徒

他 六 篇

太 宰　治 作
安 藤　宏 編

作者肖像(推定，昭和 10 年代，三鷹にて)

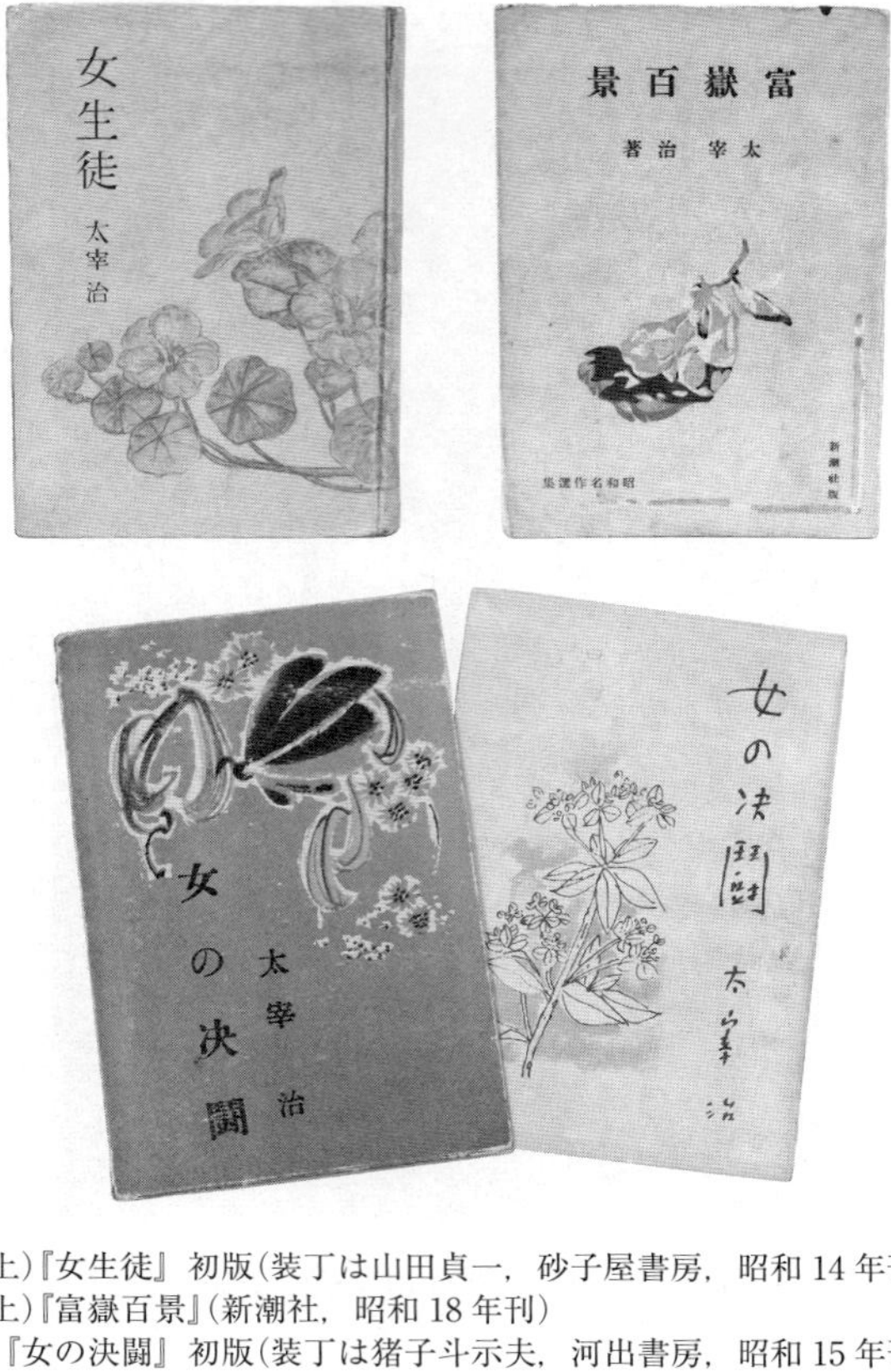

(左上)『女生徒』初版(装丁は山田貞一，砂子屋書房，昭和 14 年刊)
(右上)『富嶽百景』(新潮社，昭和 18 年刊)
(下)『女の決闘』初版(装丁は猪子斗示夫，河出書房，昭和 15 年刊)

目 次

富嶽百景・女生徒　他六篇

燈　籠

言えば言うほど、人は私を信じて呉《く》れません。逢《あ》うひと、逢うひと、みんな私を警戒いたします。ただ、なつかしく、顔を見たくて訪ねていっても、なにしに来たというような目つきでもって迎えて呉れます。たまらない思いでございます。

もう、どこへも行きたくなくなりました。すぐちかくのお湯屋へ行くのにも、きっと日暮をえらんでまいります。誰にも顔を見られたくないのです。ま夏のじぶんには、それでも、夕闇の中に私のゆかたが白く浮《うか》んで、おそろしく目立つような気がして、死ぬるほど当惑いたしました。きのう、きょう、めっきり涼しくなって、そろそろセル*の季節にはいりましたから、早速、黒地の単衣《ひとえ》に着換えるつもりでございます。こんな身の上のままに秋も過ぎ、冬も過ぎ、春も過ぎ、またぞろ夏がやって来て、ふたたび白地のゆかたを着て歩かなければならないとしたなら、それは、あんまりのことでございます。せめて来年の夏までには、この朝顔の模様のゆかたを臆《おく》することなく着て歩ける身分になっていたい、縁日《えんにち》の人ごみの中を薄化粧《うすげしょう》して歩いてみたい、そのときのよろこびを思うと、いまから、もう胸がときめきいたします。

盗みをいたしました。それにちがいはございませぬ。いいことをしたとは思いませぬ。けれども、――いいえ、はじめから申しあげます。私は、神様にむかって申しあげるのだ、私は、人を頼らない、私の話を信じられる人は、信じるがいい。

私は、まずしい下駄屋《げたや》の、それも一人娘でございます。ゆうべ、お台所に坐《すわ》って、ねぎを切っていたら、うらの原っぱで、ねえちゃん！ と泣きかけて呼ぶ子供の声があわれに聞えて来ましたが、私は、ふっと手を休めて考えました。私にも、あんなに慕って泣いて呼びかけて呉《く》れる弟か妹があったならば、こんな侘《わび》しい身の上にならなくてよかったのかも知れない、と思われて、ねぎの匂《にお》いの沁《し》みる眼に、熱い涙が湧《わ》いて出て、手の甲で涙を拭《ふ》いたら、いっそうねぎの匂いに刺され、あとからあとから涙が出て来て、どうしていいかわからなくなってしまいました。

あの、わがまま娘が、とうとう男狂いをはじめた、と*髪結《かみゆい》さんのところから噂《うわさ》が立ちはじめたのは、ことしの葉桜《はざくら》のころで、なでしこの花や、あやめの花が縁日の夜店《よみせ》に出はじめて、けれども、あのころは、ほんとうに楽しゅうございました。水野さんは、日が暮れると、私を迎えに来て呉れて、私は、日の暮れぬさきから、もう、ちゃんと着物を着かえて、お化粧もすませ、何度も何度も、家の門口を出たりはいったりいたします。近所の人たちは、そのような私の姿を見つけて、それ、下駄屋のさき子の男狂いがはじまったなど、そっと指さし囁《ささや》き交《かわ》して笑っていたのが、あとになって私にも判《わか》ってまいりました。父も母も、うすうす感づいていたのでしょうが、それでも、なんにも言えないのです。私は、ことし二十四になりますけれども、それでもお嫁に行かず、おむこさんも取れずにいるのは、うちの貧しいゆえもございますが、母は、この町内での顔ききの地主《じぬし》さんのおめかけだったのを、私の父と話合ってしまって、地主さんの恩を忘れて父の家へ駈《か》けこんで来て間もなく私を産み落し、私の目鼻立ちが、地主さんにも、また私の父にも似ていないとやらで、いよいよ世間を狭くし、一時はほとんど日陰者《ひかげもの》あつかいを受けていたらしく、そんな家庭の娘ゆえ、縁遠《えんどお》いのもあたりまえでございましょう。もっとも、こんな器量《きりょう》では、お金持の華族《かぞく》さんの家に生《うま》れてみても、やっぱり、縁遠いさだめなのかも知れませぬけれど。それでも、私は、私の父をうらんでいません。母をもうらんで居《お》りませせぬ。私は、父の実の子です。誰がなんと言おうと、私は、それを信じて居ります。父も母も、私を大事にして呉《く》れます。私もずいぶん両親を、いたわります。父も母も、弱い人です。実の子の私にさえ、何かと遠慮をいたします。弱いおどおどした人を、みんなでやさしく、いたわらなければならないと存じます。私は、両親のためには、どんな苦しい淋しいことにでも、堪え忍んでゆこうと思っていました。けれども、水野さんと知り合いになってからは、やっぱり、すこし親孝行を怠《おこた》ってしまいました。

申すも恥《はず》かしいことでございます。水野さんは、私より五つも年下の商業学校*の生徒なのです。けれども、おゆるし下さい。私には、ほかに仕様がなかったのです。水野さんとは、ことしの春、私が左の眼をわずらって、ちかくの眼医者へ通って、その病院の待合室で、知り合いになったのでございます。私は、ひとめで人を好きになってしまうたちの女でございます。やはり私と同じように左の眼に白い眼帯《がんたい》をかけ、不快げに眉をひそめて小さい辞書のペエジをあちこち繰《く》ってしらべて居られる御様子は、たいへんお可哀《かわい》そうに見えました。私もまた、眼帯のために、うつうつ気が鬱《うっ》して、待合室の窓からそとの椎《しい》の若葉を眺めてみても、椎の若葉がひどい陽炎《かげろう》に包まれてめらめら青く燃えあがっているように見え、外界のものがすべて、遠いお伽噺《とぎばなし》の国の中に在るように思われ、水野さんのお顔が、あんなにこの世のものならず美しく貴く感じられたのも、きっと、あの、私の眼帯の魔法が手伝っていたと存じます。

水野さんは、みなし児《ご》なのです。誰も、しんみになってあげる人がないのです。もとは、仲々の薬種《やくしゅ》問屋で、お母さんは水野さんが赤ん坊のころになくなられ、またお父さんも水野さんが十二のときにおなくなりになられて、それから、うちがいけなくなって、兄さん二人、姉さん一人、みんなちりぢりに遠い親戚に引きとられ、末子の水野さんは、お店の番頭さんに養われることになって、いまは、商業学校に通わせてもらっているものの、それでもずいぶん気づまりな、わびしい一日一日を送って居られるらしく、私と一緒に散歩などしているときだけが、たのしいのだ、とご自分でもしみじみそうおっしゃっていたことがございます。身のまわりに就《つ》いても、いろいろとご不自由のことがあるらしく、ことしの夏、お友達と海へ泳ぎに行く約束をしちゃったとおっしゃって、それでも、ちっとも楽しそうな様子が見えず、かえって打ちしおれて居られて、その夜、私は盗みをいたしました。男の海水着を一枚盗みました。

町内では、一ばん手広く商っている大丸＊の店へすっとはいっていって、女の簡単服＊をあれこれえらんでいるふりをして、うしろの黒い海水着をそっと手繰《たぐ》り寄《よ》せ、わきの下にぴったりかかえこみ、静かに店を出たのですが、二三間＊《けん》あるいて、うしろから、もし、もし、と声をかけられ、わあっと、大声発したいほどの恐怖にかられて気違いのように走りました。どろぼう！　という太いわめき声を背後《うしろ》に聞いて、がんと肩を打たれてよろめいて、ふっと振りむいたら、ぴしゃんと頬を殴られました。

私は、交番に連れて行かれました。交番のまえには、黒山のように人がたかりました。

みんな町内の見知った顔の人たちばかりでした。私の髪はほどけて、ゆかたの裾《すそ》からは膝小僧《ひざこぞう》さえ出ていました。あさましい姿だと思いました。

おまわりさんは、私を交番の奥の畳《たたみ》を敷いてある狭い部屋に坐らせ、いろいろ私に問いただしました。色が白く、細面《ほそおもて》の、金縁《きんぶち》の眼鏡をかけた、二十七、八のいやらしいおまわりさんでございました。ひととおり私の名前や住所や年齢を尋《たず》ねて、それをいちいち手帖《てちょう》に書きとってから、急ににやにや笑いだして、

——こんどで、何回めだね？

と言いました。私は、ぞっと寒気を覚えました。私には、答える言葉が思い浮ばなかったのでございます。まごまごしていたら、牢屋《ろうや》へいれられる。重い罪名を負わされる。なんとかして巧《うま》く言いのがれなければ、と私は必死になって弁解の言葉を捜《さが》したのでございますが、なんと言い張ったらよいのか、五里霧中《ごりむちゅう》をさまよう思いで、あんなに恐ろしかったことはございません。叫ぶようにして、やっと言い出した言葉は、自分ながら、ぶざまな唐突《とうとつ》なもので、けれども一こと言いだしたら、まるで狐《きつね》につかれたようにとめどもなく、おしゃべりがはじまって、なんだか狂っていたようにも思われます。

——私を牢へいれては、いけません。私は悪くないのです。私は二十四になります。二十四年間、私は親孝行いたしました。父と母に、大事に大事に仕《つか》えて来ました。私は、

何が悪いのです。私は、ひとさまから、うしろ指ひとつさされたことがございません。水野さんは、立派なかたです。いまに、きっと、お偉《えら》くなるおかたなのです。それは、私に、わかって居ります。私は、あのおかたに恥《はじ》をかかせたくなかったのです。お友達と海へ行く約束があったのです。私は、人並《ひとなみ》の仕度《したく》をさせて、海へやろうと思ったんだ、それがなぜ悪いことなのです。私は、ばかです。ばかなんだけれど、それでも、私は立派に水野さんを仕立《したて》てごらんにいれます。あのおかたは、上品な生れの人なのです。他の人とは、ちがうのです。私は、どうなってもいいんだ、あのひとさえ、立派に世の中へ出られたら、それでもう、私はいいんだ、私には仕事があるのです。私を牢にいれては、いけません、私は二十四になるまで、何ひとつ悪いことをしなかった。弱い両親を一生懸命いたわって来たんじゃないか。いやです、いやです、私を牢へいれては、いけません。私は牢へいれられるわけはない。二十四年間、努《つと》めに努めて、そうしてたった一晩、ふっと間違って手を動かしたからって、それだけのことで、二十四年間、いいえ、私の一生をめちゃめちゃにするのは、いけないことです。まちがっています。私には、不思議でなりません。一生のうち、たったいちど、思わず右手が一尺《*しゃく》うごいたからって、それが手癖《てくせ》の悪い証拠になるのでしょうか。あんまりです、あんまりです。たったいちど、ほんの二、三分の事件じゃないか。私は、まだ若いのです。これからの命です。私はいままでと同じようにつらい貧乏ぐらしを辛抱《しんぼう》して生きて行くのです。それだけのことなんだ。私は、なんにも変っていやしない。きのうのままの、さき子です。海水着ひとつで、大丸さんに、どんな迷惑がかかるのか、人をだまして千円二千円しぼりとっても、*いいえ、一身代つぶしてやって、それで、みんなにほめられている人さえあるじゃございませんか。牢はいったい誰のためにあるのです。お金のない人ばかり牢へいれられています。あの人たちは、きっと他人をだますことの出来ない弱い正直な性質なんだ。人をだましていい生活をするほど悪がしこくないから、だんだん追いつめられて、あんなばかげたことをして、二円、三円を強奪《ごうだつ》して、そうして五年も十年も牢へはいっていなければいけない、ははははは、おかしい、おかしい、なんてこった、ああ、ばかばかしいのねえ。

私は、きっと狂っていたのでしょう。それにちがいございませぬ。おまわりさんは、蒼《あお》い顔をして、じっと私を見つめていました。私は、ふっとそのおまわりさんを好きに思いました。泣きながら、それでも無理して微笑《ほほえ》んで見せました。どうやら私は、精神病者のあつかいを受けたようでございます。おまわりさんは、はれものにさわるように、大事に私を警察署へ連れていって下さいました。その夜は、留置場にとめられ、朝になって、父が迎えに来て呉《く》れて、私は、家へかえしてもらいました。父は家へ帰る途中、なぐられやしなかったか、と一言そっと私にたずねたきりで、他にはなんにも言いませんでした。

その日の夕刊を見て、私は顔を、耳まで赤くしました。私のことが出ていたのでございます。万引にも三分の理、変質の左翼少女滔々《とうとう》と美辞麗句《びじれいく》、という見出しでございました。恥辱《ちじょく》は、それだけでございませんでした。近所の人たちは、うろうろ私の家のまわりを歩いて、私もはじめは、それがなんの意味かわかりませんでしたが、みんな私の様《さま》を覗《のぞ》きに来ているのだ、と気附いたときには、私はわなわな震《ふる》えました。私のあの鳥渡《ちょっと》した動作が、どんなに大事件だったのか、だんだんはっきりわかって来て、あのとき、私のうちに毒薬があれば私は気楽に呑《の》んだことでございましょうし、ちかくに竹藪《たけやぶ》でもあれば、私は平気で中へはいっていって首を吊《つ》ったことでございましょう。二、三日のあいだ、私の家では、店をしめました。

やがて私は、水野さんからもお手紙いただきました。

――僕は、この世の中で、さき子さんを一ばん信じている人間であります。ただ、さき子さんには、教育が足りない。さき子さんは、正直な女性なれども、環境に於《お》いて正しくないところがあります。僕はそこの個所を直してやろうと努力して来たのであるが、やはり絶対のものがあります。人間は、学問がなければいけません。先日、友人とともに海水浴に行き、海浜にて人間の向上心の必要について、ながいこと論じ合った。僕たちは、いまに偉くなるだろう。さき子さんも、以後は行いをつつしみ、犯《おか》した罪の万分の一にても償《つぐな》い、深く社会に陳謝《ちんしゃ》するよう、社会の人、その罪を憎みてその人を憎まず。水野三郎。（読後かならず焼却のこと。封筒もともに焼却して下さい。必ず。）

これが、手紙の全文でございます。私は、水野さんが、もともと、お金持の育ちだったことを忘れていました。

針の筵《むしろ》の一日一日がすぎて、もう、こんなに涼しくなってまいりました。今夜は、父が、どうもこんなに電燈が暗くては、気が滅入《めい》っていけない、と申して、六畳間の電球を、＊五十燭《しょく》のあかるい電球と取りかえました。そうして、親子三人、あかるい電燈の下で、夕食をいただきました。母は、ああ、まぶしい、まぶしいといっては、箸《はし》持つ手を額《ひたい》にかざして、たいへん浮き浮きはしゃいで、私も、父にお酌《しゃく》をしてあげました。私たちのしあわせは、所詮《しょせん》こんな、お部屋の電球を変えることくらいのものなのだ、とこっそり自分に言い聞かせてみましたが、そんなにわびしい気も起らず、かえってこのつつましい電燈をともした私たちの一家が、ずいぶん綺麗《きれい》な走馬燈《そうまとう》のような気がして来て、ああ、覗くなら覗け、私たち親子は、美しいのだ、と庭に鳴く虫にまでも知らせてあげたい静かなよろこびが、胸にこみあげて来たのでございます。

富嶽百景

　＊富士の頂角《ちょうかく》、＊広重《ひろしげ》の富士は八十五度、＊文晁《ぶんちょう》の富士も八十四度くらい、けれども、＊陸軍の実測図によって東西及《および》南北に断面図を作ってみると、東西縦断は頂角、百二十四度となり、南北は百十七度である。広重、文晁に限らず、たいていの絵の富士は、鋭角である。いただきが、細く、高く、華奢《きゃしゃ》である。＊北斎《ほくさい》にいたっては、その頂角、ほとんど三十度くらい、エッフェル鉄塔のような富士をさえ描いている。けれども、実際の富士は、鈍角も鈍角、のろくさと拡がり、東西、百二十四度、南北は百十七度、決して、秀《しゅう》抜《ばつ》の、すらと高い山ではない。たとえば私が、印度《インド》かどこかの国から、突然、鷲《わし》にさらわれ、すとんと日本の沼津《ぬまづ》あたりの海岸に落されて、ふと、この山を見つけても、そんなに驚嘆しないだろう。ニッポンのフジヤマを、あらかじめ憧《あこが》れているからこそ、ワンダフルなのであって、そうでなくて、そのような俗な宣伝を、一さい知らず、素朴な、純粋の、うつろな心に、果して、どれだけ訴え得るか、そのことになると、多少、心細

い山である。低い。裾《すそ》のひろがっている割に、低い。あれくらいの裾を持っている山ならば、少くとも、もう一・五倍、高くなければいけない。

十国峠《じっこくとうげ》から見た富士だけは、高かった。あれは、よかった。はじめ、雲のために、いただきが見えず、私は、その裾の勾配《こうばい》から判断して、たぶん、あそこあたりが、いただきであろうと、雲の一点にしるしをつけて、そのうちに、雲が切れて、見ると、ちがった。私が、あらかじめ印《しるし》をつけて置いたところより、その倍も高いところに、青い頂《いただ》きが、すっと見えた。おどろいた、というよりも私は、へんにくすぐったく、げらげら笑った。やっていやがる、と思った。人は、完全のたのもしさに接すると、まず、だらしなくげらげら笑うものらしい。全身のネジが、他愛なくゆるんで、之《これ》はおかしな言いかたであるが、帯紐《おびひも》といて笑うといったような感じである。諸君が、もし恋人と逢《あ》って、逢ったとたんに、恋人がげらげら笑い出したら、慶祝《けいしゅく》である。必ず、恋人の非礼をとがめてはならぬ。恋人は、君に逢って、君の完全のたのもしさを、全身に浴びているのだ。

東京の、アパートの窓から見る富士は、くるしい。冬には、はっきり、よく見える。小さい、真白い三角《さんかく》が、地平線にちょこんと出ていて、それが富士だ。なんのことはない、クリスマスの飾り菓子である。しかも左のほうに、肩が傾《かたむ》いて心細く、船尾のほうからだんだん沈没しかけてゆく軍艦《ぐんかん》の姿に似ている。三年まえの冬、私は或《あ》る人から、意外の事実を打ち明けられ、途方《とほう》に暮れた。その夜、アパートの一室で、ひとりで、がぶがぶ酒のんだ。一睡《いっすい》もせず、酒のんだ。あかつき、小用に立って、アパートの便所の金網《かなあみ》張られた四角い窓から、富士が見えた。小さく、真白で、左のほうにちょっと傾いて、あの富士を忘れない。窓の下のアスファルト路を、さかなやの自転車が疾駆《しっく》し、おう、けさは、やけに富士がはっきり見えるじゃねえか、めっぽう寒いや、など呟《つぶや》きのこして、私は、暗い便所の中に立ちつくし、窓の金網撫《な》でながら、じめじめ泣いて、あんな思いは、二度と繰りかえしたくない。

昭和十三年の初秋、思いをあらたにする覚悟で、私は、かばんひとつさげて旅に出た。

甲州。ここの山々の特徴は、山々の起伏の線の、へんに虚《むな》しい、なだらかさに在《あ》る。＊小《こ》島烏水《じまうすい》という人の日本山水論にも、「山の拗《す》ね者《もの》は多く、此土に仙遊《せんゆう》するが如《ごと》し。」と在った。甲州の山々は、あるいは山の、げてものなのかも知れない。私は、甲府市《こうふし》からバスにゆられて一時間。御坂峠《みさかとうげ》へたどりつく。

御坂峠、海抜千三百米《メートル》。この峠の頂上に、＊天下茶屋という、小さい茶店があって、＊井《い》伏鱒二《ぶせますじ》氏が初夏のころから、ここの二階に、こもって仕事をして居られる。私は、それを知ってここへ来た。井伏氏のお仕事の邪魔にならないようなら、隣室でも借りて、私も、しばらくそこで仙遊しようと思っていた。

井伏氏は、仕事をして居られた。私は、井伏氏のゆるしを得て、当分その茶屋に落ちつくことになって、それから、毎日、いやでも富士と真正面から、向き合っていなければならなくなった。この峠は、甲府から東海道に出る鎌倉往還の衝《しょう》に当っていて、北面富士の代表観望台であると言われ、ここから見た富士は、むかしから富士三景の一つにかぞえられているのだそうであるが、私は、あまり好かなかった。好かないばかりか、軽蔑《けいべつ》さえした。あまりに、おあつらいむきの富士である。まんなかに富士があって、その下に河口湖《かわぐちこ》が白く寒々とひろがり、近景の山々がその両袖《りょうそで》にひっそり蹲《うずくま》って湖を抱きかかえるようにしている。私は、ひとめ見て、狼狽《ろうばい》し、顔を赤らめた。これは、まるで、風呂屋《ふろや》のペンキ画だ。芝居の書割《かきわり》だ。どうにも註文《ちゅうもん》どおりの景色で、私は、恥ずかしくてならなかった。

私が、その峠の茶屋へ来て二、三日経って、井伏氏の仕事も一段落ついて、或る晴れた午後、私たちは三ツ峠《みとうげ》へのぼった。三ツ峠、海抜千七百米《メートル》。御坂峠より、少し高い。急坂を這《は》うようにしてよじ登り、一時間ほどにして三ツ峠頂上に達する。蔦《つた》かずら掻《か》きわけて、細い山路、這うようにしてよじ登る私の姿は、決して見よいものではなかった。井伏氏は、ちゃんと登山服着て居られて、軽快の姿であったが、私には登山服の持ち合せがなく、＊ドテラ姿であった。茶屋のドテラは短く、私の毛脛《けずね》は、一尺《しゃく》以上も露出《ろしゅつ》して、しかもそれに茶屋の老爺《ろうや》から借りたゴム底の地下足袋《じかたび》をはいたので、われながらむさ苦しく、少し工夫して、角帯《かくおび》をしめ、茶店の壁にかかっていた古い麦藁帽《むぎわらぼう》をかぶってみたのであるが、いよいよ変で、井伏氏は、人のなりふりを決して軽蔑しない人であるが、このときだけは流石《さすが》に少し、気の毒そうな顔をして、男は、しかし、身なりなんか気にしないほうがいい、と小声で呟いて私をいたわってくれたのを、私は忘れない。とかくして頂上についたのであるが、急に濃い霧《きり》が吹き流れて来て、頂上のパノラマ台という、断崖《だんがい》の縁《へり》に立ってみても、いっこうに眺望がきかない。何も見えない。井伏氏は、濃い霧の底、岩に腰をおろし、ゆっくり煙草《たばこ》を吸いながら、放屁《ほうひ》なされた。いかにも、つまらなそうであった。パノラマ台には、茶店が三軒ならんで立っている。そのうちの一軒、老爺と老婆《ろうば》と二人きりで経営しているじみな一軒を選んで、そこで熱い茶を呑《の》んだ。茶店の老婆は気の毒がり、ほんとうに生憎《あいにく》の霧で、もう少し経ったら霧もはれると思いますが、富士は、ほんのすぐそこに、くっきり見えます、と言い、茶店の奥から富士の大きい写真を持ち出し、崖《がけ》の端に立ってその写真を両手で高く掲示して、ちょうどこの辺に、このとおりに、こんなに大きく、こんなにはっきり、このとおりに見えます、と懸命に註釈《ちゅうしゃく》するのである。私たちは、番茶をすすりながら、その富士を眺めて、笑った。いい富士を見た。霧の深いのを、残念にも思わなかった。

その翌々日であったろうか、井伏氏は、御坂峠を引きあげることになって、私も甲府までおともした。甲府で私は、或る娘さんと見合《みあい》することになっていた。井伏氏に連れられて甲府のまちはずれの、その娘さんのお家へお伺《うかが》いした。井伏氏は、無雑作《むぞうさ》な登山服姿である。私は、角帯に、夏羽織《なつばおり》を着ていた。娘さんの家のお庭には、薔薇《ばら》がたくさん植えられていた。母堂《ぼどう》に迎えられて客間に通され、挨拶して、そのうちに娘さんも出て来て、私は、娘さんの顔を見なかった。井伏氏と母堂とは、おとな同士の、よもやまの話をして、ふと、井伏氏が、

「おや、富士。」と呟いて、私の背後の長押《なげし》を見あげた。私も、からだを捻《ね》じ曲《ま》げて、うしろの長押を見上げた。富士山頂大噴火口の鳥瞰写真《ちょうかんしゃしん》が、額縁《がくぶち》にいれられて、かけられていた。まっしろい水蓮《すいれん》の花に似ていた。私は、それを見とどけ、また、ゆっくりからだを捻じ戻すとき、娘さんを、ちらと見た。きめた。多少の困難があっても、このひとと結婚したいものだと思った。あの富士は、ありがたかった。

井伏氏は、その日に帰京なされ、私は、ふたたび御坂にひきかえした。それから、九月、十月、十一月の十五日まで、御坂の茶屋の二階で、少しずつ、少しずつ、仕事をすすめ、あまり好かないこの「富士三景の一つ」と、へたばるほど対談した。

いちど、大笑いしたことがあった。大学の講師か何かやっている浪漫派《*ろうまんは》の一友人が、

ハイキングの途中、私の宿に立ち寄って、そのときに、ふたり二階の廊下に出て、富士を見ながら、

「どうも俗だねえ。お富士さん、という感じじゃないか。」

「見ているほうで、かえって、てれるね。」

などと生意気なこと言って、煙草をふかし、そのうちに、友人は、ふと、

「おや、あの僧形《そうぎょう》のものは、なんだね？」と顎《あご》でしゃくった。

墨染《すみぞめ》の破れたころもを身にまとい、長い杖《つえ》を引きずり、富士を振《ふ》り仰《あお》ぎ振り仰ぎ、峠のぼって来る五十歳くらいの小男がある。

「*富士見西行《ふじみさいぎょう》、といったところだね。かたちが、できてる。」私は、その僧をなつかしく思った。「いずれ、名のある聖僧かも知れないね。」

「ばか言うなよ。乞食《こじき》だよ。」友人は、冷淡だった。

「いや、いや。脱俗しているところがあるよ。歩きかたなんか、なかなか、できてるじゃないか。むかし、*能因法師《のういんほうし》が、この峠で富士をほめた歌を作ったそうだが、——」

私が言っているうちに友人は、笑い出した。

「おい、見給《みたま》え。できてないよ。」

能因法師は、茶店のハチという飼犬に吠《ほ》えられて、周章狼狽《しゅうしょうろうばい》であった。その有様は、

いやになるほど、みっともなかった。

「だめだねえ。やっぱり。」私は、がっかりした。

乞食の狼狽は、むしろ、あさましいほどに右往左往《うおうさおう》、ついには杖をかなぐり捨て、取り乱し、取り乱し、いまはかなわずと退散した。実に、それは、できてなかった。富士も俗なら、法師も俗だ。ということになって、いま思い出しても、ばかばかしい。

新田という二十五歳の温厚な青年が、峠を降りきった岳麓《がくろく》の吉田という細長い町の、郵便局につとめていて、そのひとが、郵便物に依《よ》って、私がここに来ていることを知った、と言って、峠の茶屋をたずねて来た。二階の私の部屋で、しばらく話をして、ようやく馴《な》れて来たころ、新田は笑いながら、実は、もう二、三人、僕の仲間がありまして、皆で一緒にお邪魔にあがるつもりだったのですが、いざとなると、どうも皆、しりごみしまして、太宰さんは、ひどいデカダンで、それに、性格破産者だ、と佐藤春夫先生の小説に書いてございましたし、まさか、こんなまじめな、ちゃんとしたお方《かた》だとは、思いませんでしたから、僕も、無理に皆を連れて来るわけには、いきませんでした。こんどは、皆を連れて来ます。かまいませんでしょうか。

「それは、かまいませんけれど。」私は、苦笑していた。「それでは、君は、必死の勇をふるって、君の仲間を代表して僕を偵察に来たわけですね。」

「決死隊でした。」新田は、率直だった。「ゆうべも、佐藤先生のあの小説を、もういちど繰りかえして読んで、いろいろ覚悟をきめて来ました。」

私は、部屋の硝子戸《ガラスど》越《ご》しに、富士を見ていた。富士は、のっそり黙って立っていた。偉《えら》いなあ、と思った。

「いいねえ。富士は、やっぱり、いいとこあるねえ。よくやってるなあ。」富士には、かなわないと思った。念々《ねんねん》と動く自分の愛憎が恥ずかしく、富士は、やっぱり偉い、と思った。よくやってる、と思った。

「よくやっていますか。」新田には、私の言葉がおかしかったらしく、聡明に笑っていた。

新田は、それから、いろいろな青年を連れて来た。皆、静かなひとである。皆は、私を、先生、と呼んだ。私はまじめにそれを受けた。私には、誇るべき何もない。学問もない。才能もない。肉体よごれて、心もまずしい。けれども、苦悩だけは、その青年たちに、先生、と言われて、だまってそれを受けていいくらいの、苦悩は、経て来た。たったそれだけ。藁《わら》一すじの自負である。けれども、私は、この自負だけは、はっきり持っていたいと思っている。わがままな駄々《だだ》っ子《こ》のように言われて来た私の、裏の苦悩を、一たい幾人知っていたろう。新田と、それから田辺という短歌の上手な青年と、二人は、井伏氏の読者であって、その安心もあって、私は、この二人と一ばん仲良くなった。いちど吉田に連れていってもらった。おそろしく細長い町であった。岳麓の感じがあった。富士に、日も、風もさえぎられて、ひょろひょろに伸びた茎のようで、暗く、うすら寒い感じの町であった。道路に沿って清水が流れている。これは、岳麓の町の特徴らしく、三島《みしま》でも、こんな工合《ぐあ》いに、町じゅうを清水が、どんどん流れている。富士の雪が溶《と》けて流れて来るのだ、とその地方の人たちが、まじめに信じている。吉田の水は、三島の水に較《くら》べると、水量も不足だし、汚い。水を眺めながら、私は、話した。

「モウパスサン*の小説に、どこかの令嬢が、貴公子のところへ毎晩、河を泳いで逢いにいったと書いて在ったが、着物は、どうしたのだろうね。まさか、裸ではなかろう。」

「そうですね。」青年たちも、考えた。「海水着じゃないでしょうか。」

「頭の上に着物を載せて、むすびつけて、そうして泳いでいったのかな?」

青年たちは、笑った。

「それとも、着物のままはいって、ずぶ濡《ぬ》れの姿で貴公子と逢って、ふたりでストオヴでかわかしたのかな? そうすると、かえるときには、どうするだろう。せっかく、かわかした着物を、またずぶ濡れにして、泳がなければいけない。心配だね。貴公子のほうで泳いで来ればいいのに。男なら、猿股《さるまた》一つで泳いでも、そんなにみっともなくないからね。貴公子、鉄鎚《かなづち》だったのかな？」

「いや、令嬢のほうで、たくさん惚《ほ》れていたからだと思います。」新田は、まじめだった。

「そうかも知れないね。外国の物語の令嬢は、勇敢で、可愛いね。好きだとなったら、河を泳いででも逢いに行くんだからな。日本では、そうはいかない。*なんとかいう芝居があるじゃないか。まんなかに川が流れて、両方の岸で男と姫君とが、愁嘆《しゅうたん》している芝居が。あんなとき、何も姫君、愁嘆する必要がない。泳いでゆけば、どんなものだろう。芝居で見ると、とても狭い川なんだ。じゃぶじゃぶ渡っていったら、どんなもんだろう。あんな愁嘆なんて、意味ないね。同情しないよ。*朝顔の大井川《おおいがわ》は、あれは大水《おおみず》で、それに朝顔は、めくらの身なんだし、あれには多少、同情するが、けれども、あれだって、泳いで泳げないことはない。大井川の棒杭《ぼうぐい》にしがみついて、天道《てんとう》さまを、うらんでいたんじゃ、意味ないよ。あ、ひとり在るよ。日本にも、勇敢なやつが、ひとり在ったぞ。あいつは、すごい。知ってるかい？」

「ありますか。」青年たちも、眼を輝かせた。

「*清姫《きよひめ》。安珍《あんちん》を追いかけて、日高川《ひだかがわ》を泳いだ。泳ぎまくった。あいつは、すごい。ものの本《ほん》によると、清姫は、あのとき十四だったんだってね。」

路《みち》を歩きながら、ばかな話をして、まちはずれの田辺の知り合いらしい、ひっそり古い宿屋に着いた。

そこで飲んで、その夜の富士がよかった。夜の十時ごろ、青年たちは、私ひとりを宿に残して、おのおの家へ帰っていった。私は、眠れず、どてら姿で、外へ出てみた。おそろしく、明るい月夜だった。富士が、よかった。月光を受けて、青く透《す》きとおるようで、私は、狐《きつね》に化《ば》かされているような気がした。富士が、したたるように青いのだ。燐《りん》が燃えているような感じだった。鬼火。狐火。ほたる。すすき。葛《くず》の葉。私は、足のないような気持で、夜道を、まっすぐに歩いた。下駄《げた》の音だけが、自分のものでないように、他の生きもののように、からんころんからんころん、とても澄《す》んで響く。そっと、振りむくと、富士がある。青く燃えて空に浮《うか》んでいる。私は溜息《ためいき》をつく。維新《いしん》の志《し》士。＊鞍馬天狗《くらまてんぐ》。私は、自分を、それだと思った。ちょっと気取って、ふところ手して歩いた。ずいぶん自分が、いい男のように思われた。ずいぶん歩いた。財布を落した。五十銭銀貨が二十枚くらいはいっていたので、重すぎて、それで懐《ふところ》からするっと脱《ぬ》け落《お》ちたのだろう。私は、不思議に平気だった。金がなかったら、御坂まで歩いてかえればいい。そのまま歩いた。ふと、いま来た路を、そのとおりに、もういちど歩けば、財布は在る、ということに気がついた。懐手のまま、ぶらぶら引きかえした。富士。月夜。維新の志士。財布を落した。興あるロマンスだと思った。財布は路のまんなかに光っていた。在るにきまっている。私は、それを拾って、宿へ帰って、寝た。

富士に、化かされたのである。私は、あの夜、阿呆であった。完全に、無意志であった。あの夜のことを、いま思い出しても、へんに、だるい。

吉田に一泊して、あくる日、御坂へ帰って来たら、茶店のおかみさんは、にやにや笑って、十五の娘さんは、つんとしていた。私は、不潔なことをして来たのではないということを、それとなく知らせたく、きのう一日の行動を、聞かれもしないのに、ひとりでこまかに言いたてた。泊った宿屋の名前、吉田のお酒の味、月夜富士、財布を落したこと、みんな言った。娘さんも、気嫌が直った。

「お客さん！　起きて見よ！」かん高い声で或る朝、茶店の外で、娘さんが絶叫したので、私は、しぶしぶ起きて、廊下へ出て見た。

娘さんは、興奮して頬をまっかにしていた。だまって空を指さした。見ると、雪。はっと思った。富士に雪が降ったのだ。山頂が、まっしろに、光りかがやいていた。御坂の富士も、ばかにできないぞと思った。

「いいね。」

とほめてやると、娘さんは得意そうに、

「すばらしいでしょう?」といい言葉使って、「御坂の富士は、これでも、だめ?」としゃがんで言った。私が、かねがね、こんな富士は俗でだめだ、と教えていたので、娘さんは、内心しょげていたのかも知れない。

「やはり、富士は、雪が降らなければ、だめなものだ。」もっともらしい顔をして、私は、そう教えなおした。

私は、どてら着て山を歩きまわって、*月見《つきみ》草《そう》の種を両の手のひらに一ぱいとって来て、それを茶店の脊戸《せど》に播《ま》いてやって、

「いいかい、これは僕の月見草だからね、来年また来て見るのだからね、ここへお洗濯の水なんか捨てちゃいけないよ。」娘さんは、うなずいた。

ことさらに、月見草を選んだわけは、富士には月見草がよく似合うと、思い込んだ事情があったからである。御坂峠のその茶店は、謂《い》わば山中の一軒家であるから、郵便物は、配達されない。峠の頂上から、バスで三十分程《ほど》ゆられて峠の麓《ふもと》、河口湖《かわぐちこ》畔《はん》の、河口村という文字通りの寒村にたどり着くのであるが、その河口村の郵便局に、私宛《あて》の郵便物が留め置かれて、私は三日に一度くらいの割で、その郵便物を受け取りに出かけなければならない。天気の良い日を選んで行く。ここのバスの女車掌は、遊覧客のために、格別風景の説明をして呉《く》れない。それでもときどき、思い出したように、甚《はなは》だ散文的な

口調で、あれが三ツ峠、向うが河口湖、わかさぎという魚《さかな》がいます、など、物憂《ものう》そうな、呟《つぶや》きに似た説明をして聞《きか》せることもある。

河口局から郵便物を受取り、またバスにゆられて峠の茶屋に引返す途中、私のすぐとなりに、濃い茶色の被布《*ひふ》を着た青白い端正の顔の、六十歳くらい、私の母とよく似た老婆がしゃんと坐《すわ》っていて、女車掌が、思い出したように、みなさん、きょうは富士がよく見えますね、と説明ともつかず、また自分ひとりの咏嘆《えいたん》ともつかぬ言葉を、突然言い出して、リュックサックしょった若いサラリイマンや、大きい日本髪ゆって、口もとを大事にハンケチでおおいかくし、絹物まとった芸者風の女など、からだをねじ曲げ、一せいに車窓から首を出して、いまさらのごとく、その変哲《へんてつ》もない三角の山を眺めては、やあ、とか、まあ、とか間抜けた嘆声を発して、車内はひとしきり、ざわめいた。けれども、私のとなりの御隠居《ごいんきょ》は、胸に深い憂悶《ゆうもん》でもあるのか、他の遊覧客とちがって、富士には一瞥《いちべつ》も与えず、かえって富士と反対側の、山路に沿った断崖をじっと見つめて、私にはその様《さま》が、からだがしびれるほど快く感ぜられ、私もまた、富士なんか、あんな俗な山、見度《みた》くもないという、高尚《こうしょう》な虚無《きょむ》の心を、その老婆に見せてやりたく思って、あなたのお苦しみ、わびしさ、みなよくわかる、と頼まれもせぬのに、共鳴の素振《そぶ》りを見せてあげたく、老婆に甘えかかるように、そっとすり寄って、老婆とおなじ姿勢で、ぼんやり崖の方を、眺めてやった。

老婆も何かしら、私に安心していたところがあったのだろう、ぼんやりひとこと、

「おや、月見草。」

そう言って、細い指でもって、路傍の一箇所をゆびさした。さっと、バスは過ぎてゆき、私の目には、いま、ちらとひとめ見た黄金色の月見草の花ひとつ、花弁もあざやかに消えず残った。

＊三七七八米《メートル》の富士の山と、立派に相対峙《あいたいじ》し、みじんもゆるがず、なんと言うのか、金剛力草とでも言いたいくらい、けなげにすっくと立っていたあの月見草は、よかった。富士には、月見草がよく似合う。

十月のなかば過ぎても、私の仕事は遅々《ちち》として進まぬ。人が恋しい。夕焼け赤き雁《がん》＊の腹雲《はらぐも》、二階の廊下で、ひとり煙草を吸いながら、わざと富士には目もくれず、それこそ血の滴《したた》るような真赤な山の紅葉を、凝視《ぎょうし》していた。茶店のまえの落葉を掃《は》きあつめている茶店のおかみさんに、声をかけた。

「おばさん！　あしたは、天気がいいね。」

自分でも、びっくりするほど、うわずって、歓声にも似た声であった。おばさんは箒《ほうき》の手をやすめ、顔をあげて、不審げに眉をひそめ、

「あした、何かおありなさるの？」

そう聞かれて、私は窮《きゅう》した。

「なにもない。」

おかみさんは笑い出した。

「おさびしいのでしょう。山へでもおのぼりになったら？」

「山は、のぼっても、すぐまた降《お》りなければいけないのだから、つまらない。どの山へのぼっても、おなじ富士山が見えるだけで、それを思うと、気が重くなります。」

私の言葉が変《へん》だったのだろう。おばさんはただ曖昧《あいまい》にうなずいただけで、また枯葉を掃いた。

ねるまえに、部屋のカーテンをそっとあけて硝子窓《ガラスまど》越しに富士を見る。月の在る夜は富士が青白く、水の精みたいな姿で立っている。私は溜息をつく。ああ、富士が見える。星が大きい。あしたは、お天気だな、とそれだけが、幽《かす》かに生きている喜びで、そうしてまた、そっとカーテンをしめて、そのまま寝るのであるが、あした、天気だからとて、別段この身には、なんということもないのに、と思えば、おかしく、ひとりで蒲団《ふとん》の中で苦笑するのだ。くるしいのである。仕事が、――純粋に運筆《うんぴつ》することの、その苦しさよりも、いや、運筆はかえって私の楽しみでさえあるのだが、そのことではなく、私の世界観、芸術というもの、あすの文学というもの、謂《い》わば、新しさというもの、私はそれらに就《つ》いて、未だ愚図愚図《ぐずぐず》、思い悩み、誇張ではなしに、身悶《みもだ》えしていた。

素朴な、自然のもの、従って簡潔な鮮明なもの、そいつをさっと一挙動で掴《つかま》えて、そのままに紙にうつしとること、それより他には無いと思い、そう思うときには、眼前の富士の姿も、別な意味をもって目にうつる。この姿は、この表現は、結局、私の考えている「単一表現」*の美しさなのかも知れない、と少し富士に妥協しかけて、けれどもやはりどこかこの富士の、あまりにも棒状の素朴には閉口して居るところもあり、これがいいなら、ほていさま*の置物《おきもの》だっていい筈《はず》だ、ほていさまの置物は、どうにも我慢《がまん》できない、あんなもの、とても、いい表現とは思えない、この富士の姿も、やはりどこか間違っている、これは違う、と再び思いまどうのである。

朝に、夕に、富士を見ながら、陰鬱《いんうつ》な日を送っていた。十月の末に、麓の吉田のまちの、遊女の一団体が、御坂峠へ、おそらくは年に一度くらいの開放の日なのであろう、自動車五台に分乗してやって来た。私は二階から、その様を見ていた。自動車からおろされて、色さまざまの遊女たちは、バスケットからぶちまけられた一群の伝書鳩《でんしょばと》のように、はじめは歩く方向を知らず、ただかたまってうろうろして、沈黙のまま押し合い、へし合いしていたが、やがてそろそろ、その異様の緊張がほどけて、てんでにぶらぶら歩きはじめた。茶店の店頭に並べられて在る絵葉書《えはがき》を、おとなしく選んでいるもの、佇《たたず》んで富士を眺めているもの、暗く、わびしく、見ちゃ居《お》れない風景であった。二階のひとりの男の、いのち惜しまぬ共感も、これら遊女の幸福に関しては、なんの加えるところがない。私は、ただ、見ていなければならぬのだ。苦しむものは苦しめ。落ちるものは落ちよ。私に関係したことではない。それが世の中だ。そう無理につめたく装《よそお》い、かれらを見下ろしているのだが、私は、かなり苦しかった。

富士にたのもう。突然それを思いついた。おい、こいつらを、よろしく頼むぜ、そんな気持で振り仰げば、寒空のなか、のっそり突っ立っている富士山、そのときの富士はまるで、どてら姿に、ふところ手して傲然《ごうぜん》とかまえている大親分のようにさえ見えたのであるが、私は、そう富士に頼んで、大いに安心し、気軽くなって茶店の六歳の男の子と、ハチというむく犬を連れ、その遊女の一団を見捨てて、峠のちかくのトンネルの方へ遊びに出掛けた。トンネルの入口のところで、三十歳くらいの痩《や》せた遊女が、ひとり、何かしらつまらぬ草花を、だまって摘《つ》み集《あつ》めていた。私たちが傍を通っても、ふりむきもせず熱心に草花をつんでいる。この女のひとのことも、ついでに頼みます、とまた振り仰いで富士にお願いして置いて、私は子供の手をひき、とっとと、トンネルの中にはいって行った。トンネルの冷い地下水を、頬に、首筋に、滴滴《てきてき》と受けながら、おれの知ったことじゃない、とわざと大股に歩いてみた。

そのころ、私の結婚の話も、一頓挫《とんざ》のかたちであった。私のふるさとからは、全然、助力が来ないということが、はっきり判《わか》ってきたので、私は困って了《しま》った。せめて百円くらいは、助力してもらえるだろうと、虫のいい、ひとりぎめをして、それでもって、ささやかでも、厳粛《げんしゅく》な結婚式を挙げ、あとの、世帯《せたい》を持つに当っての費用は、私の仕事でかせいで、しようと思っていた。けれども、二、三の手紙の往復に依《よ》り、うちから助力は、全く無いということが明らかになって、私は、途方《とほう》にくれていたのである。このうえは、縁談ことわられても仕方が無い、と覚悟をきめ、とにかく先方へ、事の次第《しだい》を洗いざらい言って見よう、と私は単身、峠を下り、甲府の娘さんのお家へお伺いした。さいわい娘さんも、家にいた。私は客間に通され、娘さんと母堂と二人を前にして、悉《しっ》皆《かい》の事情を告白した。ときどき演説口調になって、閉口した。けれども、割に素直に語りつくしたように思われた。娘さんは、落ちついて、

「それで、おうちでは、反対なのでございましょうか。」と、首をかしげて私にたずねた。

「いいえ、反対というのではなく、」私は右の手のひらを、そっと卓の上に押し当て、「おまえひとりで、やれ、という工合《ぐあい》いらしく思われます。」

「結構でございます。」母堂は、品よく笑いながら、「私たちも、ごらんのとおりお金持ではございませぬし、ことごとしい式などは、かえって当惑するようなもので、ただ、あなたおひとり、愛情と、職業に対する熱意さえ、お持ちならば、それで私たち、結構でございます。」

私は、お辞儀《じぎ》するのも忘れて、しばらく呆然《ぼうぜん》と庭を眺めていた。眼の熱いのを意識した。この母に、孝行しようと思った。

かえりに、娘さんは、バスの発着所まで送って来て呉《く》れた。歩きながら、

「どうです。もう少し交際してみますか？」

きざなことを言ったものである。

「いいえ。もう、たくさん。」娘さんは、笑っていた。

「なにか、質問ありませんか？」いよいよ、ばかである。

「ございます。」

私は何を聞かれても、ありのまま答えようと思っていた。

「富士山には、もう雪が降《ふ》ったでしょうか。」

私は、その質問には拍子抜《ひょうしぬ》けがした。

「降りました。いただきのほうに、――」と言いかけて、ふと前方を見ると、富士が

見える。へんな気がした。

「なあんだ。甲府からでも、富士が見えるじゃないか。ばかにしていやがる。」やくざな口調になってしまって、「いまのは、愚問《ぐもん》です。ばかにしていやがる。」

娘さんは、うつむいて、くすくす笑って、

「だって、御坂峠にいらっしゃるのですし、富士のことでもお聞きしなければ、わるいと思って。」

おかしな娘さんだと思った。

甲府から帰って来ると、やはり、呼吸ができないくらいにひどく肩が凝《こ》っているのを覚えた。

「いいねえ、おばさん。やっぱし御坂は、いいよ。自分のうちに帰って来たような気さえするのだ。」

夕食後、おかみさんと、娘さんと、交《かわ》る交《がわ》る、私の肩をたたいてくれる。おかみさんの拳《こぶし》は固く、鋭い。娘さんのこぶしは柔く、あまり効《き》きめがない。もっと強く、もっと強くと私に言われて、娘さんは薪《まき》を持ち出し、それでもって私の肩をとんとん叩いた。それ程《ほど》にしてもらわなければ、肩の凝《こり》がとれないほど、私は甲府で緊張し、一心に努めたのである。

甲府へ行って来て、二、三日、流石《さすが》に私はぼんやりして、仕事する気も起らず、机のまえに坐って、とりとめのない楽書《らくがき》をしながら、*バットを七箱も八箱も吸い、また寝ころんで、*金剛石も磨《みが》かずば、という唱歌を、繰り返し繰り返し歌ってみたりしているばかりで、小説は、一枚も書きすすめることができなかった。

「お客さん。甲府へ行ったら、わるくなったわね。」

朝、私が机に頬杖《ほおづえ》つき、目をつぶって、さまざまのことを考えていたら、私の背後で、床《とこ》の間《ま》ふきながら、十五の娘さんは、しんからいまいましそうに、多少、とげとげしい口調で、そう言った。私は、振りむきもせず、

「そうかね。わるくなったかね。」

娘さんは、拭《ふ》き掃除《そうじ》の手を休めず、

「ああ、わるくなった。この二、三日、ちっとも勉強すすまないじゃないの。あたしは毎朝、お客さんの書き散らした原稿用紙、番号順にそろえるのが、とっても、たのしい。たくさんお書きになって居れば、うれしい。ゆうべもあたし、二階へそっと様子を見に来たの、知ってる？　お客さん、ふとん頭からかぶって、寝てたじゃないか。」

私は、ありがたい事だと思った。大袈裟《おおげさ》な言いかたをすれば、これは人間の生き抜く努力に対しての、純粋な声援である。なんの報酬も考えていない。私は、娘さんを、美

しいと思った。

十月末になると、山の紅葉も黒ずんで、汚くなり、とたんに一夜あらしがあって、みるみる山は、真黒い冬木立《ふゆこだち》に化してしまった。遊覧の客も、いまはほとんど、数えるほどしかない。茶店もさびれて、ときたま、おかみさんが、六つになる男の子を連れて、峠のふもとの船津、吉田に買物をしに出かけて行って、あとには娘さんひとり、遊覧の客もなし、一日中、私と娘さんと、ふたり切り、峠の上で、ひっそり暮すことがある。私が二階で退屈して、外をぶらぶら歩きまわり、茶店の脊戸で、お洗濯している娘さんの傍へ近寄り、

「退屈だね。」

と大声で言って、ふと笑いかけたら、娘さんはうつむき、私はその顔を覗《のぞ》いてみて、はっと思った。泣きべそかいているのだ。あきらかに恐怖の情である。そうか、と苦《に》がしく私は、くるりと廻れ右して、落葉しきつめた細い山路を、まったくいやな気持で、どんどん荒く歩きまわった。

それからは、気をつけた。娘さんひとりきりのときには、なるべく二階の室から出ないようにつとめた。茶店にお客でも来たときには、私がその娘さんを守る意味もあり、のしのし二階から降りていって、茶店の一隅に腰をおろしゆっくりお茶を飲むのである。

いつか花嫁姿のお客が、紋附《もんつき》を着た爺《じい》さんふたりに附添われて、自動車に乗ってやって来て、この峠の茶屋でひと休みしたことがある。そのときも、娘さんひとりしか茶店にいなかった。私は、やはり二階から降りていって、隅の椅子《いす》に腰をおろし、煙草をふかした。花嫁は裾模様の長い着物を着て、金襴《きんらん》の帯を背負い、角隠《つのかく》しつけて、堂々正式の礼装であった。全く異様のお客様だったので、娘さんもどうあしらいしていいのかわからず、花嫁さんと、二人の老人にお茶をついでやっただけで、私の背後にひっそり隠れるように立ったまま、だまって花嫁のさまを見ていた。一生にいちどの晴《はれ》の日に、——峠の向う側から、反対側の船津か、吉田のまちへ嫁入りするのであろうが、その途中、この峠の頂上で一休みして、富士を眺めるということは、はたで見ていても、くすぐったい程《ほど》、ロマンチックで、そのうちに花嫁は、そっと茶店から出て、茶店のまえの崖のふちに立ち、ゆっくり富士を眺めた。脚をX形に組んで立っていて、大胆なポオズであった。余裕のあるひとだな、となおも花嫁を、富士と花嫁を、私は観賞していたのであるが、間もなく花嫁は、富士に向って、大きな欠伸《あくび》をした。

「あら！」

と背後で、小さい叫びを挙げた。娘さんも、素早くその欠伸を見つけたらしいのである。やがて花嫁の一行は、待たせて置いた自動車に乗り、峠を降りていったが、あとで花嫁さんは、さんざんだった。

「馴れていやがる。あいつは、きっと二度目、いや、三度目くらいだよ。おむこさんが、峠の下で待っているだろうに、自動車から降りて、富士を眺めるなんて、はじめてのお嫁だったら、そんな太いこと、できるわけがない。」

「欠伸したのよ。」娘さんも、力こめて賛意を表した。「あんな大きい口あけて欠伸して、図々しいのね。お客さん、あんなお嫁さんもらっちゃ、いけない。」

私は年甲斐《としがい》もなく、顔を赤くした。私の結婚の話も、だんだん好転していって、或る先輩に、すべてお世話になってしまった。結婚式も、ほんの身内の二、三のひとにだけ立ち合ってもらって、まずしくとも厳粛に、その先輩のお宅で、していただけるようになって、私は人の情に、少年の如《ごと》く感奮《かんぷん》していた。

十一月にはいると、もはや御坂の寒気、堪えがたくなった。茶店では、ストオヴを備えた。

「お客さん、二階はお寒いでしょう。お仕事のときは、ストオヴの傍でなさったら。」と、おかみさんは言うのであるが、私は、人の見ているまえでは、仕事のできないたちなので、それは断った。おかみさんは心配して、峠の麓の吉田へ行き、炬燵《こたつ》をひとつ買って来た。私は二階の部屋でそれにもぐって、この茶店の人たちの親切には、しんからお礼を言いたく思って、けれども、もはやその全容の三分の二ほど、雪をかぶった富士の姿を眺め、また近くの山々の、蕭条《しょうじょう》たる冬木立に接しては、これ以上、この峠で、皮膚《ひ ふ》を刺す寒気に辛抱《しんぼう》していることも無意味に思われ、山を下ることに決意した。山を下る、その前日、私は、どてらを二枚かさねて着て、茶店の椅子に腰かけて、熱い番茶を啜《すす》っていたら、冬の外套《がいとう》着た、タイピスト*でもあろうか、若い智的《ちてき》の娘さんがふたり、トンネルの方から、何かきゃっきゃっ笑いながら歩いて来て、ふと眼前に真白い富士を見つけ、打たれたように立ち止り、それから、ひそひそ相談の様子で、そのうちのひとり、眼鏡かけた、色の白い子が、にこにこ笑いながら、私のほうへやって来た。

「相《あい》すみません。シャッタア切って下さいな。」

私は、へどもどした。私は機械のことには、あまり明るくないのだし、写真の趣味は皆無であり、しかも、どてらを二枚もかさねて着ていて、茶店の人たちさえ、山賊《さんぞく》みたいだ、といって笑っているような、そんなむさくるしい姿でもあり、多分は東京の、そんな華やかな娘さんから、はいからの用事を頼まれて、内心ひどく狼狽したのである。けれども、また思い直し、こんな姿はしていても、やはり、見る人が見れば、どこかしら、きゃしゃな俤《おもかげ》もあり、写真のシャッタアくらい器用に手さばき出来るほどの男に見えるのかも知れない、などと少し浮き浮きした気持も手伝い、私は平静を装い、娘さんの差し出すカメラを受け取り、何気なさそうな口調で、シャッタアの切りかたを鳥渡《ちょっと》たずねてみてから、わななきわななき、レンズをのぞいた。まんなかに大きい富士、その下に小さい、*罌粟《けし》の花ふたつ。ふたり揃いの赤い外套を着ているのである。ふたりはひしと抱き合うように寄り添い、屹《き》っとまじめな顔になった。私は、おかしくてならない。カメラ持つ手がふるえて、どうにもならぬ。笑いをこらえて、レンズをのぞけば、罌粟の花、いよいよ澄まして、固くなっている。どうにも狙いがつけにくく、私は、ふたりの姿をレンズから追放して、ただ富士山だけを、レンズ一ぱいにキャッチして、富士山、さようなら、お世話になりました。パチリ。

「はい、うつりました。」

「ありがとう。」

ふたり声をそろえてお礼を言う。うちへ帰って現像してみた時には驚くだろう。富士山だけが大きく大きく写っていて、ふたりの姿はどこにも見えない。

その翌《あく》る日に、山を下りた。まず、甲府の安宿に一泊して、そのあくる朝、安宿の廊下の汚い欄干《らんかん》によりかかり、富士を見ると、甲府の富士は、山々のうしろから、三分の一ほど顔を出している。*酸漿《ほおずき》に似ていた。

女生徒

あさ、眼をさますときの気持ちは、面白い。かくれんぼのとき、押入れの真暗い中に、じっと、しゃがんで隠れていて、突然、でこちゃんに、がらっと襖《ふすま》をあけられ、日の光がどっと来て、でこちゃんに、「見つけた!」と大声で言われて、まぶしさ、それから、へんな間《ま》の悪さ、それから、胸がどきどきして、着物のまえを合せたりして、ちょっと、てれくさく、押入れから出て来て、急にむかむか腹立たしく、あの感じ、いや、ちがう、あの感じでもない、なんだか、もっとやりきれない。箱をあけると、その中に、また小さい箱があって、その小さい箱をあけると、またその中に、もっと小さい箱があって、そいつをあけると、また、また、小さい箱があって、その小さい箱をあけると、また箱があって、そうして、七つも、八つも、あけていって、とうとうおしまいに、さいころくらいの小さい箱が出て来て、そいつをそっとあけてみて、何もない、からっぽ、あの感じ、少し近い。パチッと眼がさめるなんて、あれは嘘《うそ》だ。濁って濁って、そのうちに、だんだん澱粉《でんぷん》が下に沈み、少しずつ上澄《うわずみ》が出来て、やっと疲れて眼がさめる。朝は、なんだか、しらじらしい。悲しいことが、たくさんたくさん胸に浮《うか》んで、やりきれない。いやだ、いやだ。朝の私は一ばん醜《みにく》い。両方の脚が、くたくたに疲れて、そうして、もう、何もしたくない。熟睡《じゅくすい》していないせいかしら。朝は健康だなんて、あれは嘘。朝は灰色。いつもいつも同じ。一ばん虚無《きょむ》だ。朝の寝床《ねどこ》の中で、私はいつも厭世的《えんせいてき》だ。いやになる。いろいろ醜い後悔ばっかり、いちどに、どっとかたまって胸をふさぎ、身悶《みもだ》えしちゃう。

朝は、意地悪《いじわる》。

「お父さん。」と小さい声で呼んでみる。へんに気恥ずかしく、うれしく、起きて、さっさと蒲団《ふとん》をたたむ。蒲団を持ち上げるとき、よいしょ、と掛声して、はっと思った。私は、いままで、自分が、よいしょなんて、げびた言葉を言い出す女だとは、思ってなかった。よいしょ、なんて、お婆《ばあ》さんの掛声みたいで、いやらしい。どうして、こんな掛声を発したのだろう。私のからだの中に、どこかに、婆さんがひとつ居るようで、気持ちがわるい。これからは、気をつけよう。ひとの下品な歩き恰好《かっこう》を顰蹙《ひんしゅく》していながら、ふと、自分も、そんな歩きかたしているのに気がついた時みたいに、すごく、しょげちゃった。

朝は、いつでも自信がない。寝巻《ねまき》のままで鏡台のまえに坐《すわ》る。眼鏡をかけないで、鏡を覗《のぞ》くと、顔が、少しぼやけて、しっとり見える。自分の顔の中で一ばん眼鏡が厭《いや》なのだけれど、他の人には、わからない眼鏡のよさも、ある。眼鏡をとって、遠くを見るのが好きだ。全体がかすんで、夢のように、覗き絵みたいに、すばらしい。汚ないものなんて、何も見えない。大きいものだけ、鮮明な、強い色、光りだけが目にはいって来る。眼鏡をとって人を見るのも好き。相手の顔が、皆、優しく、きれいに、笑って見える。それに、眼鏡をはずしている時は、決して人と喧嘩《けんか》をしようなんて思わないし、悪口も言いたくない。唯《ただ》、黙って、ポカンとしているだけ。そうして、そんな時の私は、人にもおひとよしに見えるだろうと思えば、なおのこと、私は、ポカンと安心して、甘えたくなって、心も、たいへんやさしくなるのだ。

だけど、やっぱり眼鏡は、いや。眼鏡をかけたら顔という感じが無くなってしまう。顔から生《うま》れる、いろいろの情緒、ロマンチック、美しさ、激しさ、弱さ、あどけなさ、哀愁、そんなもの、眼鏡がみんな遮《さえぎ》ってしまう。それに、目でお話をするということも、可笑《おか》しなくらい出来ない。

眼鏡は、お化け。

自分で、いつも自分の眼鏡が厭だと思っている故《ゆえ》か、目の美しいことが、一ばんいいと思われる。鼻が無くても、口が隠されていても、目が、その目を見ていると、もっと自分が美しく生きなければと思わせるような目であれば、いいと思っている。私の目は、ただ大きいだけで、なんにもならない。じっと自分の目を見ていると、がっかりする。お母さんでさえ、つまらない目だと言っている。こんな目を光りの無い目と言うのであろう。たどん、と思うと、がっかりする。これですからね。ひどいですよ。鏡に向うと、そのたんびに、うるおいのあるいい目になりたいと、つくづく思う。青い湖のような目、青い草原に寝て大空を見ているような目、ときどき雲が流れて写《うつ》る。鳥の影まで、はっきり写る。美しい目のひとと沢山逢《たくさんあ》ってみたい。

けさから五月、そう思うと、なんだか少し浮き浮きして来た。やっぱり嬉しい。もう夏も近いと思う。庭に出ると苺《いちご》の花が目にとまる。お父さんの死んだという事実が、不思議になる。死んで、いなくなる、ということは、理解できにくいことだ。腑《ふ》に落ちない。お姉さんや、別れた人や、長いあいだ逢わずにいる人たちが懐《なつか》しい。どうも朝は、過ぎ去ったこと、もうせんの人たちの事が、いやに身近に、おタクワンの臭《にお》いのように味気なく思い出されて、かなわない。

ジャピイと、カア(可哀想《かわいそう》な犬だから、カアと呼ぶんだ)と、二匹もつれ合いながら、走って来た。二匹をまえに並べて置いて、ジャピイだけを、うんと可愛がってやった。

ジャピイの真白い毛は光って美しい。カアは、きたない。ジャピイを可愛がっていると、カアは、傍で泣きそうな顔をしているのをちゃんと知っている。カアが片輪《かたわ》だということも知っている。カアは、悲しくて、いやだ。可哀想で可哀想でたまらないから、わざと意地悪くしてやるのだ。カアは、野良犬《のらいぬ》みたいに見えるから、いつ犬殺しにやられるか、わからない。カアは、足が、こんなだから、逃げるのに、おそいことだろう。カア、早く、山の中にでも行きなさい。おまえは誰にも可愛がられないのだから、早く死ねばいい。私は、カアだけでなく、人にもいけないことをする子なんだ。人を困らせて、刺《し》戟《げき》する、ほんとうに厭な子なんだ。縁側《えんがわ》に腰かけて、ジャピイの頭を撫《な》でてやりながら、目に浸《し》みる青葉を見ていると、情なくなって、土《つち》の上に坐りたいような気持になった。

泣いてみたくなった。うんと息《いき》をつめて、目を充血させると、少し涙が出るかも知れないと思って、やってみたが、だめだった。もう、涙のない女になったのかも知れない。

あきらめて、お部屋の掃除《そうじ》をはじめる。お掃除しながら、ふと「唐人《＊とうじん》お吉《きち》」を唄《うた》う。ちょっとあたりを見廻したような感じ。普段、モオツァルトだの、バッハだのに熱中している筈《はず》の自分が、無意識に、「唐人お吉」を唄ったのが、面白い。蒲団を持ち上げるとき、よいしょ、と言ったり、お掃除しながら、唐人お吉を唄うようでは、自分も、もう、だめかと思う。こんなことでは、寝言《ねごと》などで、どんなに下品なこと言い出すか、不安でならない。でも、なんだか可笑《おか》しくなって、箒《ほうき》の手を休めて、ひとりで笑う。

きのう縫《ぬ》い上《あ》げた新しい下着を着る。胸のところに、小さい白い薔薇《ばら》の花を刺繍《ししゅう》して置いた。上衣《うわぎ》を着ちゃうと、この刺繍見えなくなる。誰にもわからない。得意である。

お母さん、誰かの縁談のために大童《おおわらわ》、朝早くからお出掛け。私の小さい時からお母さんは、人のために尽《つく》すので、なれっこだけれど、本当に驚く程《ほど》、始終うごいているお母さんだ。感心する。お父さんが、あまりにも勉強ばかりしていたから、お母さんは、お父さんのぶんもするのである。お父さんは、社交とかからは、およそ縁が遠いけれど、お母さんは、本当に気持のよい人たちの集《あつま》りを作る。二人とも違ったところを持っているけれど、お互いに、尊敬し合っていたらしい。醜いところの無い、美しい安らかな夫婦、とでも言うのであろうか。ああ、生意気、生意気。

おみおつけの温まるまで、台所口に腰掛けて、前の雑木林《ぞうきばやし》を、ぼんやり見ていた。そしたら、昔にも、これから先きにも、こうやって、台所の口に腰かけて、このとおりの姿勢でもって、しかもそっくり同じことを考えながら前の雑木林を見ていた、見ている、ような気がして、過去、現在、未来、それが一瞬間のうちに感じられる様《よう》な、変な気持がした。こんな事は、時々ある。誰かと部屋に坐って話をしている。目が、テエブルのすみに行ってコトンと停《と》まって動かない。口だけが動いている。こんな時に、変な錯覚《さっかく》を起すのだ。いつだったか、こんな同じ状態で、同じ事を話しながら、やはり、テエブルのすみを見ていた、また、これからさきも、いまのことが、そっくりそのままに自分にやって来るのだ、と信じちゃう気持になるのだ。どんな遠くの田舎《いなか》の野道を歩いていても、きっと、この道は、いつか来た道、と思う。歩きながら道傍《みちばた》の豆の葉を、さっと毟《むし》りとっても、やはり、この道のここのところで、この葉を毟りとったことがある、と思う。そうして、また、これからも、何度も何度も、この道を歩いて、ここのところで豆の葉を毟るのだ、と信じるのである。また、こんなこともある。あるときお湯につかっていて、ふと手を見た。そしたら、これからさき、何年かたって、お湯にはいったとき、この、いまの何げなく、手を見た事を、そして見ながら、コトンと感じたことをきっと思い出すに違いない、と思ってしまった。そう思ったら、なんだか、暗い気がした。また、或《あ》る夕方、御飯をおひつに移している時、インスピレーション、と言っては大袈《おおげ》裟《さ》だけれど、何か身内にピュウッと走り去ってゆくものを感じて、なんと言おうか、哲学のシッポと言いたいのだけれど、そいつにやられて、頭も胸も、すみずみまで透明になって、何か、生きて行くことにふわっと落ちついた様な、黙って、音も立てずに、トコロテンがそろっと押し出される時のような柔軟性でもって、このまま浪《なみ》のまにまに、美しく軽く生きとおせるような感じがしたのだ。このときは、哲学どころのさわぎではない。盗み猫のように、音も立てずに生きて行く予感なんて、ろくなことはないと、むしろ、おそろしかった。あんな気持の状態が、永《なが》くつづくと、人は、神がかりみたいになっちゃうのではないかしら。キリスト。でも、女のキリストなんてのは、いやらしい。

結局は、私ひまなもんだから、生活の苦労がないもんだから、毎日、幾百、幾千の見たり聞いたりの感受性の処理が出来なくなって、ポカンとしているうちに、そいつらが、お化けみたいな顔になってポカポカ浮いて来るのではないのかしら。

食堂で、ごはんを、ひとりでたべる。ことし、はじめて、キウリをたべる。キウリの青さから、夏が来る。五月のキウリの青味には、胸がカラッポになるような、うずくような、くすぐったいような悲しさが在る。ひとりで食堂でごはんをたべていると、矢鱈《やたら》むしょうに旅行に出たい。汽車に乗りたい。新聞を読む。近衛《*このえ》さんの写真が出ている。近衛さんて、いい男なのかしら。私は、こんな顔を好かない。額《ひたい》がいけない。新聞では、本の広告文が一ばんたのしい。一字一行で、百円二百円と広告料とられるのだろうから、皆、一生懸命だ。一字一句、最大の効果を収めようと、うんうん唸《うな》って、絞り出したような名文だ。こんなにお金のかかる文章は、世の中に、少いであろう。なんだか、気味がよい。痛快だ。

ごはんをすまして、戸じまりして、登校。大丈夫、雨が降らないとは思うけれど、それでも、きのうお母さんから、もらったよき雨傘どうしても持って歩きたくて、そいつを携帯。このアンブレラは、お母さんが、昔、娘さん時代に使ったもの。面白い傘を見つけて、私は、少し得意。こんな傘を持って、パリイの下町を歩きたい。きっと、いま*の戦争が終った頃《ころ》、こんな、夢を持ったような古風のアンブレラが流行するだろう。この傘には、ボンネット*風の帽子が、きっと似合う。ピンクの裾《すそ》の長い、衿《えり》の大きく開いた着物に、黒い絹レエスで編んだ長い手袋をして、大きな鍔《つば》の広い帽子には、美しい紫《むらさき》のすみれをつける。そうして深緑の頃にパリイのレストランに昼食をしに行く。もの憂《う》そうに軽く頬杖《ほおづえ》して、外を通る人の流れを見ていると、誰かが、そっと私の肩を叩く。急に音楽、薔薇のワルツ。ああ、おかしい、おかしい。現実は、この古ぼけた奇態《きたい》な、柄《え》のひょろ長い雨傘一本。自分が、みじめで可愛想。マッチ売《うり》の娘さん。どれ、草でも、むしって行きましょう。

　出がけに、うちの門のまえの草を、少しむしって、お母さんへの勤労奉仕。きょうは何かいいことがあるかも知れない。同じ草でも、どうしてこんな、むしりとりたい草と、そっと残して置きたい草と、いろいろあるのだろう。可愛い草と、そうでない草と、形は、ちっとも違っていないのに、それでも、いじらしい草と、にくにくしい草と、どうしてこう、ちゃんとわかれているのだろう。理窟《りくつ》はないんだ。女の好ききらいなんて、ずいぶんいい加減なものだと思う。十分間の勤労奉仕をすまして、停車場へ急ぐ。畠道《はたけみち》を通りながら、しきりと絵が画きたくなる。途中、神社の森の小路を通る。これは、私ひとりで見つけて置いた近道である。森の小路を歩きながら、ふと下を見ると、麦が二寸ばかりあちこちに、かたまって育っている。その青々した麦を見ていると、ああ、ことしも兵隊さんが来たのだと、わかる。去年も、沢山の兵隊さんと馬がやって来て、この神社の森の中に休んで行った。しばらく経ってそこを通ってみると、麦が、きょうのように、すくすくしていた。けれども、その麦は、それ以上育たなかった。ことしも、兵隊さんの馬の桶《おけ》からこぼれて生えて、ひょろひょろ育ったこの麦は、この森はこんなに暗く、全く日が当らないものだから、可哀想に、これだけ育って死んでしまうのだろう。

神社の森の小路を抜けて、駅近く、労働者四五人と一緒になる。その労働者たちは、いつもの例で、言えないような厭な言葉を私に向って吐きかける。私は、どうしたらよいかと迷ってしまった。その労働者たちを追い抜いて、どんどんさきに行ってしまいたいのだが、そうするには、労働者たちの間を縫ってくぐり抜け、すり抜けしなければならない。おっかない。それと言って、黙って立ちんぼして、労働者たちをさきに行かせて、うんと距離のできるまで待っているのは、もっともっと胆力《たんりょく》の要《い》ることだ。それは失礼なことなのだから、労働者たちは怒るかも知れない。からだは、カッカして来るし、泣きそうになってしまった。私は、その泣きそうになるのが恥ずかしくて、その者達に向って笑ってやった。そして、ゆっくりと、その者達の後について歩いていった。そのときは、それ限りになってしまったけれど、その口惜しさは、電車に乗ってからも消えなかった。こんなくだらない事に平然となれる様に、早く強く、清く、なりたかった。

電車の入口のすぐ近くに空いている席があったから、私はそこへそっと私のお道具を置いて、スカアトのひだをちょっと直して、そうして坐ろうとしたら、眼鏡の男の人が、ちゃんと私のお道具をどけて席に腰かけてしまった。

「あの、そこは私、見つけた席ですの。」と言ったら、男は苦笑して平気で新聞を読み出した。よく考えてみると、どっちが図々しいのかわからない。こっちの方が図々しいのかも知れない。

仕方なく、アンブレラとお道具を、網棚に乗せ、私は吊《つ》り革《かわ》にぶらさがって、いつもの通り、雑誌を読もうと、パラパラ片手で頁《ページ》を繰《く》っているうちに、ひょんな事を思った。

自分から、本を読むということを取ってしまったら、この経験の無い私は、泣きべそをかくことだろう。それほど私は、本に書かれてある事に頼っている。一つの本を読んでは、パッとその本に夢中になり、信頼し、同化し、共鳴し、それに生活をくっつけてみるのだ。また、他の本を読むと、たちまち、クルッとかわって、すましている。人のものを盗んで来て自分のものにちゃんと作り直す才能は、そのずるさは、これは私の唯一の特技だ。本当に、このずるさ、いんちきには厭になる。毎日毎日、失敗に失敗を重ねて、あか恥ばかりかいていたら、少しは重厚になるかも知れない。けれども、そのような失敗にさえ、なんとか理窟をこじつけて、上手につくろい、ちゃんとした様な理論を編み出し、苦肉の芝居なんか得々《とくとく》とやりそうだ。(こんな言葉も何処《どこ》かの本で読んだことがある。)

ほんとうに私は、どれが本当の自分だかわからない。読む本がなくなって、真似《まね》するお手本がなんにも見つからなくなった時には、私は、一体どうするだろう。手も足も出ない、萎縮《いしゅく》の態《てい》で、むやみに鼻をかんでばかりいるかも知れない。何しろ電車の中で、毎日こんなにふらふら考えているばかりでは、だめだ。からだに、厭な温かさが残って、やりきれない。何かしなければ、どうにかしなければと思うのだが、どうしたら、自分をはっきり摑《つか》めるのか。これまでの私の自己批判なんて、まるで意味ないものだったと思う。批判をしてみて、厭な、弱いところに気附くと、すぐそれに甘くおぼれて、いたわって、*角《つの》をためて牛を殺すのはよくない、などと結論するのだから、批判も何もあったものでない。何も考えない方が、むしろ良心的だ。
＊この雑誌にも、「若い女の欠点」という見出しで、いろんな人が書いて在る。読んでいるうちに、自分のことを言われたような気がして恥かしい気にもなる。それに書く人、人によって、ふだんばかだと思っている人は、そのとおりに、ばかの感じがする様なことを言っているし、写真で見て、おしゃれの感じのする人は、おしゃれの言葉使いをしているので、可笑《おか》しくて、ときどきくすくす笑いながら読んで行く。宗教家は、すぐに信仰を持ち出すし、教育家は、始めから終りまで恩、恩、と書いてある。政治家は、漢詩を持ち出す。作家は、気取って、おしゃれな言葉を使っている。しょっている。
でも、みんな、なかなか確実なことばかり書いてある。個性の無いこと。深味のないこと。正しい希望、正しい野心、そんなものから遠く離れている事。つまり、理想の無いこと。批判はあっても、自分の生活に直接むすびつける積極性の無いこと。無反省。本当の自覚、自愛、自重がない。勇気のある行動をしても、そのあらゆる結果について、責任が持てるかどうか。自分の周囲の生活様式には順応し、これを処理することに巧《たく》みであるが、自分、ならびに自分の周囲の生活に、正しい強い愛情を持っていない。本当の意味の謙遜《けんそん》がない。独創性にとぼしい。模倣だけだ。人間本来の「愛」の感覚が欠如してしまっている。お上品ぶっていながら、気品がない。そのほか、たくさんのことが

書かれている。本当に、読んでいて、はっとすることが多い。決して否定できない。

けれどもここに書かれてある言葉全部が、なんだか、楽観的な、この人たちの普段の気持とは離れて、ただ書いてみたというような感じがする。「本当の意味の」とか、「本来の」とかいう形容詞がたくさんあるけれど、「本当の」愛、「本当の」自覚、とは、どんなものか、はっきり手にとるようには書かれていない。この人たちには、わかっているのかも知れない。それならば、もっと具体的に、ただ一言、右へ行け、左へ行け、と、ただ一言、権威を以《もっ》て指で示してくれたほうが、どんなに有難《ありがた》いかわからない。私たち、愛の表現の方針を見失っているのだから、あれもいけない、これもいけない、と言わずに、こうしろ、ああしろ、と強い力で言いつけてくれたら、私たち、みんな、そのとおりにする。誰も自信が無いのかしら。ここに意見を発表している人たちも、いつでも、どんな場合にでも、こんな意見を持っている、というわけでは無いのかもしれない。正しい希望、正しい野心を持っていない、と叱って居られるけれども、そんなら私たち、正しい理想を追って行動した場合、この人は何処《どこ》までも私たちを見守り、導いていってくれるだろうか。

私たちには、自身の行くべき最善の場所、行きたく思う美しい場所、自身を伸ばして行くべき場所、おぼろげながら判《わか》っている。よい生活を持ちたいと思っている。それこそ正しい希望、野心を持っている。頼れるだけの動かない信念をも持ちたいと、あせっている。しかし、これら全部、娘なら娘としての生活の上に具現しようとかかったら、どんなに努力が必要なことだろう。お母さん、お父さん、姉、兄たちの考えかたもある。(口だけでは、やれ古いのなんのって言うけれども、決して人生の先輩、老人、既婚の人たちを軽蔑《けいべつ》なんかしていない。それどころか、いつでも二目《にもく》も三目《さんもく》も置いている筈《はず》だ。)始終生活と関係のある親類というものも、ある。知人もある。友達もある。それから、いつも大きな力で私たちを押し流す「世の中」というものもあるのだ。これらすべての事を思ったり見たり考えたりすると、自分の個性を伸《の》ばすどころの騒ぎではない。まあ、まあ目立たずに、普通の多くの人たちの通る路《みち》をだまって進んで行くのが、一ばん利巧《りこう》なのでしょうくらいに思わずにはいられない。少数者への教育を、全般へ施《ほどこ》すなんて、ずいぶんむごいことだとも思われる。学校の修身《しゅうしん》と、世の中の掟《おきて》と、すごく違っているのが、だんだん大きくなるにつれてわかって来た。学校の修身を絶対に守っていると、その人はばかを見る。変人と言われる。出世しないで、いつも貧乏だ。嘘をつかない人なんて、あるかしら。あったら、その人は、永遠に敗北者だ。私の肉身関係のうちにも、ひとり、行い正しく、固い信念を持って、理想を追及して、それこそ本当の意味で生きているひとがあるのだけれど、親類のひとみんな、そのひとを悪く言っている。

馬鹿《ばか》あつかいしている。私なんか、そんな馬鹿あつかいされて敗北するのがわかっていながら、お母さんや皆に反対してまで自分の考えかたを伸すことは、できない。おっかないのだ。小さい時分には、私も、自分の気持とひとの気持と全く違ってしまったときには、お母さんに、

「なぜ?」と聴いたものだ。そのときには、お母さんは、何か一言《ひとこと》で片づけて、そうして怒ったものだ。悪い、不良みたいだ、と言って、お母さんは悲しがっていた様だった。お父さんに言ったこともある。お父さんは、そのときただ黙って笑っていた。そして後でお母さんに「中心はずれの子だ」とおっしゃっていたそうだ。だんだん大きくなるにつれて、私は、おっかなびっくりになってしまった。洋服いちまい作るのにも、人々の思惑《おもわく》を考えるようになってしまった。自分の個性みたいなものを、本当は、こっそり愛しているのだけれども、愛して行きたいとは思うのだけど、それをはっきり自分のものとして体現するのは、おっかないのだ。人々が、よいと思う娘になろうといつも思う。たくさんの人たちが集ったとき、どんなに自分は卑屈《ひくつ》になることだろう。口に出したくも無いことを、気持と全然はなれたことを、嘘ついてペチャペチャやっている。そのほうが得《とく》だ、得だと思うからなのだ。いやなことだと思う。早く道徳が一変するときが来ればよいと思う。そうすると、こんな卑屈さも、また自分のためでなく、人の思惑

のために毎日をポタポタ生活することも無くなるだろう。

おや、あそこ、席が空いた。いそいで網棚から、お道具と傘をおろし、素早く割りこむ。右隣りは中学生、左隣りは、子供脊負ってねんねこ＊着ているおばさん。おばさんは、年よりのくせに厚化粧《あつげしょう》をして、髪を流行まきにしている。顔は綺麗《きれい》なのだけれど、のどの所に皺《しわ》が黒く寄っていて、あさましく、ぶってやりたいほど厭だった。人間は、立っているときと、坐っているときと、まるっきり考えることが違って来る。坐っていると、なんだか頼りない、無気力なことばかり考える。私と向い合っている席には、四、五人、同じ年齢《とし》恰好《かっこう》のサラリイマンが、ぼんやり坐っている。三十ぐらいであろうか。みんな、いやだ。眼が、どろんと濁っている。覇気《はき》が無い。けれども、私がいま、このうちの誰かひとりに、にっこり笑って見せると、たったそれだけで私は、ずるずる引きずられて、その人と結婚しなければならぬ破目《はめ》におちるかも知れないのだ。女は、自分の運命を決するのに、微笑一つで沢山なのだ。おそろしい。不思議なくらいだ。気をつけよう。けさは、ほんとに妙なことばかり考える。二、三日まえから、うちのお庭を手入れしに来ている植木屋さんの顔が目にちらついて、しかたがない。どこからどこまで植木屋さんなのだけれど、顔の感じが、どうしてもちがう。大袈裟に言えば、思索家みたいな顔をしている。色は黒いだけにしまって見える。目がよいのだ。眉もせまっている。鼻は、すごく獅子《しし》っぱなだけれど、それがまた、色の黒いのにマッチして、意志が強そうに見える。唇のかたちも、なかなかよい。耳は少し汚い。手といったら、それこそ植木屋さんに逆もどりだけれど、黒いソフトを深くかぶった日陰の顔は、植木屋さんにして置くのは惜しい気がする。お母さんに、三度も四度も、あの植木屋さん、はじめから植木屋さんだったのかしら、とたずねて、しまいに叱られてしまった。きょう、お道具を包んで来たこの風呂敷《ふろしき》は、ちょうど、あの植木屋さんがはじめて来た日に、お母さんからもらったのだ。あの日は、うちのほうの大掃除だったので、台所直しさんや、畳屋《たたみや》さんもはいっていて、お母さんも箪笥《たんす》のものを整理して、そのときに、この風呂敷が出て来て、私がもらった。綺麗な女らしい風呂敷。綺麗だから、結ぶのが惜しい。こうして坐って、膝《ひざ》の上にのせて、何度もそっと見てみる。撫でる。電車の中の皆の人にも見てもらいたいけれど、誰も見ない。この可愛い風呂敷を、ただ、ちょっと見つめてさえ下さったら、私は、その人のところへお嫁に行くことにきめてもいい。本能、という言葉につき当ると、泣いてみたくなる。本能の大きさ、私たちの意志では動かせない力、そんなことが、自分の時々のいろんなことから判って来ると、気が狂いそうな気持になる。どうしたらよいのだろうか、とぼんやりなってしまう。否定も肯定もない、ただ、大きな大きなものが、がばと頭からかぶさって来たようなものだ。そして私を自由に引きずりまわしているのだ。引きずられながら満足している気持と、それを悲しい気持で眺めている別の感情と。なぜ私たちは、自分だけで満足し、自分だけを一生愛して行けないのだろう。本能が、私のいままでの感情、理性を喰ってゆくのを見るのは、情ない。ちょっとでも自分を忘れることがあった後は、ただ、がっかりしてしまう。あの自分、この自分にも本能が、はっきりあることを知って来るのは、泣けそうだ。お母さん、お父さんと呼びたくなる。けれども、また、真実というものは、案外、自分が厭だと思っているところに在るのかも知れないのだから、いよいよ情ない。

もう、お茶の水。プラットフオムに降り立ったら、なんだかすべて、けろりとしていた。いま過ぎたことを、いそいで思いかえしたく努めたけれど、一向《いっこう》に思い浮ばない。あの、つづきを考えようと、あせったけれど、何も思うことがない。からっぽだ。その時、時には、ずいぶんと自分の気持を打ったものもあった様だし、くるしい恥ずかしいこともあった筈《はず》なのに、過ぎてしまえば、何もなかったのと全く同じだ。いま、という瞬間は、面白い。いま、いま、いま、と指でおさえているうちにも、いま、は遠くへ飛び去って、あたらしい「いま」が来ている。ブリッジの階段をコトコト昇りながら、ナンジャラホイと思った。ばかばかしい。私は、少し幸福すぎるのかも知れない。

けさの小杉先生は綺麗。私の風呂敷みたいに綺麗。美しい青色の似合う先生。胸の真紅のカーネーションも目立つ。「つくる」ということが無かったら、もっともっと此《こ》の先生すきなのだけれど。あまりにポオズをつけすぎる。どこか、無理がある。あれじゃあ疲れることだろう。性格も、どこか難解なところがある。わからないところを沢山持っている。暗い性質なのに、無理に明るく見せようとしているところも見える。しかし、なんといっても魅《ひ》かれる女のひとだ。学校の先生なんてさせて置くの惜しい気がする。お教室では、まえほど人気が無くなったけれど、私は、私ひとりは、まえと同様に魅かれている。山中、湖畔《こはん》の古城に住んでいる令嬢、そんな感じがある。厭に、ほめてしまったものだ。小杉先生のお話は、どうして、いつもこんなに固いのだろう。頭がわるいのじゃないかしら。悲しくなっちゃう。さっきから、愛国心について永々《ながなが》と説いて聞かせているのだけれど、そんなこと、わかりきっているじゃないか。どんな人にだって、自分の生れたところを愛す気持はあるのに。つまらない。机に頬杖ついて、ぼんやり窓のそとを眺める。風の強い故《ゆえ》か、雲が綺麗だ。お庭の隅に、薔薇の花が四つ咲いている。黄色が一つ、白が二つ、ピンクが一つ。ぽかんと花を眺めながら、人間も、本当によいところがある、と思った。花の美しさを見つけたのは、人間だし、花を愛するのも人間だもの。

お昼御飯のときは、お化け話が出る。ヤスベエねえちゃんの、*一高《いちこう》七不思議の一つ、

「開《あ》かずの扉」には、もう、みんな、きゃあ、きゃあ。ドロンドロン式でなく、心理的なので、面白い。あんまり騒いだので、いま食べたばかりなのに、もうペコになってしまった。さっそくアンパン夫人から、キャラメル御馳走《ごちそう》になる。それからまた、ひとしきり恐怖物語にみなさん夢中。誰でもかれでも、このお化け話とやらには、興味が湧《わ》くらしい。一つの刺戟《しげき》でしょうかな。それから、これは怪談ではないけれど、「久原房之助*」の話、おかしい、おかしい。

午後の図画の時間には、皆、校庭に出て、写生のお稽古《けいこ》。伊藤先生は、どうして私を、いつも無意味に困らせるのだろう。きょうも私に、先生ご自身の絵のモデルになるよう言いつけた。私のけさ持参した古い雨傘が、クラスの大歓迎を受けて、皆さん騒ぎたてるものだから、とうとう伊藤先生にもわかってしまって、その雨傘持って、校庭の隅の薔薇の傍に立っているよう、言いつけられた。先生は、私のこんな姿を画いて、こんど展覧会に出すのだそうだ。三十分間だけ、モデルになってあげることを承諾する。すこしでも、人のお役に立つことは、うれしいものだ。けれども、伊藤先生と二人で向い合っていると、とても疲れる。話がねちねちして理窟が多すぎるし、あまりにも私を意識しているる故か、スケッチしながらでも話すことが、みんな私のことばかり。返事するのも面倒くさく、わずらわしい。ハッキリしない人である。変に笑ったり、先生のくせに恥ずかしがったり、何しろサッパリしないのには、ゲッとなりそうだ。「死んだ妹を、思い出します。」なんて、やりきれない。人は、いい人なんだろうけれど、ゼスチュアが多すぎる。

ゼスチュアといえば、私だって、負けないで沢山に持っている。私のは、その上、ずるくて利巧に立ちまわる。本当にキザなのだから仕末《しまつ》に困る。「自分は、ポオズをつくりすぎて、ポオズに引きずられている嘘つきの化けものだ。」なんて言って、これがまた、一つのポオズなのだから、動きがとれない。こうして、おとなしく先生のモデルになってあげていながらも、つくづく、「自然になりたい、素直になりたい。」と祈っているのだ。本なんか読むの止《や》めてしまえ。観念だけの生活で、無意味な、高慢ちきの知ったかぶりなんて、軽蔑、軽蔑。やれ生活の目標が無いの、もっと生活に、人生に、積極的になればいいの、自分には矛盾《むじゅん》があるのどうのって、しきりに考えたり悩んだりしているようだが、おまえのは、感傷だけさ。自分を可愛がって、慰《なぐさ》めているだけなのさ。それからずいぶん自分を買いかぶっているのですよ。ああ、こんな心の汚い私をモデルにしたりなんかして、先生の画は、きっと落選だ。美しい筈《はず》がないもの。いけないことだけれど、伊藤先生がばかに見えて仕様がない。先生は、私の下着に、薔薇の花の刺繍のあることさえ、知らない。

だまって同じ姿勢で立っていると、やたら無性《むしょう》に、お金が欲しくなって来る。十円あれば、よいのだけれど。「マダム・キュリイ」が一ばん読みたい。それから、ふっと、お母さん長生きするように、と思う。先生のモデルになっていると、へんに、つらい。くたくたに疲れた。

放課後は、お寺の娘さんのキン子さんと、こっそり、ハリウッドへ行って、髪をやってもらう。できあがったのを見ると、頼んだようにできていないので、がっかりだ。どう見たって、私は、ちっとも可愛くない。あさましい気がした。したたかに、しょげちゃった。こんな所へ来て、こっそり髪をつくってもらうなんて、すごく汚らしい一羽の雌雞《めんどり》みたいな気さえして来て、つくづくいまは後悔した。私たち、こんなとこへ来るなんて、自分自身を軽蔑していることだと思った。お寺さんは、大はしゃぎ。

「このまま、見合いに行こうかしら。」なぞと乱暴なこと言い出して、そのうちに、なんだかお寺さんご自身、見合いに、ほんとうに行くことにきまってしまったような錯覚を起したらしく、

「こんな髪には、どんな色の花を挿《さ》したらいいの？」とか、「和服のときには、帯は、どんなのがいいの？」なんて、本気にやり出す。

ほんとに、何も考えない可愛らしいひと。

「どなたと見合いなさるの？」と私も、笑いながら尋《たず》ねると、

「もち屋は、もち屋と言いますからね。」と、澄《す》まして答えた。それどういう意味なの、と私も少し驚いて聴いてみたら、お寺の娘はお寺へお嫁入りするのが一ばんいいのよ、一生食べるのに困らないし、と答えて、また私を驚かせた。キン子さんは、全く無性格みたいで、それゆえ、女らしさで一ぱいだ。学校で私と席がお隣り同志だというだけで、そんなに私は親しくしてあげているわけでもないのに、お寺さんのほうでは、私のことを、あたしの一ばんの親友です、なんて皆に言っている。可愛い娘さんだ。一日置きに手紙をよこしたり、なんとなくよく世話をしてくれて、ありがたいのだけれど、きょうは、あんまり大袈裟にはしゃいでいるので、私も、さすがにいやになった。お寺さんとわかれて、バスに乗ってしまった。なんだか、なんだか憂鬱《ゆううつ》だ。バスの中で、いやな女のひとを見た。襟《えり》のよごれた着物を着て、もじゃもじゃの赤い髪を櫛《くし》一本に巻きつけている、手も足もきたない、それに男か女か、わからない様な、むっとした赤黒い顔をしている。それに、ああ、胸がむかむかする。その女は、大きいおなかをしているのだ。ときどき、ひとりで、にやにや笑っている。雌鶏。こっそり、髪をつくりに、ハリウッドなんかへ行く私だって、ちっとも、この女のひとと変らないのだ。

けさ、電車で隣り合せた厚化粧のおばさんをも思い出す。ああ、汚い、汚い。女は、

いやだ。自分が女だけに、女の中にある不潔さが、よくわかって、歯ぎしりするほど、厭だ。金魚をいじったあとの、あのたまらない生臭《なまぐさ》さが、自分のからだ一ぱいにしみついているようで、洗っても洗っても、落ちないようで、こうして一日一日、自分も雌《めす》の体臭を発散させるようになって行くのかと思えば、また、思い当ることもあるので、いっそこのまま、少女のままで死にたくなる。ふと、病気になりたく思う。うんと重い病気になって、汗を滝のように流して細く痩《や》せたら、私も、すっきり清浄になれるかも知れない。生きている限りは、とてものがれられないことなのだろうか。しっかりした宗教の意味もわかりかけて来たような気がする。

バスから降りると、少しほっとした。どうも乗り物は、いけない。空気が、なまぬるくて、やりきれない。大地は、いい。土を踏んで歩いていると、自分を好きになる。どうも私は、少しおっちょこちょいだ。極楽《ごくらく》トンボだ。*かえろかえろと何見てかえる、畠の玉ねぎ見い見いかえろ、かえろが鳴くからかえろ。と小さい声で唄ってみて、この子は、なんてのんきな子だろう、と自分ながら歯がゆくなって、脊ばかり伸びるこのボーボーが憎らしくなる。いい娘さんになろうと思った。

このお家に帰る田舎道は、毎日毎日、あんまり見なれているので、どんな静かな田舎だか、わからなくなってしまった。ただ、木、道、畠、それだけなのだから。きょうは、ひとつ、よそからはじめてこの田舎にやって来た人の真似をして見よう。私は、ま、神《かん》田《だ》あたりの下駄屋さんのお嬢さんで、生れてはじめて郊外の土を踏むのだ。すると、この田舎は、いったいどんなに見えるだろう。すばらしい思いつき。可哀想な思いつき。私は、あらたまった顔つきになって、わざと、大袈裟にきょろきょろしてみる。小さい並木路を下るときには、振《ふ》り仰《あお》いで新緑の枝々を眺め、まあ、と小さい叫びを挙げてみて、土橋を渡るときには、しばらく小川をのぞいて、水鏡に顔をうつして、ワンワンと、犬の真似して吠《ほ》えてみたり、遠くの畠を見るときは、目を小さくして、うっとりした風《ふう》をして、いいわねえ、と呟《つぶや》いて溜息《ためいき》。神社では、また一休み。神社の森の中は、暗いので、あわてて立ち上って、おお、こわこわ、と言い肩を小さく窄《すぼ》めて、そそくさ森を通り抜け、森のそとの明るさに、わざと驚いたようなふうをして、いろいろ新しく新しく、と心掛けて田舎の道を、凝《こ》って歩いているうちに、なんだか、たまらなく淋しくなって来た。とうとう道傍の草原に、ペタリと坐ってしまった。草の上に坐ったら、つい今しがたまでの浮き浮きした気持が、コトンと音たてて消えて、ぎゅっとまじめになってしまった。そうして、このごろの自分を、静かに、ゆっくり思ってみた。なぜ、このごろの自分が、いけないのか。どうして、こんなに不安なのだろう。いつでも、何かにおびえている。この間も、誰かに言われた。「あなたは、だんだん俗っぽくなるのね。」

そうかも知れない。私は、たしかに、いけなくなった。くだらなくなった。いけない、いけない。弱い、弱い。だしぬけに、大きな声が、ワッと出そうになった。ちぇっ、そんな叫び声あげたくらいで、自分の弱虫を、ごまかそうたって、だめだぞ。もっとどうにかなれ。私は、恋をしているのかも知れない。青草原に仰向けに寝ころがった。

「お父さん。」と呼んでみる。お父さん、お父さん。夕焼の空は綺麗です。そうして、夕靄《ゆうもや》は、ピンク色。夕日の光が靄の中に溶《と》けて、にじんで、そのために靄がこんなに、やわらかいピンク色になったのでしょう。そのピンクの靄がゆらゆら流れて、木立《こだち》の間にもぐっていったり、路の上を歩いたり、草原を撫でたり、そうして、私のからだを、ふんわり包んでしまいます。私の髪の毛一本一本まで、ピンクの光は、そっと幽《かす》かにてらして、そうしてやわらかく撫でてくれます。それよりも、この空は、美しい。このお空には、私うまれてはじめて頭を下げたいのです。私は、いま神様を信じます。これは、この空の色は、なんという色なのかしら。薔薇。火事。虹《にじ》。天使の翼。大伽藍《だいがらん》。いいえ、そんなんじゃない。もっと、もっと神々しい。

「みんなを愛したい。」と涙が出そうなくらい思いました。じっと空を見ていると、だんだん空が変ってゆくのです。だんだん青味がかってゆくのです。ただ、溜息ばかりで、裸になってしまいたくなりました。それから、いまほど木の葉や草が透明に、美しく見えたこともありません。そっと草に、さわってみました。

美しく生きたいと思います。

家へ帰ってみると、お客様。お母さんも、もうかえって居られる。れいに依《よ》って、何か、にぎやかな笑い声。お母さんは、私と二人きりのときには、顔がどんなに笑っていても、声をたてない。けれども、お客様とお話しているときには、顔は、ちっとも笑ってなくて、声ばかり、かん高く笑っている。挨拶して、すぐ裏へまわり、井戸端《いどばた》で手を洗い、靴下脱いで、足を洗っていたら、さかなやさんが来て、お待ちどおさま、まいど、ありがとうと言って、大きいお魚を一匹、井戸端へ置いていった。なんという、おさかなか、わからないけれど、鱗《うろこ》のこまかいところ、これは北海のものの感じがする。お魚を、お皿に移して、また手を洗っていたら、北海道の夏の臭いがした。おととしの夏休みに、北海道のお姉さんの家へ遊びに行ったときのことを思い出す。苫小牧《とまこまい》のお姉さんの家は、海岸に近い故か、始終お魚の臭いがしていた。お姉さんが、あのお家のがらんと広いお台所で、夕方ひとり、白い女らしい手で、上手にお魚をお料理していた様子も、はっきり浮ぶ。私は、あのとき、なぜかお姉さんに甘えたくて、たまらなく焦《こ》がれて、でもお姉さんには、あのころ、もう年《とし》ちゃんも生れていて、お姉さんは、私のものではなかったのだから、それを思えば、ヒュウと冷いすきま風《かぜ》が感じられて、どうしても、姉さんの細い肩に抱きつくことができなくて、死ぬほど寂しい気持で、じっと、あのほの暗いお台所の隅に立ったまま、気の遠くなるほどお姉さんの白くやさしく動く指先を見つめていたことも、思い出される。過ぎ去ったことは、みんな懐かしい。肉身《にくしん》って、不思議なもの。他人ならば、遠く離れると次第に淡く、忘れてゆくものなのに、肉身は、なおさら、懐しい美しいところばかり思い出されるのだから。

井戸端の茱萸《ぐみ》の実が、ほんのりあかく色づいている。もう二週間もしたら、たべられるようになるかも知れない。去年は、おかしかった。私が夕方ひとりで茱萸をとってたべていたら、ジャピイ黙って見ているので、可哀想で一つやった。そしたら、ジャピイ食べちゃった。また二つやったら、食べた。あんまり面白くて、この木をゆすぶって、ポタポタ落したら、ジャピイ夢中になって食べはじめた。ばかなやつ。茱萸を食べる犬なんて、はじめてだ。私も背伸びしては、茱萸をとってたべている。ジャピイも下で食べている。可笑《おか》しかった。そのこと、思い出したら、ジャピイを懐かしくて、

「ジャピイ！」と呼んだ。

ジャピイは、玄関のほうから、気取って走って来た。急に、歯ぎしりするほどジャピイを可愛くなっちゃって、シッポを強く摑むと、ジャピイは私の手を柔かく嚙《か》んだ。涙が出そうな気持になって、頭を打《ぶ》ってやる。ジャピイは、平気で、井戸端の水を音をた

てて呑《の》む。

お部屋へはいると、ぼっと電燈が、ともっている。しんとしている。お父さんいない。やっぱり、お父さんがいないと、家の中に、どこか大きい空席が、ポカンと残って在るような気がして、身悶えしたくなる。和服に着換え、脱ぎ捨てた下着の薔薇にきれいなキスして、それから鏡台のまえに坐ったら、客間のほうからお母さんたちの笑い声が、どっと起って、私は、なんだか、むかっとなった。お母さんは、私と二人きりのときはいいけれど、お客が来たときには、へんに私から遠くなって、冷くよそよそしく、私はそんな時に、一ばんお父さんが懐しく悲しくなる。

鏡を覗くと、私の顔は、おや、と思うほど活《い》き活《い》きしている。顔は、他人だ。私自身の悲しさや苦しさや、そんな心持とは、全然関係なく、別個に自由に活きている。きょうは頬紅《ほおべに》も、つけないのに、こんなに頬がぱっと赤くて、それに、唇も小さく赤く光って、可愛い。眼鏡をはずして、そっと笑ってみる。眼が、とってもいい。青く青く、澄んでいる。美しい夕空を、ながいこと見つめたから、こんなにいい目になったのかしら。しめたものだ。

少し浮き浮きして台所へ行き、お米をといでいるうちに、また悲しくなってしまった。せんの小金井の家が懐かしい。胸が焼けるほど恋いしい。あの、いいお家には、お父さんもいらしったし、お姉さんもいた。お母さんだって、若かった。私が学校から帰って来ると、お母さんと、お姉さんと、何か面白そうに台所か、茶の間で話をしている。おやつを貰《もら》って、ひとしきり二人に甘えたり、お姉さんに喧嘩ふっかけたり、それからきまって叱られて、外へ飛び出して遠くへ遠くへ自転車乗り、夕方には帰って来て、それから楽しく御飯だ。本当に楽しかった。自分を見詰めたり、不潔にぎくしゃくすることも無く、ただ、甘えて居ればよかったのだ。なんという大きい特権を私は享受《きょうじゅ》していたことだろう。しかも平気で。心配もなく、寂しさもなく、苦しみもなかった。お父さんは、立派なよいお父さんだった、お姉さんは、優しく、私は、いつもお姉さんにぶらさがってばかりいた。けれども、すこしずつ大きくなるにつれて、だいいち私が自身いやらしくなって、私の特権はいつの間にか消失して、あかはだか、醜い醜い。ちっとも、ひとに甘えることができなくなって、考えこんでばかりいて、くるしいことばかり多くなった。お姉さんは、お嫁にいってしまったし、お父さんは、もういない。たったお母さんと私だけになってしまった。お母さんもお淋しいことばかりなのだろう。こないだもお母さんは、「もうこれからさきは、生きる楽しみがなくなってしまった。あなたを見たって、私は、ほんとうは、あまり楽しみ感じない。ゆるしてお呉《く》れ。幸福も、お父さんがいらっしゃらなければ、来ないほうがよい。」とおっしゃった。蚊《か》が出て来ると、ふとお父さんを思い出し、ほどきものをすると、お父さんを思い出し、爪《つめ》を切るときにもお父さんを思い出し、お茶がおいしいときにも、きっとお父さんを思い出すそうである。私が、どんなにお母さんの気持をいたわって、話相手になってあげても、やっぱりお父さんとは違うのだ。夫婦愛というものは、この世の中で一ばん強いもので、肉親の愛よりも、尊いものにちがいない。生意気なこと考えたので、ひとりで顔があかくなって来て、私は、濡《ぬ》れた手で髪をかきあげる。しゅっしゅっとお米をとぎながら、私は、お母さんが可愛く、いじらしくなって、大事にしようと、しんから思う。こんなウェーヴかけた髪なんか、さっそく解きほぐしてしまって、そうして髪の毛をもっと長く伸ばそう。お母さんは、せんから、私の髪の短いのを厭がっていらしたから、うんと伸ばしてきちんと結って見せたら、よろこぶだろう。けれども、そんなことまでして、お母さんを、いたわるのも厭だな。いやらしい。考えてみると、このごろの、私のいらいらは、ずいぶんお母さんと関係がある。お母さんの気持に、ぴったり添ったいい娘でありたいし、それだからとて、へんに御気嫌とるのもいやなのだ。だまっていても、お母さん、私の気持をちゃんとわかって安心していらしったら、一番いいのだ。私は、どんなに、わがままでも、決して世間の物笑いになるようなことはしないのだし、つらくても、淋しくっても、だいじのところは、きちんと守って、そうしてお母さんと、この家とを、愛して愛して、愛しているのだから、お母さんも、私を絶対に信じて、ぼんやりのんきにしていらしたら、それでいいのだ。私は、きっと立派にやる。身を粉にしてつとめる。それがいまの私にとっても、一ばん大きいよろこびなんだし、生きる道だと思っているのに、お母さんたら、ちっとも私を信頼しないで、まだまだ、子供あつかいにしている。私が子供っぽいこと言うと、お母さんはよろこんで、こないだも、私が、ばからしい、わざとウクレレ持ち出して、ポンポンやってはしゃいで見せたら、お母さんは、しんから嬉しそうにして、

「おや、雨かな？　雨だれの音が聞えるね。」と、とぼけて言って、私をからかって、私が、本気でウクレレなんかに熱中して居るとでも思っているらしい様子なので、私は、あさましくて、泣きたくなった。お母さん、私は、もう大人なのですよ。世の中のこと、なんでも、もう知っているのですよ。安心して、私になんでも相談して下さい。うちの経済のことなんかでも、私に全部打ち明けて、こんな状態だから、おまえもと言って下さったなら、私は決して、靴なんかねだりはしません。しっかりした、つましい、つましい娘になります。ほんとうに、それは、たしかなのです。それなのに、*ああ、それなのに、という歌があったのを思い出して、ひとりでくすくす笑ってしまった。気がつくと、私はぼんやりお鍋に両手をつっこんだままで、ばかみたいに、あれこれ考えていた

のである。

いけない、いけない。お客様へ、早く夕食差し上げなければ。さっきの大きいお魚は、どうするのだろう。とにかく三枚におろして、お味噌《みそ》につけて置くことにしよう。そうして食べると、きっとおいしい。料理は、すべて、勘《かん》で行かなければいけない。キウリが少し残っているから、あれでもって、三杯酢《さんばいず》。それから、私の自慢の卵焼き。それから、もう一品。あ、そうだ。ロココ料理にしよう。これは、私の考案したものでございまして。お皿ひとつひとつに、それぞれ、ハムや卵や、パセリや、キャベツ、ほうれんそう、お台所に残って在るもの一切合切《いっさいがっさい》、いろとりどりに、美しく配合させて、手際《てぎわ》よく並べて出すのであって、手数は要らず、経済だし、ちっとも、おいしくはないけれども、でも食卓は、ずいぶん賑《にぎ》やかに華麗になって、何だか、たいへん贅沢《ぜいたく》な御馳走のように見えるのだ。卵のかげにパセリの青草、その傍に、ハムの赤い珊瑚礁《さんごしょう》がちらと顔を出していて、キャベツの黄色い葉は、牡丹《ぼたん》の花弁のように、鳥の羽の扇子《せんす》のようにお皿に敷かれて、緑したたる菠薐草《ほうれんそう》は、牧場か湖水か。こんなお皿が、二つも三つも並べられて食卓に出されると、お客様はゆくりなく、ルイ王朝を思い出す。まさか、それほどでもないけれど、どうせ私は、おいしい御馳走なんて作れないのだから、せめて、ていさいだけでも美しくして、お客様を眩惑《げんわく》させて、ごまかしてしまうのだ。料理は、見かけが第一である。たいてい、それで、ごまかせます。けれども、このロココ料理には、よほど絵心《えごころ》が必要だ。色彩の配合について、人一倍、敏感でなければ、失敗する。せめて私くらいのデリカシイが無ければね。ロココという言葉を、こないだ辞典でしらべてみたら、華麗のみにて内容空疎《くうそ》の装飾様式、と定義されていたので、笑っちゃった。名答である。美しさに、内容なんてあってたまるものか。純粋の美しさは、いつも無意味で、無道徳だ。きまっている。だから、私は、ロココが好きだ。

いつもそうだが、私はお料理して、あれこれ味をみているうちに、なんだかひどい虚無にやられる。死にそうに疲れて、陰鬱《いんうつ》になる。あらゆる努力の飽和状態におちいるのである。もう、もう、なんでも、どうでも、よくなって来る。ついには、ええっ！と、やけくそになって、味でも体裁でも、めちゃめちゃに、投げとばして、ばたばたやってしまって、じつに不気嫌な顔して、お客に差し出す。

きょうのお客様は、ことにも憂うつ。大森の今井田さん御夫婦に、ことし七つの良夫さん。今井田さんは、もう四十ちかいのに、好男子みたいに色が白くて、いやらしい。なぜ、*敷島《しきしま》なぞを吸うのだろう。両切《りょうぎり》の煙草《たばこ》でないと、なんだか、不潔な感じがする。煙草は、両切に限る。敷島なぞを吸っていると、そのひとの人格までが、疑わしくなるのだ。いちいち天井を向いて煙を吐いて、はあ、はあ、なるほど、なんて言っている。

いまは、夜学《やがく》の先生をしているそうだ。奥さんは、小さくて、おどおどして、そして下品だ。つまらないことにでも、顔を畳にくっつけるようにして、からだをくねらせて、笑いむせぶのだ。可笑《おか》しいことなんてあるものか。そうして大袈裟に笑い伏すのが、何か上品なことだろうと、思いちがいしているのだ。いまのこの世の中で、こんな階級の人たちが、一ばん悪いのではないかしら。一ばん汚い。プチ・ブル*というのかしら。小役人というのかしら。子供なんかも、へんに小《こ》ましゃくれて、素直な元気なところが、ちっともない。そう思っていながらも、私はそんな気持を、みんな抑えて、お辞儀《じぎ》をしたり、笑ったり、話したり、良夫さんを可愛い可愛いと言って頭を撫でてやったり、まるで嘘ついて皆をだましているのだから、今井田御夫婦なんかでも、まだまだ、私よりは清純かも知れない。みなさん私のロココ料理をたべて、私の腕前をほめてくれて、私はわびしいやら、腹立たしいやら、泣きたい気持なのだけれど、それでも、努めて、嬉しそうな顔をして見せて、やがて私も御相伴して一緒にごはんを食べたのであるが、今井田さんの奥さんの、しつこい無智《むち》なお世辞《せじ》には、流石《さすが》にむかむかして、よし、もう嘘は、つくまいと屹《き》っとなって、

「こんなお料理、ちっともおいしくございません。なんにもないので、私の窮余《きゅうよ》の一策なんですよ。」と、私は、ありのまま事実を、言ったつもりなのに、今井田さん御夫

婦は、窮余の一策とは、うまいことをおっしゃる、と手を拍《う》たんばかりに笑い興じるのである。私は、口惜しくて、お箸《はし》とお茶碗《ちゃわん》ほうり出して、大声あげて泣こうかしらと思った。じっとこらえて、無理に、にやにや笑って見せたら、お母さんまでが、

「この子も、だんだん役に立つ様《よう》になりましたよ。」と、お母さん、私のかなしい気持、ちゃんとわかっていらっしゃる癖《くせ》に、今井田さんの気持を迎えるために、そんなくだらないことを言って、ほほと笑った。お母さん、そんなにまでして、こんな今井田なんかの御気嫌とることは、ないんだ。お客さんと対しているときのお母さんは、お母さんじゃない。ただの弱い女だ。お父さんが、いなくなったからって、こんなにも卑屈になるものか。情なくなって、何も言えなくなっちゃった。帰って下さい、帰って下さい。私の父は、立派なお方だ。やさしくて、そうして人格が高いんだ。お父さんがいないからって、そんなに私たちをばかにするんだったら、いますぐ帰って下さい。よっぽど今井田に、そう言ってやろうと思った。それでも私は、やっぱり弱くて、良夫さんにハムを切ってあげたり、奥さんにお漬物《つけもの》とってあげたり奉仕をするのだ。

ごはんがすんでから、私はすぐに台所へひっこんで、あと片附けをはじめた。早く独りになりたかったのだ。何も、お高くとまっているのではないけれども、あんな人たちとこれ以上、無理に話を合せてみたり、一緒に笑ってみたりする必要もないように思わ

れる。あんな者にも、礼儀を、いやいや、へつらいを致《いた》す必要なんて絶対にない。いやだ。もう、これ以上は厭だ。私は、つとめられるだけは、つとめたのだ。お母さんだって、きょうの私のがまんして愛想《あいそ》よくしている態度を、嬉しそうに見ていたじゃないか。あれだけでも、よかったんだろうか。強く、世間のつきあいは、つきあい、自分は自分と、はっきり区別して置いて、ちゃんちゃん気持よく物事に対応して処理して行くほうがいいのか、または、人に悪く言われても、いつでも自分を失わず、韜晦《とうかい》しないで行くほうがいいのか、どっちがいいのか、わからない。一生、自分と同じくらい弱いやさしい温い人たちの中でだけ生活して行ける身分の人は、うらやましい。苦労なんて、苦労せずに一生すませるんだったら、わざわざ求めて苦労する必要なんて無いんだ。そのほうが、いいんだ。

自分の気持を殺して、人につとめることは、きっといいことに違いないんだけれど、これからさき、毎日、今井田御夫婦みたいな人たちに無理に笑いかけたり、合槌《あいづち》うたなければならないのだったら、私は、気ちがいになるかも知れない。自分なんて、とても監獄《かんごく》に入《はい》れないな、と可笑《おか》しいことを、ふと思う。監獄どころか、女中さんにもなれない。奥さんにもなれない。いや、奥さんの場合は、ちがうんだ。この人のために一生つくすのだ、とちゃんと覚悟がきまったら、どんなに苦しくとも、真黒になって働いて、そうして充分に生き甲斐《いがい》があるのだから、希望があるのだから、私だって、立派にやれる。あたりまえのことだ。朝から晩まで、くるくるコマ鼠《ねずみ》のように働いてあげる。じゃんじゃんお洗濯をする。沢山よごれものがたまった時ほど、不愉快《ふゆかい》なことがない。焦《い》ら焦《い》らして、ヒステリイになったみたいに落ちつかない。死んでも死にきれない思いがする。よごれものを、全部、一つものこさず洗ってしまって、物干竿《ものほしざお》にかけるときは、私は、もうこれで、いつ死んでもいいと思うのである。

今井田さん、おかえりになる。何やら用事があるとかで、お母さんを連れて出掛けてしまう。はいはい附いて行くお母さんもお母さんだし、今井田が何かとお母さんを利用するのは、こんどだけでは無いけれど、今井田御夫婦のあつかましさが、厭で厭で、ぶんなぐりたい気持がする。門のところまで、皆さんをお送りして、ひとりぼんやり夕闇の路を眺めていたら、泣いてみたくなってしまう。

郵便函《ゆうびんばこ》には、夕刊と、お手紙二通。一通はお母さんへ、松坂屋から夏物売出しの御案内。一通は、私へ、いとこの順二さんから。こんど前橋の聯隊《れんたい》へ転任することになりました。お母さんによろしく、と簡単な通知である。将校さんだって、そんなに素晴らしい生活内容などは、期待できないけれど、でも、毎日毎日、厳酷に無駄なく起居するその規律がうらやましい。いつも身が、ちゃんとちゃんと決《きま》っているのだから、気持の上から楽《らく》なことだろうと思う。私みたいに、何もしたくなければ、いっそ何もしなくてすむのだし、どんな悪いことでもできる状態に置かれているのだし、また、勉強しようと思えば、無限といっていいくらいに勉強の時間があるのだし、慾《よく》を言ったら、よほどの望みでもかなえてもらえるような気がするし、ここからここまでという努力の限界を与えられたら、どんなに気持が助かるかわからない。うんと固くしばってくれると、かえって有難《ありがた》いのだ。戦地で働いている兵隊さんたちの欲望は、たった一つ、それはぐっすり眠りたい欲望だけだ、と何かの本に書かれて在ったけれど、その兵隊さんの苦労をお気の毒に思う半面、私は、ずいぶんうらやましく思った。いやらしい、煩瑣《はんさ》な堂々めぐりの、根も葉もない思案の洪水から、きれいに別れて、ただ眠りたい眠りたいと渇望《かつぼう》している状態は、じつに清潔で、単純で、思うさえ爽快《そうかい》を覚えるのだ。私など、これはいちど、軍隊生活でもして、さんざ鍛《きた》われたら、少しは、はっきりした美しい娘になれるかも知れない。軍隊生活しなくても、新ちゃんみたいに、素直な人だってあるのに、私は、よくよく、いけない女だ。わるい子だ。新ちゃんは、順二さんの弟で、私とは同じとしなんだけれど、どうしてあんなに、いい子なんだろう。私は、親類中で、いや、世界中で、一ばん新ちゃんを好きだ。新ちゃん、目が見えないんだ。わかいのに、失明するなんて、なんということだろう。こんな静かな晩は、お部屋にお一人でいらして、どんな気持だろう。私たちなら、侘《わ》びしくても、本を読んだり、景色を眺めたりして、幾分《いくぶん》それをまぎらかすことが出来るけれど、新ちゃんには、それができないんだ。ただ、黙っているだけなんだ。これまで人一倍、がんばって勉強して、それからテニスも、水泳もお上手だったのだもの、いまの寂しさ、苦しさはどんなだろう。ゆうべも新ちゃんのことを思って、床《とこ》にはいってから五分間、目をつぶってみた。床にはいって目をつぶっているのでさえ、五分間は長く、胸苦しく感じられるのに、新ちゃんは、朝も昼も夜も、幾日も幾月も、何も見ていないのだ。不平を言ったり、癇癪《かんしゃく》を起したり、わがまま言ったりして下されば、私もうれしいのだけれど、新ちゃんは、何も言わない。新ちゃんが不平や人の悪口言ったのを聞いたことがない。その上いつも明るい言葉使い、無心の顔つきをしているのだ。それがなおさら、私の胸に、ピンと来てしまう。

あれこれ考えながらお座敷を掃《は》いて、それから、お風呂をわかす。お風呂番をしながら、蜜柑箱《みかんばこ》に腰かけ、ちろちろ燃える石炭の灯をたよりに学校の宿題を全部すましてしまう。それでも、まだお風呂がわかないので、*濹東綺譚《ぼくとうきたん》を読み返してみる。書かれてある事実は、決して厭な、汚いものではないのだ。けれども、ところどころ作者の気取りが目について、それがなんだか、やっぱり古い、たよりなさを感じさせるのだ。お年寄りのせいであろうか。でも、外国の作家は、いくらとしとっても、もっと大胆に甘《あま》く、対象を愛している。そうして、かえって厭味が無い。けれども、この作品は、日本では、いいほうの部類なのではあるまいか。わりに嘘のない、静かな諦《あきら》めが、作品の底に感じられてすがすがしい。この作者のものの中でも、これが一ばん枯れていて、私は好きだ。この作者は、とっても責任感の強いひとのような気がする。日本の道徳に、とてもとても、こだわっているので、かえって反撥《はんぱつ》して、へんにどぎつくなっている作品が多かったような気がする。愛情の深すぎる人に有りがちな偽悪趣味《ぎあくしゅみ》。わざと、あくどい鬼の面をかぶって、それでかえって作品を弱くしている。けれども、この濹東綺譚には、寂しさのある動かない強さが在る。私は、好きだ。

お風呂がわいた。お風呂場に電燈をつけて、着物を脱ぎ、窓を一ぱいに開け放してから、ひっそりお風呂にひたる。珊瑚樹《さんごじゅ》の青い葉が窓から覗いていて、一枚一枚の葉が、電燈の光を受けて、強く輝いている。空には星がキラキラ。なんど見直しても、キラキラ。仰向いたまま、うっとりしていると、自分のからだのほの白さが、わざと見ないのだが、それでも、ぼんやり感じられ、視野のどこかに、ちゃんとはいっている。なお、黙っていると、小さい時の白さと違うように思われて来る。いたたまらない。肉体が、自分の気持と関係なく、ひとりでに成長して行くのが、たまらなく、困惑する。めきめきと、おとなになってしまう自分を、どうすることもできなく、悲しい。なりゆきにまかせて、じっとして、自分の大人になって行くのを見ているより仕方がないのだろうか。いつまでも、お人形みたいなからだでいたい。お湯をじゃぶじゃぶ掻《か》きまわして、子供の振《ふ》りをしてみても、なんとなく気が重い。これからさき、生きてゆく理由が無いような気がして来て、くるしくなる。庭の向うの原っぱで、おねえちゃん！と、半分泣きかけて呼ぶ他所《よそ》の子供の声に、はっと胸を突かれた。私を呼んでいるのではないけれども、いまのあの子に泣きながら慕われているその「おねえちゃん」を羨《うらやま》しく思うのだ。私にだって、あんなに慕って甘えてくれる弟が、ひとりでもあったなら、私は、こんなに一日一日、みっともなく、まごついて生きてはいない。生きることに、ずいぶん張り合いも出て来るだろうし、一生涯を弟に捧《ささ》げて、つくそうという覚悟だって、できるのだ。ほんとうに、どんなつらいことでも、堪えてみせる。ひとり力《りき》んで、それから、つくづく自分を可哀想に思った。

風呂からあがって、なんだか今夜は、星が気にかかって、庭に出てみる。星が、降るようだ。ああ、もう夏が近い。蛙《かえる》があちこちで鳴いている。麦が、ざわざわいっている。何回、振り仰いでみても、星が沢山光っている。去年のこと、いや去年じゃない、もう、おととしになってしまった。私が散歩に行きたいと無理言っていると、お父さん、病気だったのに、一緒に散歩に出て下さった。いつも若かったお父さん、ドイツ語の「おま*

え百まで、わしゃ九十九まで。」という意味とやらの小唄《こうた》を教えて下さったり、星のお話をしたり、即興の詩を作ってみせたり、ステッキついて、唾《つば》をピュッピュッ出し出し、あのパチクリをやりながら一緒に歩いて下さった、よいお父さん。黙って星を仰いでいると、お父さんのこと、はっきり思い出す。あれから、一年、二年経って、私は、だんだんいけない娘になってしまった。ひとりきりの秘密を、たくさんたくさん持つようになりました。

お部屋へ戻って、机のまえに坐って頬杖つきながら、机の上の百合《ゆり》の花を眺める。いいにおいがする。百合のにおいをかいでいると、こうしてひとりで退屈していても、決してきたない気持が起きない。この百合は、きのうの夕方、駅のほうまで散歩していって、そのかえりに花屋さんから一本買って来たのだけれど、それからは、この私の部屋は、まるっきり違った部屋みたいにすがすがしく、襖《ふすま》をするするとあけると、もう百合のにおいが、すっと感じられて、どんなに助かるかわからない。こうして、じっと見ていると、ほんとうに*ソロモンの栄華以上だと、実感として、肉体感覚として、首肯《しゅこう》される。ふと、去年の夏の山形を思い出す。山に行ったとき、崖《がけ》の中腹に、あんまり沢山、百合が咲き乱れていたので驚いて、夢中になってしまった。でも、その急な崖には、とてもよじ登ってゆくことができないのが、わかっていたから、どんなに魅《ひ》かれても、ただ、見ているより仕方がなかった。そのとき、ちょうど近くに居合せた見知らぬ坑夫《こうふ》が、黙ってどんどん崖によじ登っていって、そしてまたたく中に、いっぱい、両手で抱え切れないほど、百合の花を折って来て呉《く》れた。そうして、少しも笑わずに、それをみんな私に持たせた。それこそ、いっぱい、いっぱいだった。どんな豪勢なステージでも、結婚式場でも、こんなにたくさんの花をもらった人はないだろう。花でめまいがするって、そのとき始めて味わった。その真白い大きい大きい花束を両腕をひろげてやっとこさ抱えると、前が全然見えなかった。親切だった、ほんとうに感心な若いまじめな坑夫は、いまどうしているかしら。花を、あぶない所に行って取って来て呉れた、ただ、それだけなのだけれど、百合を見るときには、きっと坑夫を思い出す。

机の引き出しをあけて、かきまわしていたら、去年の夏の扇子が出て来た。白い紙に、元禄時代《げんろくじだい》の女のひとが行儀《ぎょうぎ》わるく坐り崩れて、その傍に、青い酸漿《ほおずき》が二つ書き添えられて在る。この扇子から、去年の夏が、ふうと煙みたいに立ちのぼる。山形の生活、汽車の中、浴衣《ゆかた》、西瓜《すいか》、川、蟬《せみ》、風鈴《ふうりん》。急に、これを持って汽車に乗りたくなってしまう。扇子をひらく感じって、よいもの。ぱらぱら骨がほどけていって、急にふわっと軽くなる。クルクルもてあそんでいたら、お母さん帰っていらした。御気嫌がよい。

「ああ、疲れた、疲れた。」といいながら、そんなに不愉快そうな顔もしていない。ひとの用事をしてあげるのがお好きなのだから仕方がない。

「なにしろ、話がややこしくて。」など言いながら着物を着換えお風呂へはいる。お風呂から上《あが》って、私と二人でお茶を飲みながら、へんにニコニコ笑って、お母さん何を言い出すかと思ったら、

「あなたは、こないだから『裸足《＊はだし》の少女』を見たい見たいと言ってたでしょう？　そんなに行きたいなら、行ってもよござんす。そのかわり、今晩は、ちょっとお母さんの肩をもんで下さい。働いて行くのなら、なおさら楽しいでしょう？」

もう私は嬉しくてたまらない。「裸足の少女」という映画も見たいとは思っていたのだが、このごろ私は遊んでばかりいたので、遠慮していたのだ。それをお母さん、ちゃんと察して、私に用事を言いつけて、私に大手《おおで》ふって映画見にゆけるように、しむけて下さった。ほんとうに、うれしく、お母さんが好きで、自然に笑ってしまった。

お母さんと、こうして夜ふたりきりで暮すのも、ずいぶん久しぶりだったような気がする。お母さん、とても交際が多いのだから。お母さんだって、いろいろ世間から馬鹿にされまいと思って努めて居られるのだろう。こうして肩をもんでいると、お母さんのお疲れが、私のからだに伝って来るほど、よくわかる。大事にしよう、と思う。先刻、今井田が来ていたときに、お母さんを、こっそり恨《うら》んだことを、恥ずかしく思う。ごめ

んなさい、と口の中で小さく言ってみる。私は、いつも自分のことだけを考え、思って、お母さんには、やはり、しん底から甘えて乱暴な態度をとっている。お母さんは、その都度《つど》、どんなに痛い苦しい思いをするか、そんなものは、てんで、はねつけている自分だ。お父さんがいなくなってからは、お母さんは、ほんとうにお弱くなっているのだ。私自身、くるしいの、やりきれないのと言ってお母さんに完全にぶらさがっているくせに、お母さんが少しでも私に寄りかかったりすると、いやらしく、薄汚いものを見たような気持がするのは、本当に、わがまますぎる。お母さんだって、私だって、やっぱり同じ弱い女なのだ。これからは、お母さんと二人だけの生活に満足し、いつもお母さんの気持になってあげて、昔の話をしたり、お父さんの話をしたり、一日でもよい、お母さん中心の日を作れるようにしたい。そうして、立派に生き甲斐を感じたい。お母さんのことを、心では、心配したり、よい娘になろうと思うのだけれど、行動や、言葉に出る私は、わがままな子供ばっかりだ。それに、このごろの私は、子供みたいに、きれいなところさえ無い。汚《よご》れて、恥ずかしいことばかりだ。くるしみがあるの、悩んでいるの、寂しいの、悲しいのって、それはいったい、なんのことだ。はっきり言ったら、死ぬる。ちゃんと知っていながら、一ことだって、それに似た名詞ひとつ形容詞ひとつ言い出せないじゃないか。ただ、どぎまぎして、おしまいには、かっとなって、まるでなにかみたいだ。むかしの女は、奴隷《どれい》とか、自己を無視している虫けらとか、人形とか、悪口言われているけれど、いまの私なんかよりは、ずっとずっと、いい意味の女らしさがあって、心の余裕もあったし、忍従《にんじゅう》を爽《さわ》やかにさばいて行けるだけの叡智《えいち》もあったし、純粋の自己犠牲《じこぎせい》の美しさも知っていたし、完全に無報酬の、奉仕のよろこびもわきまえていたのだ。

「ああ、いいアンマさんだ。天才ですね。」

お母さんは、れいによって私をからかう。

「そうでしょう? 心がこもっていますからね。でも、あたしの取柄《とりえ》は、アンマ上下《かみしも》、それだけじゃないんですよ。それだけじゃ、心細いわねえ。もっと、いいとこもあるんです。」

素直に思っていることを、そのまま言ってみたら、それは私の耳にも、とっても爽やかに響いて、この二、三年、私が、こんなに、無邪気に、ものをはきはき言えたことは、なかった。自分のぶんを、はっきり知ってあきらめたときに、はじめて、平静な新しい自分が生れて来るのかも知れない、と嬉しく思った。

今夜はお母さんに、いろいろの意味でお礼もあって、アンマがすんでから、オマケとして、＊クオレを少し読んであげる。お母さんは、私がこんな本を読んでいるのを知ると、やっぱり安心なような顔をなさるが、先日私が、ケッセル*の昼顔《ひるがお》を読んでいたら、そっと私から本を取りあげて、表紙をちらっと見て、とても暗い顔をなさって、けれども何も言わずに黙って、そのまますぐに本をかえして下さったけれど、私もなんだか、いやになって続けて読む気がしなくなった。お母さん、昼顔を読んだことが無い筈《はず》なのに、それでも勘《かん》で、わかるらしいのだ。夜、静かな中で、ひとりで声たててクオレを読んでいると、自分の声がとても大きく間抜けて響いて、読みながら、ときどき、くだらなくなって、お母さんに恥ずかしくなってしまう。あたりが、あんまり静かなので、ばかばかしさが目立つ。クオレは、いつ読んでも、小さい時に読んで受けた感激とちっとも変らぬ感激を受けて、自分の心も、素直に、きれいになるような気がして、やっぱりいいなと思うのであるが、どうも、声を出して読むのと、目で読むのとでは、ずいぶん感じがちがうので、驚き、閉口の形である。でも、お母さんは、エンリコのところや、ガロオンのところでは、うつむいて泣いて居られた。うちのお母さんも、エンリコのお母さんのように立派な美しいお母さんである。

お母さんは、さきにおやすみ。けさ早くからお出掛けだった故《ゆえ》、ずいぶん疲れたことと思う。お蒲団を直してあげて、お蒲団の裾のところをハタハタ叩いてあげる。お母さんは、いつでも、お床へはいるとすぐ眼をつぶる。

私は、それから風呂場でお洗濯。このごろ、へんな癖で、十二時ちかくなってお洗濯をはじめる。昼間じゃぶじゃぶやって時間をつぶすの、惜しいような気がするのだけれど、反対かも知れない。窓からお月様が見える。しゃがんで、しゃッしゃッと洗いながら、お月様に、そっと笑いかけてみる。お月様は、知らぬ顔をしていた。ふと、この同じ瞬間、どこかの可哀想な寂しい娘が、同じ様にこうしてお洗濯しながら、このお月様に、そっと笑いかけた、たしかに笑いかけた、と信じてしまって、それは、遠い田舎の山の頂上の一軒家、深夜だまって脊戸《せど》でお洗濯している、くるしい娘さんが、いま、いるのだ、それから、パリイの裏町の汚いアパアトの廊下で、やはり私と同じとしの娘さんが、ひとりでこっそりお洗濯して、このお月様に笑いかけた、とちっとも疑うところなく、望遠鏡でほんとに見とどけてしまったように、色彩も鮮明にくっきり思い浮ぶのである。私たちみんなの苦しみを、ほんとに誰も知らないのだもの。いまに大人になってしまえば、私たちの苦しさ侘びしさは、可笑《おか》しなものだった、となんでもなく追憶できるようになるかも知れないのだけれど、けれども、その大人になりきるまでの、この長い厭な期間を、どうして暮していったらいいのだろう。誰も教えて呉《く》れないのだ。ほって置くより仕様のない、ハシカみたいな病気なのかしら。でも、ハシカで死ぬる人もあるし、ハシカで目のつぶれる人だってあるのだ。放《ほう》って置くのは、いけないことだ。

私たち、こんなに毎日、鬱々《うつうつ》したり、かっとなったり、そのうちには、踏みはずし、うんと堕落《だらく》して取りかえしのつかないからだになってしまって一生をめちゃめちゃに送る人だってあるのだ。また、ひと思いに自殺してしまう人だってあるのだ。そうなってしまってから、世の中のひとたちが、ああ、もう少し生きていたらわかることなのに、もう少し大人になったら、自然とわかって来ることなのにと、どんなに口惜しがったって、その当人にしてみれば、苦しくて苦しくて、それでも、やっとそこまで堪えて、何か世の中から聞こう聞こうと懸命に耳をすましていても、やっぱり、何かあたりさわりのない教訓を繰り返して、まあ、まあと、なだめるばかりで、私たち、いつまでも、恥ずかしいスッポカシをくっているのだ。私たちは、決して＊刹那《せつな》主義《しゅぎ》ではないけれども、あんまり遠くの山を指さして、あそこまで行けば見はらしがいい、と、それは、きっとその通りで、みじんも嘘のないことは、わかっているのだけれど、現在こんな烈《はげ》しい腹痛を起しているのに、その腹痛に対しては、見て見ぬふりをして、ただ、さあさあ、もう少しのがまんだ、あの山の頂上まで行けば、しめたものだ、とただ、そのことばかり教えている。きっと、誰かが間違っている。わるいのは、あなただ。

お洗濯をすまして、お風呂場のお掃除をして、それから、こっそりお部屋の襖をあけると、百合のにおい。すっとした。心の底まで透明になってしまって、崇高《すうこう》なニヒル、とてもいったような工合《ぐあ》いになった。しずかに寝巻に着換えていたら、いままですやすや眠ってるとばかり思っていたお母さん、目をつぶったまま突然言い出したので、びくっとした。お母さん、ときどきこんなことをして、私をおどろかす。

「夏の靴がほしいと言っていたから、きょう渋谷《しぶや》へ行ったついでに見て来たよ。靴も、高くなったねえ。」

「いいの、そんなに欲しくなくなったの。」

「でも、なければ、困るでしょう。」

「うん。」

明日もまた、同じ日が来るのだろう。幸福は一生、来ないのだ。それは、わかっている。けれども、きっと来る、あすは来る、と信じて寝るのがいいのでしょう。わざと、どさんと大きい音たてて蒲団にたおれる。ああ、いい気持だ。蒲団が冷たいので、脊中がほどよくひんやりして、ついうっとりなる。幸福は一夜おくれて来る。ぼんやり、そんな言葉を思出《おもいだ》す。幸福を待って待って、とうとう堪え切れずに家を飛び出してしまって、そのあくる日に、素晴らしい幸福の知らせが、捨てた家を訪れたが、もうおそかった。幸福は一夜おくれて来る。幸福は、——

お庭をカアの歩く足音がする。パタパタパタパタ、カアの足音には、特徴がある。右の前足が少し短く、それに前足はO型でガニだから、足音にも寂しい癖があるのだ。よくこんな真夜中に、お庭を歩きまわっているけれど、何をしているのかしら。カアは、可哀想。けさは、意地悪してやったけれど、あすは、かあいがってあげます。

私は悲しい癖で、顔を両手でぴったり覆《おお》っていなければ、眠れない。顔を覆って、じっとしている。

眠りに落ちるときの気持って、へんなものだ。鮒《ふな》か、うなぎか、ぐいぐい釣糸《つりいと》をひっぱるように、なんだか重い、鉛《なまり》みたいな力が、糸でもって私の頭を、ぐっとひいて、私がとろとろ眠りかけると、また、ちょっと糸をゆるめる。すると、私は、はっと気を取り直す。また、ぐっと引く。とろとろ眠る。また、ちょっと糸を放す。そんなことを三度か、四度くりかえして、それから、はじめて、ぐうっと大きく引いて、こんどは朝まで。

おやすみなさい。私は、王子さまのいないシンデレラ姫。あたし、東京の、どこにいるか、ごぞんじですか？　もう、ふたたびお目にかかりません。

華燭

燭をともして昼を継がん。

一

祝言《しゅうげん》の夜ふけ、新郎と新婦が将来のことを語り合っていたら、部屋の襖《ふすま》のそとでさらさら音がした。ぎょっとして、それから二人こわごわ這《は》い出《だ》し、襖をそっとあけてみると、祝い物の島台《しまだい》に飾られてある伊勢海老《いせえび》が、まだ生きていて、大きな髭《ひげ》をゆるくうごかしていたのである。物音の正体を見とどけて、二人は顔を見合せ、それからほのぼの笑った。こんないい思い出を持ったこの夫婦は、末永《すえなが》くきっとうまくいくだろう。かならず、よい家を創始するにちがいない。

私がこれから物語ろうと思ういきさつの男女も、このような微笑の初夜を得るように、私は衷心《ちゅうしん》から祈っている。

東京の郊外に男爵《だんしゃく》と呼ばれる男がいた。としのころ三十二、三と見受けられるが、或《ある》いは、もっと若いのかも知れない。＊帝大の経済科を中途退学して、そうして、何もしない。月々、田舎《いなか》から充分の仕送りがあるので、四畳半と六畳と八畳の、ひとり者としては、稍《や》や大きすぎるくらいの家を借りて、毎晩さわいでいる。もっとも、騒ぐのは、男爵自身ではなかった。訪問客が多いのである。実に多い。男爵と同じように、何もしないで、もっぱら考えてばかりいる種属の人たちである。例外なく貧しかった。なんらかの意味で、いずれも、世の中から背徳者《はいとくしゃ》の折紙をつけられていた。ほんの通りがかりの者ですけれども、お内があんまり面白そうなので、つい立ち寄らせていただきました、それでは、お邪魔《じゃま》させていただきます、などと言い、一面識《いちめんしき》もないあかの他人が、のこのこ部屋へはいり込んで来ることさえあった。そんな場合、さあ、さあ、と気軽に座蒲《ざぶ》団《とん》をすすめる男は、男爵でなかった。よく思い切って訪ねて来て呉《く》れましたね、とほめながらお茶を注《つ》いでやる別《べつ》の男は、これも男爵でなかった。君の眼は、嘘《うそ》つきの眼ですね、と突然言ってその新来の客を驚愕《きょうがく》させる痩《や》せた男は、これも男爵でなかった。それでは男爵はどこにいるか。その八畳の客間の隅に、消えるように小さく坐《すわ》って、皆の談論をかしこまって聞いている男が、男爵である。頗《すこぶ》るぱっとしない。五尺《しゃく》二、三寸の小《こ》柄《がら》の男で、しかも痩せている。つくづくその顔を眺めてみても、別段これという顔でない。浅黒く油光りして、顎《あご》の鬚《ひげ》がすこし伸びている。丸顔というではなし、さりとて長い顔でもなし、ひどく煮え切らない。髪の毛は、いくぶん長く、けれども蓬髪《ほうはつ》というほどのものではなし、それかと言ってポマアドで手入れしている形跡も見えない。あたりまえの鉄縁の眼鏡を掛けている。甚《はなは》だ、非印象的である。それ故《ゆえ》、訪問客たちは、お互い談論にふけり男爵の存在を忘れていることが多いのである。談じて、笑って、疲れて、それからふと隅の男爵に気附いて、おや、君はまだそこにいたのか、などと言い大あくびしながら、

「煙草《たばこ》がなくなっちゃったな。」

「ああ、」と男爵は微笑して立ちあがり、「僕もね、さっきから煙草吸いたくて。」嘘である。男爵は、煙草を吸わないひとであった。「買って来よう。」気軽に出かける。

男爵というのは、謂《い》わば綽名《あだな》である。北国の地主《じぬし》のせがれに過ぎない。この男は、その学生時代、二、三の目立った事業を為《な》した。恋愛と、酒と、それから或《＊あ》る種の政治運動。牢屋《ろうや》にいれられたこともあった。自殺を三度も企《くわだ》て、そうして三度とも失敗している。多人数の大家族の間に育った子供にありがちな、自分ひとりを余計者《よけいもの》と思い込み、もっぱら自分を軽んじて、甲斐《かい》ない命の捨てどころを大あわてにあわてて捜《さが》しまわっているというような傾向が、この男爵と呼ばれている男の身の上にも、見受けられるので

ある。なんでもいい、一刻も早く、人柱《ひとばしら》にしてもらって、この世からおさらばさせていただき、そうして、できれば、そのことに依《よ》って二、三の人《ひと》のためになりたかった。自分の心の醜《みにく》さと、肉体の貧しさと、それから、地主の家に生《うま》れて労せずして様々の権利を取得していることへの気おくれが、それらに就《つ》いての過度の顧慮《こりょ》が、この男の自我を、散々に殴打し、足蹴《あしげ》にした。それは全く、奇妙に歪曲《わいきょく》した。このあいそのつきた自分の泡のいのちを、お役に立ちますものなら、どうかどうか使って下さい。卑劣《ひれつ》と似ていた。けれどもそれが、この男に残された唯一の、せめてもの、行為のスローガンになっていたのである。男は、それに依《よ》って行為した。男の行為は、その行為の外貌《がいぼう》は、けれども多少はなやかであった。われは弱き者の仲間。われは貧しき者の友。やけくその行為は、しばしば殉教者《じゅんきょうしゃ》のそれと酷似《こくじ》する。短い期間ではあったが、男は殉教者のそれとかわらぬ辛苦《しんく》を嘗《な》めた。凪にさからい、浪《なみ》に打たれ、雨を冒《おか》した。この艱難《かんなん》だけは、信頼できる。けれども、もともと絶望の行為である。おれは滅亡の民であるという思念一つが動かなかった。早く死にたい願望一つである。おのれひとりの死場所をうろうろ捜し求めて、狂奔《きょうほん》していただけの話である。人のためになるどころか、自分自身をさえ持てあました。まんまと失敗したのである。そんなにうまく人柱なぞという光栄の名の下に死ねなかった。謂《い》わば、人生の峻厳《しゅんげん》は、男ひとりの気ままな狂言を許さなかったのである。

虫がよいというものだ。所詮《しょせん》、人は花火になれるものではないのである。事実は知らず、*転向という文字には、救いも光明も意味されている筈《はず》である。そんなら、かれの場合、これは転向という言葉さえ許されない。廃残《はいざん》である。破産である。光栄の十字架ではなく、灰色の黙殺《もくさつ》を受けたのである。ざまのよいものではなかった。幕切れの大見得《おおみえ》切っても、いつまでも幕が降りずに、閉口している役者に似ていた。かれは仕様がないので、舞台の上に身を横《よこた》え、死んだふりなどして見せた。せっぱつまった道化《どうけ》である。これが廃人としての唯一のつとめか。かれは、そのような状態に墜《お》ちても、なお、何かの「ため」を捨て切れなかった。私の身のうちに、まだ、どこか食えるところがあるならば、どうか勝手に食って下さい、と寝ころんでいる。食えるところがまだあった。かれは地主のせがれであり、月々のくらしには困っていない。なんらかの素因で等しく世に敗れ、廃人よ、背徳者よとゆび指《さ》され、そうしてかれより貧しい人たちは、水の低きにつくが如《ごと》く、大挙してかれの身のまわりにへばりついた。そうして、この男に、男爵という軽《けい》蔑《べつ》を含めた愛称を与えて、この男の住家《すみか》をかれらの唯一の慰安所と為した。男爵はぼんやり、これら訪問客たちのために、台所でごはんをたき、わびしげに芋《いも》の皮をむいていた。

かれは、そんな男であった。訪問客のひとりが*活動写真の撮影所につとめることになりそれがそのひとの自慢らしく、誰かにその仕事振りを見てもらいたげなのであるが、ほかの訪問客たちは鼻で笑って相手にせぬので、男爵は気の毒に思い、ぜひ私に見せて下さい、と頼んでしまった。男爵は、いったいに無趣味の男であった。弓は初段をとっていたが、これは趣味と言えるかどうか。じゃんけんさえ、はっきりは知らなかった。石よりも鋏《はさみ》が強いと、間違って覚えている。そんな有様であるから、映画のことなどあまり知らなかった。毎日、毎日、訪問客たちの接待に朝から晩までいそがしく、中には泊り込みの客もあって、遊び歩くひまもなかったし、また、たまにお客の来ない日があっても、そんなときには、家の大掃除《おおそうじ》をはじめたり、酒屋や米屋へ支払いの残りについて弁明してまわったりして、とても活動など見に行くひまはなかった。訪問客たちには、ひた隠しに隠しているが、無理な饗応《きょうおう》がたたって、諸方への支払いになかなかつらいところも多い様子であった。無趣味は、時間的乃至《ないし》は性格的な原因からでなくて、或いはかれの経済状態から拠《よ》って来たものかも知れない。

その日、男爵は二時間ちかく電車にゆられて、撮影所のまちに到着した。草深い田舎であったが、けれどもかれは油断をしなかった。金雀枝《えにしだ》の茂みのかげから美々しく着飾った*コサック騎兵《きへい》が今にも飛び出して来そうな気さえして、かれも心の中では、年甲斐もなく、*小桜縅《こざくらおどし》の鎧《よろい》に身をかためている様《よう》なつもりになって、一歩一歩自信ありげに歩いてみるのだが、春の薄日《うすび》を受けて路上に落ちているおのれの貧弱な影法師を見ては、どうにも、苦笑のほかはなかった。駅から一丁ほど田圃道《たんぼみち》を歩いて、撮影所の正門がある。白いコンクリートの門柱に蔦《つた》の新芽が這いのぼり、文化的であった。正門のすぐ向いに茅屋根《かややね》の、居酒屋《いざかや》ふうの店があり、それが約束のミルクホール*であった。ここで待って居れ、と言われた。かれは、その飲食店の硝子戸《ガラスど》をこじあけるのに苦労した。がたぴしして、なかなかあかないのである。あまの岩戸を開《あ》けるような恰好《かっこう》して、うむと力こめたら、硝子戸はがらがらがら大きな音たてて一間《けん》以上も滑走《かっそう》し、男爵は力あまって醜《みにく》く泳いだ。あやうく踏みとどまり、冷汗三斗の思いでこそこそ店内に逃げ込んだ。ひどいほこりであった。六、七脚の椅子《いす》も、三つのテエブルも、みんな白くほこりをかぶっていた。かれは躊躇《ちゅうちょ》せず、入口にちかい隅の椅子に腰をおろした。いつも隅は、男爵に居心地がよかった。そこで、ずいぶん待たされた。客はひとりもはいって来なかった。はじめのうちは、或いは役者などがはいって来ないとも限らぬ、とずいぶん緊張していたのであるが、あまりの閑散に男爵も呆《あき》れ、やがて緊張の疲れが出て来て、ぐったりなってしまった。牛乳を三杯のんで、約束の午後二時はとっくに過ぎ、四時ちかくなって、その飲食店の硝子戸が夕日に薄赤く染《そ》まりかけて来たころ、がらがらとあの恐ろしい大音響がして、一個の男が、弾丸のように飛んで来た。

「や。しっけい、しっけい。煙草あるかい?」

男爵は、にこにこ笑って立ちあがり、ポケットから煙草を二つ差し出し、「僕も、やっと今しがた来たばかりで、どうも、おそくなって。」と変なあやまりかたをした。

「ま、いいさ。」相手の男は、気軽にゆるした。「僕もね、きょうから生田組の撮影がはじまっているので、てんてこ舞いさ。」言いながら落ちつきなく手を振り足踏みして、てんてこ舞いをしてみせた。

男爵は、まじめになり、その男のてんてこ舞いを見つめ、一種の感動を以《もっ》て、「はり切っていますね。」そう不用意に言ってしまって、ひやとした。自分のそんな世俗の評語が、芸術家としての相手の誇りを傷《きず》つけはせぬかと、案じられた。「芸術の制作衝動と、」すこしとぎれた。あとの言葉を内心ひそかにあれこれと組み直し、やっと整理して、さいごにそれをもう一度、そっと口の中で復誦《ふくしょう》してみて、それから言い出した。「芸術の制作衝動と、日常の生活意欲とを、完全に一致させてすすむということは、なかなか稀《まれ》なことだと思われますが、あなたはそれを素晴らしくやってのけて居られるように見受けられます。美しいことです。僕は、うらやましくてならない。」たいへんなお世辞《せじ》である。男爵は言い終って、首筋の汗をそっとハンケチで拭《ぬぐ》った。

「そんなでもないさ。」相手の男は、そう言って、ひひと卑屈《ひくつ》に笑った。「うちの撮影所、見たいか？」

男爵は、もう、見たくなかった。

「ぜひとも。」と力こめてたのんでしまった。死ぬる思いであった。

「オーライ！」ばかばかしく大きい声で叫んで、「カムオン！」またばかばかしく叫んで、飲食店から飛んで出た。かれは仕方なく、とぼとぼ、そのあとを追うのである。

その男は、撮影監督の助手をつとめていた。バケツで水を運んだり、監督の椅子を持って歩いたり、さまざまの労役をするのである。そうして、そんな仕事をしている自分の姿を、得意げに、何時間でも見せていたい様子で、男爵もまた、その気持ちを察し、なんの興味もない撮影の模様を、阿呆みたいにぽかんとつっ立って拝見しているのである。男爵の眼前には、くだらないことが展開していた。髭をはやした立派な男が腹をへらして、めしを六杯食うという場面であった。喜劇の大笑いの場面のつもりらしかったけれども、男爵には、ちっともおかしくなかった。男がめしを食う。お給仕の令嬢が、まあ、とあきれる。それだけの場面を二十回以上も繰りかえしてテストしているのである。どうにも、おかしくなかった。大笑いどころか、男爵は、にがにがしくさえなった。日本の喜劇には、きまったように、こんな、大めしを食うところや、まんじゅうを十個もたべて目を白黒する場面や、いちまいの紙幣《しへい》を奪い合ってそうしてその紙幣を風に吹き飛ばされてふたりあわててそのあとを追うところなどあって、観客も、げらげら笑っているが、男爵には、すべて、ちっともおかしくないのである。陰惨な気がするだけであった。殊《こと》にもこの髭男の場面は、ひどいと思った。人間侮辱《にんげんぶじょく》、という言葉さえ思い出された。そのうちに監督に名案が浮《う》かんだのである。めし食う男の髭の先に、めしつぶを附着させたら、というのであった。それは、名案ということになった。髭の男に扮《ふん》している立派な役者は、わかいお弟子《でし》の差し出す鏡に向い、その髭の先にめしつぶをくっつけようとあせるのだが、めしつぶは冷え切っていて粘着力を失っているので、なかなか附かない。みんな、困った。はりきりの監督助手は、そのときすすみ出て、

「それはね、もう一粒のごはんつぶをすりつぶし、それを糊《のり》にして、もう一粒のごはんつぶに塗《ぬ》ってつけたらいいでしょう。」

男爵は、あまりのばからしさに、からだがだるくなった。ふっと眼がしらが熱くなり、理由はわからぬが、泣きたくなった。わあ、と大声あげて叫び出したい思いなのである。けれども、立ち去るわけにいかない。それは、失礼である。なるほど、と感心した振りをして厳粛《げんしゅく》にうなずき、なおも見つづけていなければならぬのである。

その撮影が、どうにか一くぎりすんで、男爵は、蘇生《そせい》の思いであった。むし熱い撮影

室から転《ころ》げるようにして出て、ほっと長大息した。とっぷり日が暮れて、星が鈍く光っている。

「新やん。」うしろから、低くそう呼ばれて、ふりむくと、いままで髭の男のお給仕をしていて二十回以上も、まあ、とあきれていたあの小柄な令嬢の笑顔が暗闇の中に黄色く浮んでいた。「新やん。ちっともお変りにならないのね。あたし、さっき、ひとめ見て、ちゃんとわかったわ。でも、撮影中でしょう、だもんだから、だまって、ごめんなさいね。」ひと息《いき》で言ってしまって、それから急に固くなり、「ほんとうに、おひさしぶりでございました。お国では、皆様おかわりございませぬでしょうか。」

男爵は、やっと思い出した。

「あ、とみ、とみだね。」田舎の訛《なまり》が少し出たほど、それほど男爵は、あわてていた。十年まえ、とみは、田舎の男爵の家で女中をしていた。かれが高等学校*にはいったばかりのころで、暑中休暇に帰省してみたら、痩せて小さく、髪がちぢれて、眼のきびしい十六七の小間使《こまづか》いがいて、これが、かれの身のまわりを余りに親切に世話したがるので、男爵は、かえってうるさく、いやらしいことに思い、ことごとに意地悪く虐待《ぎゃくたい》した。愛犬の蚤《のみ》を一匹残さずとるよう命じたことさえあった。二年ほど、かれの家にいたろうか。ふっといなくなって、男爵は、いないな、と思っただけで、それ以上気にとめることはなかった。そのとみである。男爵は、ぶるっと悪感《おかん》を覚えた。髪が逆立《さかだ》つとまでは言えないが、けれども、なにか、異様にからだがしびれた。たしかに畏怖《いふ》の感情である。人生の冷酷な悪戯《いたずら》を、奇蹟《きせき》の可能を、峻厳な復讐《ふくしゅう》の実現を、深山の精気のように、きびしく肌に感じたのだ。しどろもどろになり、声まで嗄れて、

「よく来たねえ。」まるで意味ないことを呟《つぶや》いた。絶えず訪問客になやまされている人の、これが、口癖《くちぐせ》になっているのかも知れぬ。

相手の女も、多少、興奮している様子であった。男爵のその白痴《はくち》めいた寝言《ねごと》を、気にもとめず、

「新やんこそ、よくおいで下さいました。あたし、ゆっくりお話申しあげたいのですけれど、いま、とっても、いそがしいので、あ、そうそう、九時にね、新橋駅《しんばしえき》のまえでお待ち申して居ります。ほんの、ちょっとでよろしゅうございますから、あの、ほんとに、お願い申しあげます。おいやでしょうけれど、ほんとに。」あたりに気をくばりながら、口早に低くそう懇願する有様には、真剣なものがあった。ひとにものをたのまれて、拒否できるような男爵ではなかった。

「ああ、いいよ。いいとも。」

撮影所から退去して、電車にゆられながら、男爵は、ひどく不愉快《ふゆかい》であった。もとの

女中と、新橋駅で逢《あ》うということが、いやらしく下品に感じられてならなかった。破廉《はれん》恥《ち》であると思った。不倫でさえあると考えた。行こうか行くまいか、さんざ迷った。行くことにきめた。約束を平気で破れるほど、そんなに強い男爵ではなかった。

九時に新橋駅で、小さいとみを捜し出して、男爵は、まるで、口もきかずに、ずんずん歩いた。とみは、ほとんど駈《か》けるようにしてそのあとを追いながら、右から左から、かれの顔を覗《のぞ》き込《こ》んでは、際限なくいろいろの質問を発した。おもに、故郷のことに就《つ》いてであった。男爵は、もう八年以上も国へ帰らずに居るので、故郷のことは、さっぱり存じなかった。それゆえ、さあ、とか、あるいは、とか、頗《すこぶ》るいい加減な返答をして堪えていたがおしまいには、それもめんどうくさく、めちゃめちゃになって As you see* など、英語が飛び出したりして、もう一刻も早く、おわかれしたくなって来た。そのうちに、とみは、へんなことを言いはじめた。

「あたし、なんでも知っててよ。新やんのこと、あたし、残らず聞いて知っています。新やん、あなたはちっとも悪いことしなかったのよ。立派なものよ。あたし、昔から信じていたわ。新やんは、いいひとよ。ずいぶんお苦しみなさいましたのね。あたし、あちこちの人から聞いて、みんな知っているわ。でも、新やん、勇気を出して、ね。あなたは、負けたのじゃないわ。負けたとしたら、それは、神さまに負けたのよ。だって、新やんは、神さまになろうとしたんだ。いけないわ。あたしだって、苦労したわよ。新やんの気持ちも、よくわかるわ。新やんは、或る瞬間、人間としての一ばん高い苦しみをしたのよ。うんと誇っていいわ。あたし、信じてる。人間だもの、誰だって欠点あるわ。新やん、ずいぶんいいことなさいました。てれちゃだめよ。自信もって、当然のお礼を要求していいのよ。新やん、どうして、立派なものよ。あたし、汚い世界にいるから、そのこと、よくわかるの。」

男爵は、夢みるようであった。何を女が、と、とみの不思議な囁《ささや》きを無理に拒否しようと努めた。底知れぬほどの敗北感が、このようなほのかな愛のよろこびに於いてさえ、この男を悲惨な不能者にさせていた。ラヴ・*インポテンス。飼《か》い馴《な》らされた卑屈。まるで、白痴にちかかった。二十世紀のお化け。鬚の剃《そ》り跡《あと》の青い、奇怪の嬰児《えいじ》であった。

とみにとんと脊中を押されて、よろめき、*資《し》生堂《せいどう》へはいった。ボックスにふたり向い合って坐ったら、ほかの客が、ちらちら男爵を盗み見る。男爵を見るのではなかった。そんな貧弱な青年の恰好を眺めたって、なんのたのしみにもならない。とみを見るのである。ずいぶん有名な女優であった。男爵は、無趣味の男ゆえ、それを知らない。人々のその無遠慮《ぶえんりょ》な視線に腹を立て、仏頂づらをしていた。

「それごらん。おまえが、そんな鳥の羽根なんかつけた帽子《ぼうし》をかぶっているものだから、みんな笑っているじゃないか。みっともないよ。僕は、女の＊銘仙《めいせん》の和服姿が一ばん好きだ。」

とみは笑っていた。

「何がおかしい。おまえは、へんに生意気になったね。さっきも僕がだまって聞いていると、いい気になって、婦人雑誌でたったいま読んで来たようなきざなことを言いやがる。僕は、おまえなんかに慰《なぐさ》めてもらおうとは思っていない。女は、もっと女らしくするがいい。不愉快だ。僕は、もうかえる。話なんて、ほかに何もないんだろう?」言っているうちに、わけのわからぬ、ひどい屈辱を感じて来た。失敬なやつだ。僕を遊び仲間にしようとしている。おまえなんかに、たのしまれてたまるものか。すっと立ちあがって、ひとりさっさと資生堂を出た。とみは落ちついて、母のような微笑で、そのうしろ姿を眺めていた。

二

男爵は、資生堂を出て、まっすぐに郊外の家へかえった。その郊外の小さい駅に降り立って、男爵は、やっと人ごこちを取り戻した。たすかった。まず、怪我《けが》なくてすんだ、とほっとしていた。自分の勇気ある態度を、ひそかにほめて、少しうっとりして、それから駅のまえの煙草屋から訪問客用のバットを十個買い求めた。こんな男は、自分をあらわに罵《ののし》る人に心服し奉仕し、自分を優しくいたわる人には、えらく威張《いば》って蹴散らして、そうしてすましているものである。男爵は、けれども、その夜は、流石《さすが》に自分の故郷のことなど思い出され、床《とこ》の中で転輾《てんてん》した。

――私は、やっぱり、私の育ちを誇っている。なんとか言いながらも、私は、私の家を自慢している。厳粛な家庭である。もし、いま、私の手許《てもと》に全家族の記念写真でもあったなら、私はこの部屋の床の間に、その写真を飾って置きたいくらいである。人々は、それを見て、きっと、私を羨《うらや》むだろう。私は、瞬時どんなに得意だろう。私は、その大家族の一人一人に就《つ》いて多少の誇張をさえまぜて、その偉《えら》さ、美しさ、誠実、恭倹《きょうけん》を、聞き手があくびを殺して浮べた涙を感激のそれと思いちがいしながらも飽くことなくそれからそれと語りつづけるに違いない。けれども、聞き手はついにたまりかねて、「なるほど君は幸福だ。」と悲鳴に似た讃辞を呈《てい》して私の自慢話をさえぎり、それから一つの質問を発する。「けれども、この写真には、君がはいっていないね。どうしたの？」

それに就いて、私は答える。

「それは、当りまえだ。僕は、二、三の悪いことをしたから、この記念写真にはいる資格がないのだ。それは、当りまえだ。僕には、とても、その資格がないのだ。」

現在は、私もまだ、こんな工合《ぐあ》いで、私の家の人たちも、あれは、わがままで、嘘つきで、だらしがないから、もっともっと苦労させてあげよう。つらくても、みんな、だまって見ていよう。あれは、根がそんなに劣った子ではないのだから、そのうち、きっと眼がさめる。そう信じて、そうしてその日を待っている。私は、それを知っているから、死にたく思う苦しい夜々はあっても、夜のつぎには朝が来る、夜のつぎには朝が来る、と懸命に自分に言い聞かせて、どうにか生き伸び、努力している。三年後には、私も、きっと、その記念写真の一隅に立たせてもらえる。私は、からだが悪いから、ひょっとしたら、その写真にいれてもらうまえに、死ぬかも知れない。そのときには、私の家の人たちは、その記念写真の右上に白い花環で囲んだ私の笑顔を写し込む。

けれども、それは、三年、いやいや、五年十年あとのことになるかも知れない。私は田舎では、相当に評判がわるい男にちがいないのだから、家ではみんな許したくても、なかなかそうはいかない場合もあろう。とつぜん私が、そのわるい評判を脊負ったままで、帰郷しなければならぬことが起ったら、どうしよう。私はともかく、それよりも、家の人たちは、どんなにつらい思いであろう。去年の秋、私の姉が死んだけれど、家からはなんの知らせもなかった。むりもないことと思い、私はちっとも、うらまなかった。けれども、もし、これは、めっそうもない、不謹慎きわまる、もし、ではあるが、もし、母がそうなったら、どうしよう。ひょっとしたら、私は、知らせてもらえるかも知れない。知らせてもらえなくても、私は、我慢しなければいけない。それは、覚悟している。恨《うら》みには思わない。けれども、――やはり私にも虫《むし》のよいところがあって、あるいは、知らせてもらえるのではないかしら、とも思っているのである。そうして故郷へ呼びかえされる。私は、もう、十年ちかく、故郷を見ない。こっそり見に行きたくても、見ることを許されない。むりもないことなのだ。けれども、母のその場合、もし私が故郷へ呼びかえされたら、そのときには、どんなことが起るか。

それを考えてみたい。

電報が来る。私は困る。部屋の中をうろうろ歩きまわる。大いに困る。困って困って唸《うな》るかも知れない。お金がないのである。動きがつかないのである。私の訪問客たちは、みんな私よりも貧しく、そうして苦しい生活をしているのだから、こんな場合でも、とても、たのむわけにはいかない。知らせることさえ、私は、苦痛だ。訪問客たちは、そんな、まさかのときでも、役に立たないことを私以上に苦痛に思うにちがいない。私は、訪問客たちに、無益の恥《はじ》をかかせたくない。それはかえって、私にとって、もっともっと苦痛だ。私は、ふと、死のうかと思う。ほかのこととはちがう。母の大事に接して、しかもこのふしだらでは、とてもこれは、人間の資格がない。もう、だめだ、と思う、そのとき、電報為替《でんぽうかわせ》が来る。あによめからである。それにきまっている。三十円。私はそのとき、五十円ほしかった。けれども、それは慾《よく》である。五十円と言えば大金である。五十円あれば、どこかの親子五人が、たっぷりひとつきにこにこして暮せるのである。どこかの女の子の盲目にちかい重い眼病をさえ完全になおせるのである。あによめも、できればもっと多くを送りたかったのであろうが、あによめ自身、そんなにお金がままになるわけでもなし、ぎりぎりの精一ぱいのところにちがいないので、また、よしんば、もっと多額を送れても、そこはたくさんの近親たちの手前もあり、さまざまの苦しい義理があるのだから、私がその三十円を不足に思うなど、とんでもないことである。私は、三十円の為替を拝むにちがいない。

私は、服装のことで思い悩む。*久留米絣《くるめがすり》にセルの袴《はかま》が、私の理想である。かたぎの書生の服装が、私の家の人たちを、最も安心させるだろう。そうでなければ、ごくじみな脊広姿《せびろすがた》がよい。色つきのワイシャツや赤いネクタイなど、この場合、極力避けなければならぬ。私のいま持っている衣服は、あのだぶだぶのズボンとそれから、鼠《ねずみ》いろのジャンパーだけである。それっきりである。帽子さえ無い。私は、そんな貧乏画家か、ペンキ屋みたいな恰好して、今夜も銀座でお茶を飲んだのであるが、もし、この服装のままで故郷へ現われるものなら、家の人たちは、恥《はず》かしさに身も世もあらぬ思いをするであろう。私は、服装に就《つ》いて困窮する。そうして奇妙な決心をする。借衣《かりぎ》である。私は、並より少し脊が低いほうなので、こういう場合でも、なにかと不便な思いをする。私と同じくらいの脊丈《せたけ》の人間が、これはおかしな言いかたであるが日本にひとりしかいない。それは、私の訪問客ではなく、つねに私のふしだらの、真実の唯一の忠告者であるのだが、その親友は、また、私よりも、ずっとひどい貧乏で、洋服一着あるにはあるけれど、たいていいかれの手許にはない。よそにあずけてあるのだ。私は三十円を持って、かの友人の許へ駈けつけ、簡単にわけを話し、十円でもって、そのあずけてあるところから取り戻し、それから、シャツ、ネクタイ、帽子、靴下のはてまで、その友人から借りて、そうして、どうやら服装が調《ととの》うた。似合うも似合わぬもない、常識どおりの服装ができれば、感謝である。私の頭は大きいから、灰色のソフト帽は、ちょこんと頭に乗っかって悲惨である。脊広は、無地の紺《こん》、ネクタイは黒、ま、普通の服装であろう。私は、あたふた上野駅にいそぐ。土産《みやげ》は、買わないことにしよう。姪《めい》、甥《おい》、いとこたち、たくさんいるのであるが、みんなぜいたくなお土産に馴れているのだから、私が、こっそり絵本一冊差し出しても、ただ単に、私を気の毒に思うだけのことであろうし、また、その母たちが或る種の義理から、この品物は受け取れませぬ、と私に突きかえさなければならぬようなことでも起れば、いよいよたいへんである。私は、お土産を買わないことにしよう。切符を買って汽車に乗る。

故郷に着いて、ほとんど十年ぶりで田舎の風物を見て、私は、歩きながら、泣くかも知れない。気を取り直して、家へはいる。トランクひとつさげていない自身の姿を、やりきれなく思う。家の中は、小暗く、しんとしている。あによめが、いちばんさきに私の姿を見つけるにちがいない。私は、すでに針のむしろの思いである。私は、阿呆のような無表情にちがいない。ただ、ぬっとつっ立っている。あによめの顔には、たしかに、恐怖の色があらわれる。ここに立っているこの男は、この薄汚い中年の男は、はたしてわたしの義弟であろうか。ねえさん、ねえさんと怜悧《れいり》に甘えていた、あの痩せぎすの高等学校の生徒であろうか。いやらしい、いやらしい。眼は黄色く濁って、髪は薄く、額《ひたい》は赤黒く野卑《やひ》にでらでら油光りして、唇は、頬は、鼻は、――あによめは、あまりの恐怖に、わなわなふるえる。

母の病室。ああ、これは、やっぱり困ったことだ。どうにも想像の外である。私の空想は、必ずむざんに適中する。おそろしい。考えてはならぬところだ。ここは、避けよう。

私が母の病室から、そっとすべり出たとき、よそに嫁《とつ》いでいる私のすぐの姉も、忍び足でついて出て来て、

「よく来たねえ。」低く低くそう言う。

私は、てもなく、嗚咽《おえつ》してしまうであろう。

この姉だけは、私を恐れず、私の泣きやむのを廊下に立ったままで、しずかに待っていて呉《く》れそうである。

「姉さん、僕は親不孝だろうか。」

――男爵は、そこまで考えて来て、頭から蒲団をかぶってしまった。久しぶりで、涙を流した。

すこしずつ変っていた。謂《い》わば赤黒い散文的な俗物に、少しずつ移行していたのである。それは、人間の意志に依《よ》る変化ではなかった。一朝めざめて、或る偶然の事件を目撃したことに依って起った変化でもなかった。自然の陽が、五年十年の風が、雨が、少しずつ少しずつかれの姿を太らせた。一茎の植物に似ていた。春は花咲き、秋は紅葉する自然の現象と全く似ていた。自然には、かなわない。ときどきかれは、そう呟いて、醜く苦笑した。けれども、全部に負けた、きれいに負けたと素直に自覚して、不思議にフレッシュな気配を身辺に感じることも、たまにはあった。人間はここからだな、そう

漠然《ばくぜん》と思うのであるが、さて、さしあたっては、なんの手がかりもなかった。

このごろは、かれも流石《さすが》に訪問客たちの接待に閉口を感じはじめていた。かれらの夜々の談笑におとなしく耳を傾けているのではあるが、どうにもやり切れない思いのすることがあった。かれには、訪問客たちの卑屈にゆがめられているエゴイズムや、刹那主《せつなしゅ》義《ぎ》的な奇妙な虚栄を非難したい気持ちはなかった。すべては弱さから、と解していた。この人たちは皆、自分の愛情の深さを持てあまし、そうして世間的には弱くて不器用なので、どこにも他に行くところがなくなって、そうして僕のところに来ているのだ、気の毒である。せめて僕だけでも親切にもてなしてやらなければいけない、とそう思っていたのである。ところが、このごろ、ふっと或る種の疑念がわいて出た。なぜ、この人たちは働かないのかしら。たいへん素朴な疑念であった。求めて職が得られないならば、そのときには、純粋に無報酬の行為でもよい。拙《つた》なくても、努力するのが、正しいのではないのか。世の中は、それをしなければ、とても生きて居れないほどきびしいところではないのか。生活の基本には、そんな素朴な命題があって、思考も、探美も、挨拶も、みんなその上で行われているもので、こんなに毎晩毎晩、同じように、寝そべりながら虚栄の挨拶ばかり投げつけ合っているのは、ずいぶん愚かな、また盲目的に傲慢《ごうまん》な、あさましいことではないのか。ここに集《あつま》る人たちより、もっと高潔の魂を持ち、もっと有識の美貌《びぼう》の人たちでも、ささやかな小さい仕事に一生、身を粉にして埋もらせているのだ。あの活動写真の助手は、まだこの仲間では、いちばん正しい。それを、みんなが嘲《あざけ》って、僕まで、あの人のはり切りに閉口したのは、これはよくなかった。はり切りという言葉は、これは下品なものではなかった。滑稽《こっけい》なものではなかった。ここに集る人たちは、みんな貧しく弱い。けれども、一時代のこの世の思潮が、この種の人たちを変に甘えさせて、不愉快なものにしてしまった。一体、いまの僕には、この人たちを親切にもてなす程《ほど》の余裕が、あるのかしら。僕だって今では、同じ様に、貧しく弱い。ちっとも違っていないじゃないか。それに、いまでは、*ブルジョアイデオロギーの悪徳が、かつての世の思潮に甘やかされて育った所謂《いわゆる》「*ブルジョア・シッペル」たちの間にだけ残っているので、かえって滅亡のブルジョアたちは、その廃頽《はいたい》の意識を捨てて、少しずつ起き直っているのではないか。それゆえに現代は、いっそう複雑に微妙な風貌をしているのではないか。弱いから、貧しいから、といって必ずしも神はこれを愛さない。その中にも、サタンがいるからである。強さの中にも善が住む。神は、かえってこれを愛する。

　そうは思いながらも、やっぱりかれもくだらない男であった。自信がなかった。訪問客たちを拒否することができなかった。おそろしかった。*坊主《ぼうず》殺せば、と言われているが、弱い貧しい人たちを、いちどでも拒否したならば、その拒否した指の先からじりじり腐って、そうして七代のちまで祟《たた》られるような気さえしていた。結局ずるずる引きずられながら、かれは何かを待っていた。

三

とみから手紙が来た。

三日まえから沼津《ぬまづ》の海へロケーションに来ています。私は、浪のしぶきをじっと見つめて居ると、きっとラムネが飲みたくなります。富士山を見て居ると、きっと羊羹《ようかん》をたべたくなります。心にもない、こんなおどけを言わなければならないほど、私には苦しいことがございます。私も、もう二十六でございます。もう、あれから、十年にもなりますのね。ずいぶん勉強いたしました。けれども、なんにもなりませぬ。きょうは霧《きり》のようにこまかい雨が降っていて、撮影が休みなので、お隣りの部屋では、皆さん陽気に騒いでいます。私には、女優がむかないのかも知れません。お目にかかりたく、私は十六、十七、十八の三日間、休暇をもらって置きますから、どの日でも、新介様のお好きな日においで下さい。いっそ、私の汚いうちへおいで願えたら、どんなにうれしいことでしょう。別紙に、うちまでの略図かきました。こんな失礼なことを申して、恥ずかしくむしゃくしゃいたします。字が汚くて、くるしゅう存じます。一生の大事でございます。ぜひとも御相談いたしたく、ほかにたのむ身寄りもございませぬゆえ、厚かましいとは存じながら、お願い。

とみ。

坂井新介様。

助監督のSさんからも、このごろお噂《うわさ》うけたまわって居ります。男爵というニックネームなんですってね。おかしいわ。

男爵は、寝床《ねどこ》の中でそれを読んだ。はじめ、まず、笑った。ひどく奇怪に感じたのである。とみも、都会のモダンガール*みたいに、へんな言葉づかいの手紙を書く、ということが、異様にもの珍らしく、なかなか笑いがとまらなかった。けれども、ふっと、厳粛になってしまった。与えられることは、かたく拒否できても、ものをたのまれて決していやと言えないのは、この種類の人物の宿命である。男爵は、別紙の略図というものを見た。撮影所の在るまちの駅から、さらに二つ向うの駅で下車することになっていた。行かなければならない。男爵は、暗い気持ちになって、しぶしぶ起きた。きょうは、十六日、きょうこれからすぐ出かけて、かたづけてしまおうと思った。なまけものほど、気がかりの当座の用事を一刻も早く片附けてしまいたがるものらしい。

電車から降りて、見ると、これは撮影所のまちよりも、もっとひどい田舎だった。一望の麦畑、麦は五、六寸ほどに伸びて、やわらかい緑色が溶《と》けるように、これはエメラルドグリンというやつだな、と無趣味の男爵は考えた。歩いて五、六分、家は、すぐわかった。なかなかハイカラな構えの家だったので、男爵には、一驚《いっきょう》だった。呼鈴《よびりん》を押す。女中が出て来る。ばかなやつだな、役者になったからって、なにも、こんなにもったいぶることはない、と男爵は、あさましく思った。

「坂井ですが。」

けばけばしいなりをして、眉毛を剃り落した青白い顔の女中が、あ、と首肯《うなず》き、それから心得顔《こころえがお》ににっと卑《いや》しく笑って引き込み、ほとんどそれと入れちがいに、とみが銘仙を着て玄関に現われた。男爵には、その銘仙にも気附かぬらしく、怒るような口調で言った。

「用事って、なんだい。あんな手紙よこしちゃいけないよ。僕は、これでも、いそがしいのだからね。」

「ごめんなさいまし。」とみは、うやうやしくお辞儀《じぎ》をして、「よくおいで下さいましたこと。」深い感動をさえ、顔にあらわしていた。

男爵は、それを顎で答えて、

「いい家じゃないか。やあ、庭もひろいんだね。これじゃ、家賃も高いだろう。」有名な女優は、借家などにはいなかった。これはとみが、働いて自分でたてた家である。「虚栄か。ふん。むりしないほうがいいぞ。」男爵は、もっともらしい顔してそう言った。

応接室に通され、かれは、とみから、その一生の大事なるものに就《つ》いて相談を受けた。とみは、ことしの秋になると、いまの会社との契約の期限が切れる、もうことし二十六にもなるし、この機会に役者をよそうと思う。田舎の老父母は、はじめからとみをあきらめ、東京のとみのところに来るように、いくら言ってやっても、田舎のわずかばかりの田畑に恋着《れんちゃく》して、どうしても東京に出て来ない。ひとり弟がいるのだが、こいつが、父母の反対を押し切って、六年まえに姉のとみのところへ駈けつけて来て、いまは、私立の大学にかよっている。どうしたらいいでしょう。それが相談である。男爵は、呆れた。とみを、ばかでないかと疑った。

「ふざけるのも、いい加減にし給《たま》え。」あまりのばからしさに、男爵は警戒心さえ起して、多少よそ行きの言葉を使った。「どこがいったい、一生の大事なんです。結構な身分じゃないか。わざわざ僕は、遠いところからやって来たんだぜ。どこをどう、聞けばいいのだ。田舎のものたちが、おまえをあきらめて、全然交渉をたっているのなら、それはそれでいいじゃないか。弟が、どうなったって、男だ。どうにかやって行くだろう。

おまえに責任は無い。あとは、おまえの自由じゃないか。なんだ、ばかばかしい。」散々の不気嫌であった。

「ええ、それが、」淋しそうに笑って、少し言《い》い澱《よど》んでいたが、すっと顔をあげ、「あたし、結婚しようかと、思っていますの。」

「いいだろう。僕の知ったことじゃない。」

「は、」とみは恐れて首をちぢめた。「あの、それに就《つ》いて、――」

「さっさと言ったらいいだろう。おまえは一たい僕をなんだと思ってんだい。むかしからおまえには、こんな工合《ぐあい》に、なんのかのと、僕にうるさくかまいたがる癖《くせ》があったね。よくないよ。僕には、からかわれているとしか思われない。」むやみに腹が立つのである。

「いいえ。決してそんな。」必死に打ち消し、「お願いがございます。ひとつ、弟に説いてやって下さるわけには、――」

「僕が、かい。何を説くんだ。」

とみは、途方《とほう》にくれた人のように窓外の葉桜《はざくら》をだまって眺めた。男爵も、それにならって、葉桜を眺めた。にが虫を嚙《か》みつぶしたような顔をしていた。とみは、ちょっと肩をすくめ、いまは観念したかおそろしく感動の無い口調で、さらさら言った。弟が、何かと理窟《りくつ》を言って、とみの結婚に賛成してくれぬ。私立大学の、予科にかよっているのだが、少し不良で、このあいだも麻雀《マージャン》賭博《とばく》で警察にやっかいをかけた。あたしの結婚の相手は、ずいぶんまじめな、堅気《かたぎ》の人だし、あとあと弟がそのお方に乱暴なことでも仕掛けたら、あたしは生きて居られない。

「それは、おまえのわがままだ。エゴイズムだ。」とみの話の途中で、男爵は大声出した。女性の露骨《ろこつ》な身勝手があさましく、へんに弟が可哀《かわい》そうになって、義憤をさえ感じた。「虫がよすぎる。ばかなやつだ。大ばかだ。なんだと思っていやがんだ。」男爵このごろ、こんなに立腹したことはなかった。怒鳴り散らしているうちに、身のたけ一尺のびたような、不思議なちからをさえ体内に感じた。

あまりの剣幕《けんまく》に、とみの唇までが蒼《あお》くなり、そっと立ちあがって、

「あの。とにかく。弟に。」聞きとれぬほど低くとぎれとぎれに言い、身をひるがえして部屋から飛び出た。

「おうい、とみや。」十年まえに呼びつけていた口調が、ついそのまま出て、「僕は知らんぞ。」たいへんな騒ぎになった。

ドアが音も無くあいて、眼の大きい浅黒い青年の顔が、そっと室内を覗き込んだのを、男爵は素早く見とがめ、

「おい、君。君は、誰だ。」見知らぬひとに、こんな乱暴な口のききかたをする男爵ではなかったのである。

青年は悪びれずに、まじめな顔して静かに部屋へはいって来て、

「坂井さんですか。僕は、くにでいちどお目にかかったことがございます。お忘れになったことと思いますが。」

「ああ、君は、とみやの弟さんですね。」

「ええ、そうです。何か僕に、お話があるとか。」

男爵は覚悟をきめた。

「あるよ。あるとも。言って置くけれどもね、僕は、いま、非常に不愉快なんだ。実に、どうにも、不愉快だ。君の姉さんは、あれは、ばかだよ。僕は、君の味方だ。僕は、ものを隠して置けないたちだから、みんな言っちまうがね、君の姉さんは、ちかく結婚したいっていうんだ。相手は、なかなか立派な人なんだそうだ。いや、それは、いいんだ。結構なことだ。僕の知ったことじゃない。けれども、そのあとがいけない。さもしい。なんのことはない、君を邪魔にしているんだ。僕は君を信じている。ひとめ見て僕には、わかる。君たち学生は、いや、僕だって同じようなものだが、努力の方針を見失っているだけだ。いや、その表現を失っているだけだ。学問の持って行きどころが無い

じゃないか。世の中が、君たちのその胸の中に埋もれている誠実を理解してくれないだけのことだ。姉に捨てられたら、僕のとこに来い。一緒にやって行こう。なに、僕だって、いつまでもうろうろしているつもりはないのだ。僕は、こんな無益な侮辱を受けたことはない。女中の走り使いなんか、やらされて、たまるものか。だいいち、その相手の男なるものも、だらしないじゃないか。女房の弟ひとり養えなくて、どうする。」

「いいえ。僕は、」青年は、立ったまま、きっぱり言った。「養ってもらおうなどと思いません。ただ、僕を不潔なものとして、遠ざけようとする精神が、たまらないのです。僕にだって理想があります。」

「そうだ。そうとも。どうせ、そいつは、ろくな男じゃない。」言ってしまって、へどもどした。「いずれにもせよ、僕の知ったことじゃない。勝手にするがいい、と、とみやにそう言って置いて呉《く》れ。僕は、非常に不愉快だ。かえります。僕を、なんだと思ってんだ。いいえ、かえります。弟がそんなにいやなら、僕がひきとるとそう言って置いてくれ。」

「失礼ですが、」青年は、かえろうとする男爵のまえに立ちふさがり、低い声で言った。「養うの、ひきとるのと、そんな問題は、古いと思います。だい一あなたには、人間ひとり養う余裕ございますか。」男爵は、どぎもを抜かれた。思わず青年の顔を見直した。

「自身の行為の覚悟が、いま一ばん急な問題ではないのでしょうか。ひとのことより、まずご自分の救済をして下さい。そうして僕たちに見せて下さい。目立たないことであっても、僕たちは尊敬します。どんなにささやかでも、個人の努力を、ちからを、信じます。むかし、ばらばらに取り壊し、渾沌《こんとん》の淵《ふち》に沈めた自意識を、単純に素朴に強く育て直すことが、僕たちの一ばん新しい理想になりました。いまごろ、まだ、自意識の過剰だの、ニヒルだのを高尚《こうしょう》なことみたいに言っている人は、たしかに無智《むち》です。」

「やあ。」男爵は、歓声に似た叫びをあげた。「君は、君は、はっきりそう思うか。」

「僕だけでは、ございません。自己の中に、アルプスの嶮《けん》にまさる難所があって、それを征服するのに懸命です。僕たちは、それを為しとげた人を個人英雄という言葉で呼んで、ナポレオンよりも尊敬して居ります。」

来た。待っていたものが来た。新しい、全く新しい次のジェネレーションが、少しずつ少しずつ見えて来た。男爵は、胸が一ぱいになり、しばらくは口もきけない有様であった。

「ありがとう。それは、いいことだ。いいことなんだ。僕は、君たちの出現を待っていたのです。好人物と言われて笑われ、ばかと言われて指弾《しだん》され、廃人と言われて軽蔑されても、だまってこらえて待っていた。どんなに、どんなに、待っていたか。」

言っているうちに涙がこぼれ落ちそうになったので、あわてて部屋の外に飛び出した。男爵がそのまま逃げるようにして、とみの家を辞し去ってから、青年は、応接室のソファに、どっかと腰をおろし、ひとりでにやにや笑った。とみが、こっそりドアをあけて、はいって来た。

「作戦、図にあたれり。」不良青年は、煙草の輪を天井にむけて吐いた。「なかなか、いいひとじゃないか。僕も、あのひと好きだ。姉さん、結婚してもいいぜ。苦労したからね。十年の恋、報いられたり。」

とみは、涙を浮べ、小さく弟に合掌《がっしょう》した。

男爵は、何も知らず、おそろしくいきごんで家へかえり、さて、別にすることもなく、思案の果《はて》、家の玄関へ、忙中謝客の貼紙《はりがみ》をした。人生の出発は、つねにあまい。まず試みよ。破局の次にも、春は来る。桜の園を取りかえす術《すべ》なきや。

葉桜と魔笛

桜が散って、このように葉桜《はざくら》のころになれば、私は、きっと思い出します。——と、その老夫人は物語る。——いまから三十五年まえ、父はその頃《ころ》まだ存命中でございまして、私の一家、と言いましても、母はその七年まえ私が十三のときに、もう他界なされて、あとは、父と、私と妹と三人きりの家庭でございましたが、父は、私十八、妹十六のときに島根県の日本海*に沿った人口二万余りの或《あ》るお城下まちに、中学校長として赴任して来て、恰好《かっこう》の借家もなかったので、町はずれの、もうすぐ山に近いところに一つ離れてぽつんと建って在るお寺の、離れ座敷《はなれざしき》、二部屋拝借して、そこに、ずっと、六年目に松江*の中学校に転任になるまで、住んでいました。私が結婚致《いた》しましたのは、松江に来てからのことで、二十四の秋でございますから、当時としてはずいぶん遅い結婚でございました。早くから母に死なれ、父は頑固一徹《がんこいってつ》の学者気質で、世俗のことには、とんと、うとく、私がいなくなれば、一家の切りまわしが、まるで駄目《だめ》になることが、わかっていましたので、私も、それまでにいくらも話があったのでございますが、家を捨ててまで、よそへお嫁に行く気が起らなかったのでございます。せめて、妹さえ丈夫でございましたならば、私も、少し気楽だったのですけれども、妹は、私に似ないで、たいへん美しく、髪も長く、とてもよくできる、可愛い子でございましたが、からだが弱く、その城下まちへ赴任して、二年目の春、私二十、妹十八で、妹は、死にました。そのころの、これは、お話でございます。妹は、もう、よほどまえから、いけなかったのでございます。腎臓結核《じんぞうけっかく》という、わるい病気でございまして、気のついたときには、両方の腎臓が、もう虫食われてしまっていたのだそうで、医者も、百日以内、とはっきり父に言いました。どうにも、手のほどこし様《よう》が無いのだそうでございます。ひとつき経ち、ふたつき経って、そろそろ百日目がちかくなって来ても、私たちはだまって見ていなければいけません。妹は、何も知らず、割に元気で、終日寝床《ねどこ》に寝たきりなのでございますが、それでも、陽気に歌をうたったり、冗談言ったり、私に甘えたり、これがもう三、四十日経つと、死んでゆくのだ、はっきり、それにきまっているのだ、と思うと、胸が一ぱいになり、総身を縫針《ぬいばり》で突き刺されるように苦しく、私は、気が狂うようになってしまいます。三月、四月、五月、そうです。五月のなかば、私は、あの日を忘れません。

野も山も新緑で、はだかになってしまいたいほど温く、私には、新緑がまぶしく、眼にちかちか痛くって、ひとり、いろいろ考えごとをしながら帯の間に片手をそっと差しいれ、うなだれて野道を歩き、考えること、考えること、みんな苦しいことばかりで息ができなくなるくらい、私は、身悶《みもだ》えしながら歩きました。どおん、どおん、と春の土の底の底から、まるで＊十万億土《じゅうまんおくど》から響いて来るように、幽《かす》かな、けれども、おそろしく幅のひろい、まるで地獄《じごく》の底で大きな大きな太鼓《たいこ》でも打ち鳴らしているような、おどろおどろした物音が、絶え間なく響いて来て、私には、その恐しい物音が、なんであるか、わからず、ほんとうにもう自分が狂ってしまったのではないか、と思い、そのまま、からだが凝結《ぎょうけつ》して立ちすくみ、突然わあっ！と大声が出て、立って居られずぺたんと草原に坐《すわ》って、思い切って泣いてしまいました。

あとで知ったことでございますが、あの恐しい不思議な物音は、＊日本海大海戦、軍艦《ぐんかん》の大砲《たいほう》の音だったのでございます。＊東郷提督《とうごうていとく》の命令一下で、露国《ろこく》のバルチック艦隊を一挙に撃滅《げきめつ》なさるための、大激戦の最中だったのでございます。ちょうど、そのころでございますものね。海軍記念日は、ことしも、また、そろそろやってまいります。あの海岸の城下まちにも、大砲の音が、おどろおどろ聞えて来て、まちの人たちも、生きたそらが無かったのでございましょうが、私は、そんなこととは知らず、ただもう妹のことで一ぱいで、半気違いの有様だったので、何か不吉な地獄の太鼓のような気がして、ながいこと草原で、顔もあげずに泣きつづけて居りました。日が暮れかけて来たころ、私はやっと立ちあがって、死んだように、ぼんやりなってお寺へ帰ってまいりました。

「ねえさん。」と妹が呼んでおります。妹も、そのころは、痩《や》せ衰《おとろ》えて、ちから無く、自分でも、うすうす、もうそんなに永《なが》くないことを知って来ている様子で、以前のように、あまり何かと私に無理難題いいつけて甘ったれるようなことが、なくなってしまって、私には、それがまた一そうつらいのでございます。

「ねえさん、この手紙、いつ来たの？」

私は、はっと、むねを突かれ、顔の血の気が無くなったのを自分ではっきり意識いたしました。

「いつ来たの？」妹は、無心のようでございます。私は、気を取り直して、

「ついさっき。あなたの眠っていらっしゃる間に。あなた、笑いながら眠っていたわ。あたし、こっそりあなたの枕もとに置いといたの。知らなかったでしょう？」

「ああ、知らなかった。」妹は、夕闇の迫った薄暗い部屋の中で、白く美しく笑って、「ねえさん、あたし、この手紙読んだの。おかしいわ。あたしの知らないひとなのよ。」

知らないことがあるものか。私は、その手紙の差出人のM・Tという男のひとを知っ

ておりますo ちゃんと知っていたのでございます。いいえ、お逢《あ》いしたことは無いのでございますが、私が、その五、六日まえ、妹の簞笥《たんす》をそっと整理して、その折に、ひとつの引き出しの奥底に、一束の手紙が、緑のリボンできっちり結ばれて隠されて在るのを発見いたし、いけないことでしょうけれども、リボンをほどいて、見てしまったのでございます。およそ三十通ほどの手紙、全部がそのM・Tさんからのお手紙だったのでございます。もっとも手紙のおもてには、M・Tさんのお名前は書かれておりませぬ。手紙の中にちゃんと書かれてあるのでございます。そうして、手紙のおもてには、差出人としていろいろの女のひとの名前が記されてあって、それがみんな、実在の、妹のお友達のお名前でございましたので、私も父も、こんなにどっさり男のひとと文通しているなど、夢にも気附かなかったのでございます。

きっと、そのM・Tという人は、用心深く、妹からお友達の名前をたくさん聞いて置いて、つぎつぎとその数ある名前を用いて手紙を寄こしていたのでございましょう。私は、それにきめてしまって、若い人たちの大胆さに、ひそかに舌を巻き、あの厳格《げんかく》な父に知れたら、どんなことになるだろう、と身震《みぶる》いするほどおそろしく、けれども、一通ずつ日附にしたがって読んでゆくにつれて、私まで、なんだか楽しく浮き浮きして来て、ときどきは、あまりの他愛なさに、ひとりでくすくす笑ってしまって、おしまいには自分自身にさえ、広い大きな世界がひらけて来るような気がいたしました。

　私も、まだそのころは二十になったばかりで、若い女としての口には言えぬ苦しみも、いろいろあったのでございます。三十通あまりの、その手紙を、まるで谷川が流れ走るような感じで、ぐんぐん読んでいって、去年の秋の、最後の一通の手紙を、読みかけて、思わず立ちあがってしまいました。雷電《らいでん》に打たれたときの気持って、あんなものかも知れませぬ。のけぞるほどに、ぎょっと致しました。妹たちの恋愛は、心だけのものではなかったのです。もっと醜《みにく》くすすんでいたのでございます。私は、手紙を焼きました。一通のこらず焼きました。M・Tは、その城下まちに住む、まずしい歌人の様子で、卑《ひ》怯《きょう》なことには、妹の病気を知るとともに、妹を捨て、もうお互い忘れてしまいましょう、など残酷なこと平気でその手紙にも書いてあり、それっきり、一通の手紙も寄こさないらしい具合でございましたから、これは、私さえ黙って一生ひとに語らなければ、妹は、きれいな少女のままで死んでゆける。誰も、ごぞんじ無いのだ、と私は苦しさを胸一つにおさめて、けれども、その事実を知ってしまってからは、なおのこと妹が可哀《かわい》そうで、いろいろ奇怪な空想も浮《うか》んで、私自身、胸がうずくような、甘酸っぱい、それは、いやな切ない思いで、あのような苦しみは、年ごろの女のひとでなければ、わからない、生地獄でございます。まるで、私が自身で、そんな憂《う》き目《め》に逢ったかのように、私は、ひとりで苦しんでおりました。あのころは、私自身も、ほんとに、少し、おかしかったのでございます。

「姉さん、読んでごらんなさい。なんのことやら、あたしには、ちっともわからない。」

私は、妹の不正直をしんから憎く思いました。

「読んでいいの？」そう小声で尋《たず》ねて、妹から手紙を受け取る私の指先は、当惑するほど震《ふる》えていました。ひらいて読むまでもなく、私は、この手紙の文句を知っております。けれども私は、何くわぬ顔してそれを読まなければいけません。手紙には、こう書かれてあるのです。私は、手紙をろくろく見ずに、声立てて読みました。

——きょうは、あなたにおわびを申し上げます。僕がきょうまで、がまんしてあなたにお手紙差し上げなかったわけは、すべて僕の自信の無さからであります。僕は、貧しく、無能であります。あなたひとりを、どうしてあげることもできないのです。ただ言葉で、その言葉には、みじんも嘘《うそ》が無いのでありますが、ただ言葉で、あなたへの愛の証明をするよりほかには、何ひとつできぬ僕自身の無力が、いやになったのです。あなたを、一日も、いや夢にさえ、忘れたことはないのです。けれども、僕は、あなたを、どうしてあげることもできない。それが、つらさに、僕は、あなたと、おわかれしようと思ったのです。あなたの不幸が大きくなればなるほど、そうして僕の愛情が深くなればなるほど、僕はあなたに近づきにくくなるのです。おわかりでしょうか。僕は、決して、ごまかしを言っているのではありません。僕は、それを僕自身の正義の責任感からと解していました。けれども、それは、僕のまちがい。僕は、はっきり間違って居りました。おわびを申し上げます。僕は、あなたに対して完璧《かんぺき》の人間になろうと、我慾《がよく》を張っていただけのことだったのです。僕たち、さびしく無力なのだから、他になんにもできないのだから、せめて言葉だけでも、誠実こめてお贈りするのが、まことの、謙譲《けんじょう》の美しい生きかたである、と僕はいまでは信じています。つねに、自身にできる限りの範囲で、それを為《な》し遂《と》げるように努力すべきだと思います。どんなに小さいことでもよい。タンポポの花一輪の贈りものでも、決して恥じずに差し出すのが、最も勇気ある、男らしい態度であると信じます。僕は、もう逃げません。僕は、あなたを愛しています。毎日、毎日、歌をつくってお送りします。それから、毎日、毎日、あなたのお庭の塀《へい》のそとで、口笛吹いていて、お聞かせしましょう。あしたの晩の六時には、さっそく口笛、軍艦*マアチ吹いてあげます。僕の口笛は、うまいですよ。いまのところ、それだけが、僕の力で、わけなくできる奉仕です。お笑いになっては、いけません。いや、お笑いになって下さい。元気でいて下さい。神さまは、きっとどこかで見ています。僕は、それを信じています。あなたも、僕も、ともに神の寵児《ちょうじ》です。きっと、美しい結婚できます。

待ち待ちて　ことし咲きけり　桃の花　白と聞きつつ　花は紅なり

僕は勉強しています。すべては、うまくいっています。では、また、明日。M・T。

「姉さん、あたし知っているのよ。」妹は、澄《す》んだ声でそう呟《つぶや》き、「ありがとう、姉さん、これ、姉さんが書いたのね。」

私は、あまりの恥ずかしさに、その手紙、千々《ちぢ》に引き裂いて、自分の髪をくしゃくしゃ引《ひ》き毟《むし》ってしまいたく思いました。いても立ってもおられぬ、とはあんな思いを指して言うのでしょう。私が書いたのだ。妹の苦しみを見かねて、私が、これから毎日、M・Tの筆蹟《ひっせき》を真似《まね》て、妹の死ぬる日まで、手紙を書き、下手な和歌を、苦心してつくり、それから晩の六時には、こっそり塀の外へ出て、口笛吹こうと思っていたのです。

恥《はず》かしかった。下手な歌みたいなものまで書いて、恥ずかしゅうございました。身も世も、あらぬ思いで、私は、すぐには返事も、できませんでした。

「姉さん、心配なさらなくても、いいのよ。」妹は、不思議に落ちついて、崇高《すうこう》なくらいに美しく微笑していました。「姉さん、あの緑のリボンで結んであった手紙を見たのでしょう？　あれは、ウソ。あたし、あんまり淋しいから、おととしの秋から、ひとりであんな手紙書いて、あたしに宛《あ》てて投函《とうかん》していたの。姉さん、ばかにしないでね。青春というものは、ずいぶん大事なものなのよ。あたし、病気になってから、それが、はっきりわかって来たの。ひとりで、自分あての手紙なんか書いてるなんて、汚い。あさましい。ばかだ。あたしは、ほんとうに男のかたと、大胆に遊べば、よかった。あたしのからだを、しっかり抱いてもらいたかった。姉さん、あたしは今までいちども、恋人どころか、よその男のかたと話してみたこともなかった。姉さんだって、そうなのね。姉さん、あたしたち間違っていた。お悧巧《りこう》すぎた。ああ、死ぬなんて、いやだ。あたしの手が、指先が、髪が、可哀そう。死ぬなんて、いやだ。いやだ。」

私は、かなしいやら、こわいやら、うれしいやら、はずかしいやら、胸が一ぱいになり、わからなくなってしまいまして、妹の瘦せた頰に、私の頰をぴったり押しつけ、ただもう涙が出て来て、そっと妹を抱いてあげました。そのとき、ああ、聞えるのです。低く幽かに、でも、たしかに、軍艦マアチの口笛でございます。妹も、耳をすましました。ああ、時計を見ると六時なのです。私たち、言い知れぬ恐怖に、強く強く抱き合ったまま、身じろぎもせず、そのお庭の葉桜の奥から聞えて来る不思議なマアチに耳をすまして居りました。

神さまは、在る。きっと、いる。私は、それを信じました。妹は、それから三日目に死にました。医者は、首をかしげておりました。あまりに静かに、早く息をひきとったからでございましょう。けれども、私は、そのとき驚かなかった。何もかも神さまの、おぼしめしと信じていました。

いまは、――年とって、もろもろの物慾が出て来て、お恥かしゅうございます。信仰とやらも少し薄らいでまいったのでございましょうか、あの口笛も、ひょっとしたら、父の仕業《しわざ》ではなかったろうかと、なんだかそんな疑いを持つこともございます。学校のおつとめからお帰りになって、隣りのお部屋で、私たちの話を立聞きして、ふびんに思い、厳酷の父としては一世一代の狂言したのではなかろうか、と思うことも、ございますが、まさか、そんなこともないでしょうね。父が在世中なれば、問いただすこともできるのですが、父がなくなって、もう、かれこれ十五年にもなりますものね。いや、やっぱり神さまのお恵みでございましょう。

私は、そう信じて安心しておりたいのでございますけれども、どうも、年とって来ると、物慾が起り、信仰も薄らいでまいって、いけないと存じます。

畜犬談

――*伊馬鵜平《いまうへい》君に与える。

私は、犬に就《つ》いては自信がある。いつの日か、必ず喰《く》いつかれるであろうという自信である。私は、きっと噛《か》まれるにちがいない。自信があるのである。よくぞ、きょうまで喰いつかれもせず無事に過《すご》して来たものだと不思議な気さえしているのである。諸君、犬は猛獣である。馬を斃《たお》し、たまさかには獅子《しし》と戦ってさえ之《これ》を征服するとかいうではないか。さもありなんと私はひとり淋しく首肯《しゅこう》しているのだ。あの犬の、鋭い牙《きば》を見るがよい。ただものでは無い。いまは、あのように街路で無心のふうを装《よそお》い、とるに足らぬものの如《ごと》く自ら卑下《ひげ》して、芥箱《ごみばこ》を覗《のぞ》きまわったりなどして見せているが、もともと馬を斃すほどの猛獣である。いつなんどき、怒り狂い、その本性を曝露《ばくろ》するか、わかったものでは無い。犬は必ず鎖《くさり》に固くしばりつけて置くべきである。少しの油断もあってはならぬ。世の多くの飼い主は、自ら恐ろしき猛獣を養い、之《これ》に日々わずかの残飯を与えているという理由だけにて、全くこの猛獣に心をゆるし、エスや、エスやなど、気楽に呼んで、さながら家族の一員の如《ごと》く身辺に近づかしめ、三歳のわが愛子をして、その猛獣の耳をぐいと引っぱらせて大笑いしている図にいたっては、戦慄《せんりつ》、眼を蓋《おお》わざるを得ないのである。不意に、わんと言って喰いついたら、どうする気だろう。気をつけなければならぬ。飼い主でさえ、噛みつかれぬとは保証でき難《がた》い猛獣を、（飼い主だから、絶対に喰いつかれぬということは愚かな気のいい迷信に過ぎない。あの恐ろしい牙のある以上、必ず噛む。決して噛まないということは、科学的に証明できる筈《はず》は無いのである。）その猛獣を、放し飼いにして、往来をうろうろ徘徊《はいかい》させて置くとは、どんなものであろうか。昨年の晩秋、私の友人が、ついに之《これ》の被害を受けた。いたましい犠牲者《ぎせいしゃ》である。友人の話に依《よ》ると、友人は何もせず横丁を懐手《ふところで》してぶらぶら歩いていると、犬が道路上にちゃんと坐《すわ》っていた。友人は、やはり何もせず、その犬の傍を通った。犬はその時、いやな横目を使ったという。何事もなく通りすぎた、とたん、わんと言って右の脚に喰いついたという。災難である。一瞬のことである。友人は、呆然自失《ぼうぜんじしつ》したという。ややあって、くやし涙が沸《わ》いて出た。さもありなん、と私は、やはり淋しく首肯している。そうなってしまったら、ほんとうに、どうしようも、無いではないか。友人は、痛む脚をひきずって病院へ行き手当を受けた。それから二十一日間、病院へ通《かよ》ったのである。三週間である。脚の傷がなおっても、体内に恐水病《きょうすいびょう》といういまわしい病気の毒が、あるいは注入されて在るかも知れぬという懸念《けねん》から、その防毒の注射をしてもらわなければならぬのである。飼い主に談判するなど、その友人の弱気を以《もっ》てしては、とてもできぬことである。じっと堪えて、おのれの不運に溜息《ためいき》ついているだけなのである。しかも、注射代など決して安いものでなく、そのような余分の貯《たくわ》えは失礼ながら友人に在る筈《はず》もなく、いずれは苦しい算段をしたにちがいないので、とにかく之《これ》は、ひどい災難である。大災難である。また、うっかり注射でも怠《おこた》ろうものなら、恐水病といって、発熱悩乱《のうらん》の苦しみ在って、果ては貌《かお》が犬に似て来て、四《よ》つ這《ば》いになり、只《ただ》わんわんと吠《ほ》ゆるばかりだという、そんな凄惨《せいさん》な病気になるかも知れないということなのである。注射を受けながらの、友人の憂慮《ゆうりょ》、不安は、どんなだったろう。友人は苦労人で、ちゃんとできた人であるから、醜《みにく》く取り乱すことも無く、三七、二十一日病院に通い、注射を受けて、いまは元気に立ち働いているが、もし之《これ》が私だったら、その犬、生かして置かないだろう。私は、人の三倍も四倍も復讐心《ふくしゅうしん》の強い男なのであるから、また、そうなると人の五倍も六倍も残忍性を発揮してしまう男なのであるから、たちどころにその犬の頭蓋《ずがい》骨《こつ》を、めちゃめちゃに粉砕し、眼玉をくり抜き、ぐしゃぐしゃに嚙んで、べっと吐き捨て、それでも足りずに近所近辺の飼い犬ことごとくを毒殺してしまうであろう。こちらが何もせぬのに、突然わんと言って嚙みつくとはなんという無礼、狂暴の仕草《しぐさ》であろう。いかに畜生といえども許しがたい。畜生ふびんの故《ゆえ》を以《もっ》て、人は之《これ》を甘やかしているからいけないのだ。容赦なく酷刑《こっけい》に処すべきである。昨秋、友人の遭難を聞いて、私の畜犬に対する日頃《ひごろ》の憎悪は、その極点に達した。青い焰《ほのお》が燃え上るほどの、思いつめたる憎悪である。

＊ことしの正月、山梨県、甲府《こうふ》のまちはずれに八畳、三畳、一畳という草庵《そうあん》を借り、こっそり隠れるように住み込み、下手な小説あくせく書きすすめていたのであるが、この甲府のまち、どこへ行っても犬がいる。おびただしいのである。往来に、或《ある》いは佇《たたず》み、或いはながながと寝そべり、或いは疾駆《しっく》し、或いは牙を光らせて吠え立て、ちょっとした空地でもあると必ずそこは野犬の巣の如《ごと》く、組んずほぐれつ格闘の稽古《けいこ》にふけり、夜など無人の街路を風の如く野盗《やとう》の如く、ぞろぞろ大群をなして縦横に駈《か》け廻《まわ》っている。甲府の家毎《いえごと》、家毎、少くとも二匹くらいずつ養っているのではないかと思われるほどに、おびただしい数である。山梨県は、もともと甲斐犬《かいけん》の産地として知られている様《よう》であるが、街頭で見かける犬の姿は、決してそんな純血種のものではない。赤いムク犬が最も多い。採《と》るところ無きあさはかな駄犬《だけん》ばかりである。もとより私は畜犬に対しては含むところがあり、また友人の遭難以来一そう嫌悪の念を増し、警戒おさおさ怠るものでは

なかったのであるが、こんなに犬がうようよいて、どこの横丁にでも跳梁《ちょうりょう》し、或いはとぐろを巻いて悠然と寝ているのでは、とても用心し切れるものでなかった。私は実に苦心をした。できることなら、すね当《あて》、こて当《あて》、かぶとをかぶって街を歩きたく思ったのである。けれども、そのような姿は、いかにも異様であり、風紀上からいっても、決して許されるものでは無いのだから、私は別の手段をとらなければならぬ。私は、まじめに、真剣に、対策を考えた。私は、まず犬の心理を研究した。人間に就《つ》いては、私もいささか心得があり、たまには的確に、あやまたず指定できたこともあったのであるが、犬の心理は、なかなかむずかしい。人の言葉が、犬と人との感情交流にどれだけ役立つものか、それが第一の難問である。言葉が役に立たぬとすれば、お互いの素振《そぶ》り、表情を読み取るより他に無い。しっぽの動きなどは、重大である。けれども、このしっぽの動きも、注意して見ていると仲々《なかなか》に複雑で、容易に読み切れるものでは無い。私は、ほとんど絶望した。そうして、甚《はなは》だ拙劣《せつれつ》な、無能きわまる一法を案出した。あわれな窮余《きゅうよ》の一策である。私は、とにかく、犬に出逢《であ》うと、満面に微笑を湛《たた》えて、いささかも害心のないことを示すことにした。夜は、その微笑が見えないかも知れないから、無《む》邪気《じゃき》に童謡を口ずさみ、やさしい人間であることを知らせようと努めた。之等《これら》は、多少、効果があったような気がする。犬は私には、いまだ飛びかかって来ない。けれどもあくまで油断は禁物である。犬の傍を通る時は、どんなに恐ろしくても、絶対に走ってはならぬ。にこにこ卑《いや》しい追従笑《ついしょうわら》いを浮《うか》べて、無心そうに首を振り、ゆっくりゆっくり、内心、脊中に毛虫が十匹這《は》っているような窒息《ちっそく》せんばかりの悪寒《おかん》にやられながらも、ゆっくりゆっくり通るのである。つくづく自身の卑屈《ひくつ》がいやになる。泣きたいほどの自己嫌悪を覚えるのであるが、これを行わないと、たちまち嚙みつかれるような気がして、私は、あらゆる犬にあわれな挨拶を試みる。髪をあまりに長く伸《の》ばしていると、或いはウロ＊ンの者として吠えられるかも知れないから、あれほどいやだった床屋《とこや》へも精出して行くことにした。ステッキなど持って歩くと、犬のほうで威嚇《いかく》の武器と感ちがいして、反抗心を起すようなことがあってはならぬから、ステッキは永遠に廃棄することにした。犬の心理を計《はか》りかねて、ただ行き当りばったり、無闇矢鱈《むやみやたら》に御機嫌とっているうちに、ここに意外の現象が現われた。私は、犬に好かれてしまったのである。尾を振って、ぞろぞろ後について来る。私は、地団駄《じだんだ》踏んだ。実に皮肉である。かねがね私の、こころよからず思い、また最近にいたっては憎悪の極点にまで達している、その当の畜犬に好かれるくらいならば、いっそ私は駱駝《らくだ》に慕われたいほどである。どんな悪女にでも、好かれて気持の悪い筈《はず》はない、というのはそれは浅薄の想定である。プライドが、虫が、どうしてもそれを許容できない場合がある。堪忍《かんにん》ならぬのである。私は、犬をきらいなのである。早くからその狂暴の猛獣性を看破し、こころよからず思っているのである。たかだか日に一度や二度の残飯の投与にあずからんが為《ため》に、友を売り、妻を離別し、おのれの身ひとつ、その家の軒下《のきした》に横たえ、忠義顔して、かつての友に吠え、兄弟、父母をも、けろりと忘却し、ただひたすらに飼主の顔色を伺《うかが》い、阿諛追従《あゆついしょう》てんとして恥じず、ぶたれても、きゃんと言い尻尾《しっぽ》まいて閉口して見せて家人を笑わせ、その精神の卑劣《ひれつ》、醜怪《しゅうかい》、犬畜生《いぬちくしょう》とは、よくも言った。日に十里を楽々と走破し得る健脚を有し、獅子をも斃《たお》す白光鋭利の牙を持ちながら、懶惰無頼《らんだぶらい》の腐り果てたいやしい根性をはばからず発揮し、一片の矜持《きょうじ》無く、てもなく人間界に屈服し、隷属《れいぞく》し、同族互いに敵視して、顔つき合せると吠え合い、嚙み合い、もって人間の御機嫌を取り結ぼうと努めている。雀《すずめ》を見よ。何ひとつ武器を持たぬ繊弱《せんじゃく》の小禽《しょうきん》ながら、自由を確保し、人間界とは全く別個の小社会を営み、同類相親しみ、欣然《きんぜん》日々の貧しい生活を歌い楽しんでいるではないか。思えば、思うほど、犬は不潔だ。犬はいやだ。なんだか自分に似ているところさえあるような気がして、いよいよ、いやだ。たまらないのである。その犬が、私を特に好んで、尾を振って親愛の情を表明して来るに及んでは、狼狽《ろうばい》とも、無念とも、なんとも、言いようがない。あまりに犬の猛獣性を畏敬《いけい》し、買いかぶり、節度もなく媚笑《びしょう》を撒《ま》きちらして歩いたゆえ、犬は、かえって知己を得たものと誤解し、私を組《くみ》し易《やす》しと見てとって、このような情ない結果に立ちいたったのであろうが、何事にによらず、ものには節度が大切である。私は、未《いま》だに、どうも、節度を知らぬ。

早春のこと。夕食の少しまえに、私はすぐ近くの四十九聯隊《れんたい》の練兵場《れんぺいじょう》へ散歩に出て、二、三の犬が私のあとについて来て、いまにも踵《かかと》をがぶりとやられはせぬかと生きた気もせず、けれども毎度のことであり、観念して無心平静を装い、ぱっと脱兎《だっと》の如《ごと》く走り逃げたい衝動を懸命に抑え抑え、ぶらりぶらり歩いた。犬は私について来ながら、途々《みちみち》お互いに喧嘩《けんか》などはじめて、私は、わざと振りかえって見もせず、知らぬふりして歩いているのだが、内心、実に閉口であった。ピストルでもあったなら、躊躇《ちゅうちょ》せずドカンドカンと射殺してしまいたい気持であった。犬は、私にそのような、外面如菩薩《げめんにょぼさつ》、内心如《ないしんにょ》夜叉《やしゃ》的の奸佞《かんねい》の害心があるとも知らず、どこまでもついて来る。練兵場をぐるりと一廻りして、私はやはり犬に慕われながら帰途についた。家へ帰りつくまでには、背後の犬もどこかへ雲散霧消《うんさんむしょう》しているのが、これまでの、しきたりであったのだが、その日に限って、ひどく執拗《しつよう》で馴《な》れ馴《な》れしいのが一匹いた。真黒の、見るかげもない小犬である。ずいぶん小さい。胴の長さ五寸の感じである。けれども、小さいからと言って油断はできない。歯は、既にちゃんと生えそろっている筈《はず》である。嚙まれたら病院に三、七、二十一日間通わなければならぬ。それにこのような幼少なものには常識がないから、したがって気まぐれである。一そう用心をしなければならぬ。小犬は後になり、さきになり、私の顔を振《ふ》り仰《あお》ぎ、よたよた走って、とうとう私の家の玄関まで、ついて来た。

「おい。へんなものが、ついて来たよ。」

「おや、可愛い。」

「可愛いもんか。追っ払って呉《く》れ。手荒くすると喰いつくぜ。お菓子でもやって。」

れいの私の軟弱外交*である。小犬は、たちまち私の内心畏怖《いふ》の情を見抜き、それにつけ込み、図々しくもそれから、ずるずる私の家に住みこんでしまった。そうしてこの犬は、三月、四月、五月、六、七、八、そろそろ秋風吹きはじめて来た現在にいたるまで、私の家に居るのである。私は、この犬には、幾度泣かされたかわからない。どうにも始末ができないのである。私は仕方なく、この犬を、ポチなどと呼んでいるのであるが、半年も共に住んでいながら、いまだに私は、このポチを、一家のものとは思えない。他人の気がするのである。しっくり行かない。不和である。お互い心理の読み合いに火花を散らして戦っている。そうしてお互い、どうしても釈然と笑い合うことができないのである。

はじめこの家にやって来たころは、まだ子供で、地べたの蟻《あり》を不審そうに観察したり、蝦蟇《がま》を恐れて悲鳴を挙げたり、その様《さま》には私も思わず失笑することがあって、憎いやつであるが、これも神様の御心に依《よ》ってこの家へ迷い込んで来ることになったのかも知れぬと、縁《えん》の下に寝床《ねどこ》を作ってやったし、食い物も乳幼児むきに軟《やわら》かく煮て与えてやったし、蚤取粉《のみとりこ》などからだに振りかけてやったものだ。けれども、ひとつき経つと、もういけない。そろそろ駄犬の本領を発揮して来た。いやしい。もともと、この犬は練兵場の隅に捨てられて在ったものにちがいない。私のあの散歩の帰途、私にまつわりつくようにしてついて来て、その時は、見るかげも無く痩《や》せこけて、毛も抜けていてお尻の部分は、ほとんど全部禿《は》げていた。私だからこそ、之《これ》に菓子を与え、おかゆを作り、荒い言葉一つ掛けるではなし、腫《は》れものにさわるように鄭重《ていちょう》にもてなして上げたのだ。他の人だったら、足蹴《あしげ》にして追い散らしてしまったにちがいない。私のそんな親切なもてなしも、内実は、犬に対する愛情からではなく、犬に対する先天的な憎悪と恐怖から発した老獪《ろうかい》な駈け引きに過ぎないのであるが、けれども私のおかげで、このポチは、毛並もととのい、どうやら一人まえの男の犬に成長することを得たのではないか。私は恩を売る気はもうとう無いけれども、少しは私たちにも何か楽しみを与えてくれてもよさそうに思われるのであるが、やはり捨犬は駄目《だめ》なものである。大《おお》めし食《くら》って、食後の運動のつもりであろうか、下駄《げた》をおもちゃにして無残に噛み破り、庭に干して在る洗濯物を要《い》らぬ世話して引きずりおろし、泥まみれにする。

「こういう冗談はしないでおくれ。実に、困るのだ。誰が君に、こんなことをしてくれとたのみましたか?」と、私は、内に針を含んだ言葉を、精一ぱい優しく、いや味をきかせて言ってやることもあるのだが、犬は、きょろりと眼を動かし、いや味を言い聞かせている当の私にじゃれかかる。なんという甘ったれた精神であろう。私はこの犬の鉄面皮《てつめんぴ》には、ひそかに呆《あき》れ、之《これ》を軽蔑《けいべつ》さえしたのである。長ずるに及んで、いよいよこの犬の無能が曝露《ばくろ》された。だいいち、形がよくない。幼少のころには、も少し形の均斉もとれていて、或いは優れた血が雑《まじ》っているのかも知れぬと思わせるところ在ったのであるが、それは真赤ないつわりであった。胴だけが、にょきにょき長く伸びて、手足がいちじるしく短い。亀のようである。見られたものでなかった。そのような醜い形をして、私が外出すれば必ず影の如《ごと》くちゃんと私につき従い、少年少女までが、やあ、へんてこな犬じゃと指さして笑うこともあり、多少見栄坊《みえぼう》の私は、いくら澄《す》まして歩いても、なんにもならなくなるのである。いっそ他人のふりをしようと足早に歩いてみても、ポチは私の傍を離れず、私の顔を振り仰ぎ振り仰ぎ、あとになり、さきになり、からみつくようにしてついて来るのだから、どうしたって二人は他人のようには見えまい。気心の合った主従としか見えまい。おかげで私は外出のたびごとに、ずいぶん暗い憂鬱《ゆううつ》な気持にさせられた。いい修行になったのである。ただ、そうして、ついて歩いていたころは、まだよかった。そのうちにいよいよ隠して在った猛獣の本性を曝露して来た。喧嘩格闘を好むようになったのである。私のお伴《とも》をして、まちを歩いて行き逢う犬、行き逢う犬、すべてに挨拶して通るのである。つまり、かたっぱしから喧嘩して通るのである。ポチは足も短く、若年でありながら、喧嘩は相当強いようである。空地の犬の巣に踏みこんで、一時に五匹の犬を相手に戦ったときは流石《さすが》に危く見えたが、それでも巧《たく》みに身をかわして難を避けた。非常な自信を以《もっ》て、どんな犬にでも飛びかかって行く。たまには勢負《いきおいま》けして、吠えながらじりじり退却することもある。声が悲鳴に近くなり、真黒い顔が蒼黒《あおぐろ》くなって来る。いちど小牛のようなシェパアドに飛びかかっていって、あのときは、私が蒼くなった。果して、ひとたまりも無かった。前足でころころポチをおもちゃにして、本気につき合ってくれなかったのでポチも命が助かった。犬は、いちどあんなひどいめに逢うと、大へん意気地がなくなるものらしい。ポチは、それからは眼に見えて、喧嘩を避けるようになった。それに私は、喧嘩を好まず、否、好まぬどころではない、往来で野獣の組打ちを放置し許容しているなどは、文明国の恥辱《ちじょく》と信じているので、かの耳を聾《ろう》せんばかりのけんけんごうごう、きゃんきゃんの犬の野蛮《やばん》のわめき声には、殺してもなおあき足らない憤怒と憎悪を感じているのである。私はポチを愛してはいない。恐れ、憎んでこそいるが、みじんも愛してはいない。死んで呉《く》れたらいいと思っている。私にのこのこついて来て、何かそれが飼われているものの義務とでも思っているのか、途《みち》で逢う犬、逢う犬、必ず凄惨に吠え合って、主人としての私は、そのときどんなに恐怖にわななき震《ふる》えていることか。自動車呼びとめて、それに乗ってドアをぱたんと閉じ、一目散に逃げ去りたい気持なのである。犬同志の組打ちで終るべきものなら、まだしも、もし敵の犬が血迷って、ポチの主人の私に飛びかかって来るようなことがあったら、どうする。ないとは言わせぬ。血に飢えたる猛獣である。何をするか、わかったものでない。私はむごたらしく噛み裂かれ、三七、二十一日間病院に通わなければならぬ。犬の喧嘩は、地獄《じごく》である。私は、機会あるごとにポチに言い聞かせた。

「喧嘩しては、いけないよ。喧嘩をするなら、僕からはるか離れたところで、してもらいたい。僕は、おまえを好いてはいないんだ。」

少し、ポチにもわかるらしいのである。そう言われると多少しょげる。いよいよ私は犬を、薄気味《うすきみ》わるいものに思った。その私の繰り返し繰り返し言った忠告が効を奏したのか、あるいは、かのシェパアドとの一戦にぶざまな惨敗を喫したせいか、ポチは、卑屈なほど柔弱な態度をとりはじめた。私と一緒に路《みち》を歩いて、他の犬がポチに吠えかけると、ポチは、

「ああ、いやだ、いやだ。野蛮ですねえ。」

と言わんばかり、ひたすら私の気に入られようと上品ぶって、ぶるっと胴震いさせたり、相手の犬を、仕方のないやつだね、とさもさも憐《あわ》れむように流し目で見て、そうして、私の顔色を伺い、へっへっへっと卑しい追従笑いするかの如《ごと》く、その様子のいやらしいったら無かった。

「一つも、いいところないじゃないか、こいつは。ひとの顔色ばかり伺っていやがる。」

「あなたが、あまり、へんにかまうからですよ。」家内《かない》は、はじめからポチに無関心であった。洗濯物など汚されたときはぶつぶつ言うが、あとはけろりとして、ポチポチと呼んで、めしを食わせたりなどしている。「性格が破産しちゃったんじゃないかしら。」と笑っている。

「飼い主に、似て来たというわけかね。」私は、いよいよ、にがにがしく思った。

七月にはいって、異変が起った。私たちは、やっと、東京の三鷹村《みたかむら》*に、建築最中の小さい家を見つけることができて、それの完成し次第《しだい》、一ヶ月二十四円で貸してもらえるように、家主と契約の証書交《かわ》して、そろそろ移転の仕度《したく》をはじめた。家ができ上《あが》ると、家主から速達で通知が来ることになっていたのである。ポチは、勿論《もちろん》、捨てて行かれることになっていたのである。

「連れて行ったって、いいのに。」家内は、やはりポチをあまり問題にしていない。どちらでもいいのである。

「だめだ。僕は、可愛いから養っているんじゃないんだよ。犬に復讐されるのが、こわいから、仕方なくそっとして置いてやっているのだ。わからんかね。」

「でも、ちょっとポチが見えなくなると、ポチはどこへ行ったろう、どこへ行ったろうと大騒ぎじゃないの。」

「いなくなると、一そう薄気味が悪いからさ。僕に隠れて、ひそかに同志を糾合《きゅうごう》しているのかもわからない。あいつは、僕に軽蔑されていることを知っているんだ。復讐心が強いそうだからなあ、犬は。」

いまこそ絶好の機会であると思っていた。この犬をこのまま忘れたふりして、ここへ置いて、さっさと汽車に乗って東京へ行ってしまえば、まさか犬も、*笹子峠《ささごとうげ》を越えて三鷹村まで追いかけて来ることはなかろう。私たちは、ポチを捨てたのではない。全くうっかりして連れて行くことを忘れたのである。罪にはならない。またポチに恨《うら》まれる筋合も無い。復讐されるわけはない。

「大丈夫だろうね。置いていっても、飢え死するようなことはないだろうね。死霊の祟《たた》りということもあるからね。」

「もともと、捨犬だったんですもの。」家内も、少し不安になった様子である。

「そうだね。飢え死することはないだろう。なんとか、うまくやって行くだろう。あんな犬、東京へ連れて行ったんじゃ、僕は友人に対して恥《はず》かしいんだ。胴が長すぎる。みっともないねえ。」

ポチは、やはり置いて行かれることに、確定した。すると、ここに異変が起った。ポチが、皮膚病《ひふびょう》にやられちゃった。これが、またひどいのである。さすがに形容をはばかるが、惨状、眼をそむけしむるものがあったのである。折からの炎熱と共に、ただならぬ悪臭を放つようになった。こんどは家内が、まいってしまった。

「ご近所にわるいわ。殺して下さい。」女は、こうなると男よりも冷酷で、度胸がいい。

「殺すのか?」私は、ぎょっとした。「も少しの我慢じゃないか。」

私たちは、三鷹の家主からの速達を一心に待っていた。七月末には、できるでしょうという家主の言葉であったのだが、七月もそろそろおしまいになりかけて、きょうか明日かと、引越しの荷物もまとめてしまって待機していたのであったが、仲々、通知が来ないのである。問い合せの手紙を出したりなどしている時に、ポチの皮膚病がはじまったのである。見れば、見るほど、酸鼻《さんび》の極《きわみ》である。ポチも、いまは流石《さすが》に、おのれの醜い姿を恥じている様子で、とかく暗闇の場所を好むようになり、たまに玄関の日当りのいい敷石の上で、ぐったり寝そべっていることがあっても、私が、それを見つけて、「わあ、ひでえなあ。」と罵倒《ばとう》すると、いそいで立ち上って首を垂れ、閉口したようにこそこそ縁の下にもぐり込んでしまうのである。

それでも私が外出するときには、どこからともなく足音忍ばせて出て来て、私について来ようとする。こんな化け物みたいなものに、ついて来られて、たまるものか、とその都度《つど》、私は、だまってポチを見つめてやる。あざけりの笑いを口角にまざまざと浮べて、なんぼでも、ポチを見つめてやる。これは大へん、ききめがあった。ポチは、おのれの醜い姿にハッと思い当る様子で、首を垂れ、しおしおどこかへ姿を隠す。

「とっても、我慢ができないの。私まで、むず痒《がゆ》くなって。」家内は、ときどき私に相談する。「なるべく見ないように努めているんだけれど、いちど見ちゃったら、もう駄目ね。夢の中にまで出て来るんだもの。」

「まあ、もうすこしの我慢だ。」がまんするより他はないと思った。たとえ病んでいるとはいっても、相手は一種の猛獣である。下手に触ったら噛みつかれる。「明日にでも、三鷹から、返事が来るだろう。引越してしまったら、それっきりじゃないか。」

三鷹の家主から返事が来た。読んで、がっかりした。雨が降りつづいて壁が乾かず、また人手も不足で、完成までには、もう十日くらいかかる見込み、というのであった。

うんざりした。ポチから逃れるためだけでも、早く、引越してしまいたかったのだ。私は、へんな焦躁感で、仕事も手につかず、雑誌を読んだり、酒を呑《の》んだりした。ポチの皮膚病は一日一日ひどくなっていって、私の皮膚も、なんだか、しきりに痒くなって来た。深夜、戸外でポチが、ばたばたばたた痒さに身悶《みもだ》えしている物音に、幾度ぞっとさせられたかわからない。たまらない気がした。いっそ、ひと思いにと、狂暴な発作に駆《か》られることも、しばしばあった。家主からは、更《さら》に二十日待て、と手紙が来て、私のごちゃごちゃの忿懣《ふんまん》が、たちまち手近のポチに結びついて、こいつ在るがために、このように諸事円滑にすすまないのだ、と何もかも悪いことは皆、ポチのせいみたいに考えられ、奇妙にポチを呪咀《じゅそ》し、或《あ》る夜、私の寝巻《ねまき》に犬の蚤《のみ》が伝播《でんぱ》されて在ることを発見するに及んで、ついにそれまで堪えに堪えて来た怒りが爆発し、私は、ひそかに重大の決意をした。

殺そうと思ったのである。相手は恐るべき猛獣である。常の私だったら、こんな乱暴な決意は、逆立ちしたって為《な》し得《え》なかったところのものなのであったが、盆地特有の酷暑で、少しへんになっていた矢先であったし、また、毎日、何もせず、ただぽかんと家主からの速達を待っていて、死ぬほど退屈な日々を送って、むしゃくしゃいらいら、おまけに不眠も手伝って発狂状態であったのだから、たまらない。その犬の蚤を発見した夜、ただちに家内をして牛肉の大片を買いに走らせ、私は、薬屋に行き或る種の薬品を少量、買い求めた。これで用意はできた。家内は少からず興奮していた。私たち鬼夫婦は、その夜、鳩首《きゅうしゅ》して小声で相談した。

翌《あく》る朝、四時に私は起きた。目覚時計を掛けて置いたのであるが、それの鳴り出さぬうちに、眼が覚めてしまった。しらじらと明けていた。肌寒いほどであった。私は竹の皮包をさげて外へ出た。

「おしまいまで見ていないですぐお帰りになるといいわ。」家内は玄関の式台に立って見送り、落ち付いていた。

「心得ている。ポチ、来い！」

ポチは尾を振って縁の下から出て来た。

「来い、来い！」私は、さっさと歩き出した。きょうは、あんな、意地悪くポチの姿を見つめるようなことはしないので、ポチも自身の醜さを忘れて、いそいそ私について来た。霧《きり》が深い。まちはひっそり眠っている。私は、練兵場へいそいだ。途中、おそろしく大きい赤毛の犬が、ポチに向って猛烈に吠えたてた。ポチは、れいに依《よ》って上品ぶった態度を示し、何を騒いでいるのかね、とでも言いたげな蔑視《べっし》をちらとその赤毛の犬にくれただけで、さっさとその面前を通過した。赤毛は、卑劣である。無法にもポチの背後から、風の如《ごと》く襲いかかり、ポチの寒しげな睾丸《こうがん》をねらった。ポチは、咄嗟《とっさ》にくるりと向き直ったが、ちょっと躊躇し、私の顔色をそっと伺った。

「やれ!」私は大声で命令した。「赤毛は卑怯《ひきょう》だ! 思う存分やれ!」

ゆるしが出たのでポチは、ぶるんと一つ大きく胴震いして、弾丸の如く赤犬のふところに飛び込んだ。たちまち、けんけんごうごう、二匹は一つの手毬《てまり》みたいになって、格闘した。赤毛は、ポチの倍ほども大きい図体をしていたが、だめであった。ほどなく、きゃんきゃん悲鳴を挙げて敗退した。おまけにポチの皮膚病までうつされたかもわからない。ばかなやつだ。

喧嘩が終って、私は、ほっとした。文字どおり手に汗して眺めていたのである。一時は、二匹の犬の格闘に巻きこまれて、私も共に死ぬるような気さえしていた。おれは噛み殺されたっていいんだ。ポチよ、思う存分、喧嘩をしろ! と異様に力《りき》んでいたのであった。ポチは、逃げて行く赤毛を少し追いかけ、立ちどまって、私の顔色をちらと伺い、急にしょげて、首を垂れすごすご私のほうへ引返して来た。

「よし! 強いぞ。」ほめてやって私は歩き出し、橋をかたかた渡って、ここはもう練兵場である。

むかしポチは、この練兵場に捨てられた。だからいま、また、この練兵場へ帰って来たのだ。おまえのふるさとで死ぬがよい。

私は立ちどまり、ぽとりと牛肉の大片を私の足もとへ落して、「ポチ、食え。」私は、ポチを見たくなかった。ぼんやりそこに立ったまま、「ポチ、食え。」

足もとで、ぺちゃぺちゃ食べている音がする。一分《いっぷん》たたぬうちに死ぬ筈《はず》だ。

私は猫脊になって、のろのろ歩いた。霧が深い。ほんのちかくの山が、ぼんやり黒く見えるだけだ。南アルプス連峯《れんぽう》も、富士山も、何も見えない。朝露《あさつゆ》で、下駄がびしょぬれである。私は一そうひどい猫脊になって、のろのろ帰途についた。橋を渡り、中学校のまえまで来て、振り向くとポチが、ちゃんといた。面目無げに、首を垂れ、私の視線をそっとそらした。

私も、もう大人である。いたずらな感傷《かんしょう》は無かった。すぐ事態を察知した。薬品が効《き》かなかったのだ。うなずいて、もうすでに私は、白紙還元である。家へ帰って、

「だめだよ。薬が効かないのだ。ゆるしてやろうよ。あいつには、罪が無かったんだぜ。芸術家は、もともと弱い者の味方だった筈《はず》なんだ。」私は、途中で考えて来たことをそのまま言ってみた。「弱者の友なんだ。芸術家にとって、これが出発で、また最高の目的なんだ。こんな単純なこと、僕は忘れていた。僕だけじゃない。みんなが、忘れ

ているんだ。僕は、ポチを東京へ連れて行こうと思うよ。友達がもしポチの恰好《かっこう》を笑ったら、ぶん殴ってやる。卵あるかい？」

「ええ。」家内は、浮かぬ顔をしていた。

「ポチにやれ。二つ在るなら、二つやれ。おまえも我慢しろ。皮膚病なんてのは、すぐなおるよ。」

「ええ。」家内は、やはり浮かぬ顔をしていた。

皮膚と心

ぷつッと、ひとつ小豆粒《あずきつぶ》に似た吹出物《ふきでもの》が、左の乳房の下に見つかり、よく見ると、その吹出物のまわりにも、ぱらぱら小さい赤い吹出物が霧《きり》を噴きかけられたように一面に散点していて、けれども、そのときは、痒《かゆ》くもなんともありませんでした。憎い気がして、お風呂で、お乳の下をタオルできゅっきゅっと皮のすりむけるほど、こすりました。それが、いけなかったようでした。家へ帰って鏡台のまえに坐《すわ》り、胸をひろげて、鏡に写してみると、気味わるうございました。銭湯から私の家まで、歩いて五分もかかりませぬし、ちょっとその間に、お乳の下から腹にかけて手のひら二つぶんのひろさでもって、真赤に熟《う》れて苺《いちご》みたいになっているので、私は地獄絵《じごくえ》を見たような気がして、すっとあたりが暗くなりました。そのときから、私は、いままでの私でなくなりました。自分を、人のような気がしなくなりました。気が遠くなる、というのは、こんな状態を言うのでしょうか。私は永《なが》いこと、ぼんやり坐って居りました。暗灰色の入道雲《にゅうどうぐも》が、もくもく私のぐるりを取り囲んでいて、私は、いままでの世間から遠く離れて、物の音さえ私には幽《かす》かにしか聞えない、うっとうしい、地の底の時々刻々が、そのときから、はじまったのでした。しばらく、鏡の中の裸身を見つめているうちに、ぽつり、ぽつり、雨の降りはじめのように、あちら、こちらに、赤い小粒があらわれて、頸《くび》のまわり、胸から、腹から、脊中のほうにまで、まわっている様子なので、合《あわ》せ鏡《かがみ》して脊中を写してみると、白い脊中のスロオプに赤い霰《あられ》をちらしたように一ぱい吹き出ていましたので、私は、顔を覆《おお》ってしまいました。

「こんなものが、できて。」私は、あの人に見せました。六月のはじめのことで、ございます。あの人は、半袖のワイシャツに、短いパンツはいて、もう今日の仕事も、一とおりすんだ様子で、仕事机のまえにぼんやり坐って煙草《たばこ》を吸っていましたが、立って来て、私にあちこち向かせて、眉をひそめ、つくづく見て、ところどころ指で押してみて、「痒ゆくないか。」と聞きました。私は、痒ゆくない、と答えました。ちっとも、なんとも無いのです。あの人は、首をかしげて、それから私を縁側《えんがわ》の、かっと西日の当る箇所に立たせ、裸身の私をくるくる廻して、なおも念入りに調べていました。あの人は、私のからだのことに就《つ》いては、いつでも、細かすぎるほど気をつけてくれます。ずいぶん無口で、けれども、しんは、いつでも私を大事にします。私は、ちゃんと、それを知っていますから、こうして縁側の明るみに出されて、恥ずかしいはだかの姿を、西に向け東に向け、さんざ、いじくり廻されても、かえって神様に祈るような静かな落ちついた気持になり、どんなに安心のことか。私は、立ったまま軽く眼をつぶっていて、こうして死ぬまで、眼を開きたくない気持でございました。

「わからねえなあ。ジンマシンなら、痒ゆい筈《はず》だが。まさか、ハシカじゃなかろう。」

私は、あわれに笑いました。着物を着直しながら、

「糠《ぬか》に、かぶれたのじゃないかしら。私、銭湯へ行くたんびに、胸や頸を、とてもきつく、きゅっきゅっこすったから。」

それかも知れない。それだろう、ということになり、あの人は薬屋に行き、チュウブにはいった白いべとべとした薬を買って来て、それを、だまって私のからだに、指で、すり込むようにして塗《ぬ》ってくれました。すっと、からだが涼しく、少し気持も軽くなり、

「うつらないものかしら。」

「気にしちゃいけねえ。」

そうは、おっしゃるけれども、あの人の悲しい気持が、それは、私を悲しがってくれる気持にちがいないのだけれど、その気持が、あの人の指先から、私の腐った胸に、つらく響いて、ああ早くなおりたいと、しんから思いました。

あの人は、かねがね私の醜《みにく》い容貌を、とても細心にかばってくれて、私の顔の数々の可笑《おか》しい欠点、――冗談にも、おっしゃるようなことは無く、ほんとうに露《つゆ》ほども、私の顔を笑わず、それこそ日本晴れのように澄んで、余念ない様子をなさって、

「いい顔だと思うよ。おれは、好きだ。」

そんなことさえ、ぷつんとおっしゃることがあって、私は、どぎまぎして困ってしまうこともあるのです。私どもの結婚いたしましたのは、ついことしの三月でございます。結婚、という言葉さえ、私には、ずいぶんキザで、浮わついて、とても平気で口に言い出し兼ねるほど、私どもの場合は、弱く貧しく、てれくさいものでございました。だいいち、私は、もう二十八でございますもの。こんな、おたふくゆえ、縁遠《えんどお》くて、それに二十四、五までには、私にだって、二つ、三つ、そんな話もあったのですが、まとまりかけては、こわれ、まとまりかけては、こわれて、それは私の家だって、何もお金持というわけでは無し、母ひとり、それに私と妹と、三人ぐらしの、女ばかりの弱い家庭でございますし、とても、いい縁談なぞは、望まれませぬ。それは慾《よく》の深い夢でございましょう。二十五になって、私は覚悟をいたしました。一生、結婚できなくとも、母を助け、妹を育て、それだけを生き甲斐《いがい》として、妹は、私と七つちがいの、ことし二十一になりますけれど、きりょうも良し、だんだんわがままも無くなり、いい子になりかけて

来ましたから、この妹に立派な養子を迎えて、そうして私は、私としての自活の道をたてよう。それまでは、家に在って、家計、交際、すべて私が引受けて、この家を守ろう。そう覚悟をきめますと、それまで内心、うじゃうじゃ悩んでいたもの、すべてが消散して、苦しさも、わびしさも、遠くへ去って、私は、家の仕事のかたわら、洋裁の稽古《けいこ》にはげみ、少しずつご近所の子供さんの洋服の注文なぞも引き受けてみるようになって、将来の自活のあてもつきかけて来たころ、いまの、あの人の話があったのでございます。お話を持って来て下さったお方が、謂《い》わば亡父の恩人とでもいうような義理あるお方でございましたから、むげに断ることもできず、また、お話を承《うけたまわ》ってみると、先方は、小学校を出たきりで、親も兄弟もなく、その私の亡父の恩人が、拾い上げて小さい時からめんどう見てやっていたのだそうで、もちろん先方には財産などある筈《はず》はなく、三十五歳、少し腕のよい図案工であって、月収は二百円もそれ以上もはいる月があるそうですが、また、なんにもはいらぬ月もあって、平均して、七、八十円。それに向うは、初婚ではなく、好きな女のひとと、六年も一緒に暮《くら》して、おととし何かわけがあって別れてしまい、そののちは、自分は小学校を出たきりで学歴も無し、財産もなし、としもとっていることだし、ちゃんとした結婚なぞとても望めないから、いっそ一生めとらず、のんきに暮そうと、やもめぐらしをして居る由《よし》にて、それを、亡父の恩人が、なだめ、それでは世間から変人あつかいされて、よくないから、早くお嫁を貰《もら》いなさい、少し心あたりもあるから、と言って、私どものほうに、内々お話の様子なされて、そのときは私も母と顔を見合せ、困ってしまいました。一つとして、よいところのない縁談でございますもの。いくら私が、売れのこりの、おたふくだって、あやまち一つ犯《おか》したことはなし、もう、そんな人とでも無ければ、結婚できなくなっているのかしらと、さいしょは腹立しく、それから無性《むしょう》に侘《わ》びしくなりました。お断りするより他、ないのでございますが、何せお話を持って来られた方が、亡父の恩人で義理あるお人ですし、母も私も、ことを荒立てないようにお断りしなければ、と弱気に愚図愚図《ぐずぐず》いたして居りますうちに、ふと私は、あの人が可哀想《かわいそう》になってしまいました。きっと、やさしい人にちがいない。私だって、女学校を出たきりで、特別になんの学問もありゃしない。たいへんな持参金があるわけでもない。父が死んだし、弱い家庭だ。それに、ごらんのとおりの、おたふくで、いい加減おばあさんですし、こちらこそ、なんのいいところも無い。似合いの夫婦かも知れない。どうせ、私は不仕合《ふしあわ》せなのだ。断って、亡父の恩人と気まずくなるよりはと、だんだん気持が傾いて、それにお恥《はず》かしいことには、少しは頰のほてる浮いた気持もございました。おまえ、ほんとにいいのかねえ、とやはり心配顔の母には、それ以上、話もせず、私から直接、その亡父の恩人に、はっきりした返事をしてしまいました。

結婚して、私は幸福でございました。いいえ。いや、やっぱり、幸福、と言わなければなりませぬ。罰があたります。私は、大切にいたわられました。あの人は、何かと気が弱く、それに、せんの女に捨てられたような工合《ぐあ》いらしく、そのゆえに、一層おどおどしている様子で、ずいぶん歯がゆいほど、すべてに自信がなく、痩《や》せて小さく、お顔も貧相でございます。お仕事は、熱心にいたします。私が、はっと思ったことは、あの人の図案を、ちらと見て、それが見覚えのある図案だったことでございます。なんという奇縁でしょう。あの人に伺《うかが》ってみて、そのことをたしかめ、私は、そのときはじめて、あの人に恋をしたみたいに、胸がときめきいたしました。あの銀座の有名な化粧品店の、*蔓《つる》バラ模様の商標は、あの人が考案したもので、それだけでは無く、あの化粧品店から売り出されている香水、石鹼《せっけん》、おしろいなどのレッテル意匠、それから新聞の広告も、ほとんど、あの人の図案だったのでございます。十年もまえから、あの店の専属のようになって、異色ある蔓バラ模様のレッテル、ポスタア、新聞広告など、ほとんどおひとりで、お画《か》きになっていたのだそうで、いまでは、あの蔓バラ模様は、外国の人さえ覚えていて、あの店の名前を知らなくても、蔓バラを典雅《てんが》に絡《から》み合《あわ》せた特徴ある図案は、どなただって一度は見て、そうして、記憶しているほどでございますものね。私なども、女学校のころから、もう、あの蔓バラ模様を知っていたような気がいたします。私は、奇妙に、あの図案にひかれて、女学校を出てからも、お化粧品は、全部あの化粧品店のものを使って、謂《い》わば、まあ、ファンでございました。けれども私は、いちどだって、あの蔓バラ模様の考案者については、思ってみたことなかった。ずいぶん、うっかり者のようでございますが、けれども、それは私だけではなく、世間のひと皆、新聞の美しい広告を見ても、その図案工を思《おも》い尋《たず》ねることなど無いでしょう。図案工なんて、ほんとうに縁の下の力持ちみたいなものですのね。私だって、あの人のお嫁さんになって、しばらく経って、それからはじめて気がついたほどでございますもの。それを知ったときには、私は、うれしく、

「あたし、女学校のころからこの模様だいすきだったわ。あなたがお画きになっていたのねえ。うれしいわ。あたし、幸福ね。十年もまえから、あなたと遠くむすばれていたのよ。こちらへ来ることに、きまっていたのね。」と少しはしゃいで見せましたら、あの人は顔を赤くして、

「ふざけちゃいけねえ。職人仕事じゃねえか、よ。」と、しんから恥ずかしそうに、眼をパチパチさせて、それから、フンと力なく笑って、悲しそうな顔をなさいました。

いつもあの人は、自分を卑下《ひげ》して、私がなんとも思っていないのに、学歴のことや、

それから二度目だってことや、貧相のことなど、とても気にして、こだわっていらっしゃる様子で、それならば、私みたいなおたふくは、一体どうしたらいいのでしょう。夫婦そろって自信がなく、はらはらして、お互いの顔が、謂《い》わば羞皺《はじしわ》で一ぱいで、あの人は、たまには、私にうんと甘えてもらいたい様子なのですが、私だって、二十八のおばあちゃんですし、それに、こんなおたふくなので、その上、あの人の自信のない卑下していらっしゃる様子を見ては、こちらにも、それが伝染しちゃって、よけいにぎくしゃくして来て、どうしても無邪気《むじゃき》に可愛く甘えることができず、心は慕っているのに、逆にかえって私は、まじめに、冷い返事などしてしまって、すると、あの人は、気むずかしく、私には、そのお気持がわかっているだけに、尚《なお》のこと、どぎまぎして、すっかり他人行儀《たにんぎょうぎ》になってしまいます。あの人にも、また、私の自信のなさが、よくおわかりの様《よう》で、ときどき、やぶから棒に、私の顔、また、着物の柄《がら》など、とても不器用にほめることがあって、私には、あの人のいたわりがわかっているので、ちっとも嬉しいことはなく、胸が、一ぱいになって、せつなく、泣きたくなります。あの人は、いい人です。せんの女のひとのことなど、ほんとうに、これぼっちも匂《にお》わしたことがございません。おかげさまで、私は、いつも、そのことは忘れています。この家だって、私たち結婚してから新しく借りたのですし、あの人は、そのまえは、赤坂のアパアトにひとりぐらししていたのでございますが、きっと、わるい記憶を残したくないというお心もあり、また、私への優しい気兼《きが》ねもあったのでございましょう、以前の世帯道具一切合切《せたいどうぐいっさいがっさい》、売り払い、お仕事の道具だけ持って、この築地《つきじ》の家へ引越して、それから、私にも僅《わず》かばかり母からもらったお金がございましたし、二人で少しずつ世帯の道具を買い集めたようなわけで、ふとんも簞笥《たんす》も、私が本郷の実家から持って来たのでございますし、せんの女のひとの影は、ちらとも映らず、あの人が、私以外の女のひとと六年も一緒にいらっしゃったなど、とても今では、信じられなくなりました。ほんとうに、あの人の不要の卑下さえなかったら、そうして私を、もっと乱暴に、怒鳴ったり、もみくちゃにして下さったなら、私も、無邪気に歌をうたって、どんなにでもあの人に甘えることができるように思われるのですが、きっと明るい家になれるのでございますが、二人そろって、醜いという自覚で、ぎくしゃくして、――私はともかく、あの人が、なんで卑下することがございましょう。小学校を出たきりと言っても、教養の点では、大学出の学士と、ちっとも変るところございませぬ。レコオドだって、ずいぶん趣味のいいのを集めていらっしゃるし、私がいちども名前を聞いたことさえない外国の新しい小説家の作品を、仕事のあいまあいまに、熱心に読んでいらっしゃるし、それに、あの、世界的な蔓バラの図案。また、ご自身の貧乏を、ときどき自嘲《じちょう》なさいますけれど、このごろは仕事も多く、百円、二百円と、まとまった大金がはいって来て、せんだっても、伊豆《いず》の温泉につれていっていただいたほどなのに、それでもあの人は、ふとんや箪笥や、その他の家財道具を、私の母に買ってもらったことを、いまでも気にしていて、そんなに気にされると、私は、かえって恥ずかしく、なんだか悪いことをしたように思われて、みんな安物ばかりなのに、と泣きたいほど侘《わ》びしく、同情や憐憫《れんびん》で結婚するのは、間違いで、私は、やっぱりひとりでいたほうがよかったのじゃないかしら、と恐ろしいことを考えた夜もございました。もっと強いものを求めるいまわしい不貞《ふてい》が頭をもたげることさえあって、私は悪者でございます。結婚して、はじめて青春の美しさを、それを灰色に過してしまったくやしさが、舌を噛《か》みたいほど、痛烈に感じられ、いまのうち何かでもって埋め合せしたく、あの人とふたりで、ひっそり夕食をいただきながら、侘《わび》しさ堪えがたくなって、お箸《はし》と茶碗《ちゃわん》持ったまま、泣きべそかいてしまったこともございます。何もかも私の慾でございましょう。こんなおたふくの癖《くせ》に青春なんて、とんでもない。いい笑いものになるだけのことでございます。私は、いまのままで、これだけでもう、身にあまる仕合せなのです。そう思わなければいけません。ついつい、わがままも出て、それだから、こんどのように、こんな気味わるい吹出物に見舞われるのです。薬を塗ってもらったせいか、吹出物も、それ以上はひろがらず、明日は、なおるかも知れぬと、神様にこっそり祈って、その夜は、早めに休ませていただきました。

寝ながら、しみじみ考えて、なんだか不思議になりました。私は、どんな病気でも、おそれませぬが、皮膚病だけは、とても、とても、いけないのです。どのような苦労をしても、どのような貧乏をしても、皮膚病にだけは、なりたくないと思っていたものでございます。脚が片方なくっても、腕が片方なくっても、皮膚病なんかになるよりは、どれくらいましかわからない。女学校で、生理の時間にいろいろの皮膚病の病源菌を教わり、私は全身むず痒く、その虫やバクテリヤの写真の載っている教科書のペエジを、矢庭《やにわ》に引き破ってしまいたく思いました。そうして先生の無神経が、のろわしく、いいえ先生だって、平気で教えているのでは無い。職務ゆえ、懸命にこらえて、当りまえの風を装って教えているのだ、それにちがいないと思えば、なおのこと、先生のその厚顔《こうがん》無恥《むち》が、あさましく、私は身悶《みもだ》えいたしました。その生理のお時間がすんでから、私はお友達と議論をしてしまいました。痛さと、くすぐったさと、痒さと、三つのうちで、どれが一ばん苦しいか。そんな論題が出て、私は断然、痒さが最もおそろしいと主張いたしました。だって、そうでしょう？　痛さも、くすぐったさも、おのずから知覚の限度があると思います。ぶたれて、切られて、または、くすぐられても、その苦しさが極限に達したとき、人は、きっと気を失うにちがいない。気を失ったら夢幻境です。昇天でございます。苦しさから、きれいにのがれる事ができるのです。死んだって、かまわないじゃないですか。けれども痒さは、波のうねりのようで、もりあがっては崩れ、もりあがっては崩れ、果しなく鈍く蛇動《だどう》し、蠢動《しゅんどう》するばかりで、苦しさが、ぎりぎり結着の頂点まで突き上げてしまう様なことは決してないので、気を失うこともできず、もちろん痒さで死ぬなんてことも無いでしょうし、永久になまぬるく、悶えていなければならぬのです。これは、なんといっても、痒さにまさる苦しみはございますまい。私がもし昔のお＊白洲《しらす》で拷問《ごうもん》かけられても、切られたり、ぶたれたり、また、くすぐられたり、そんなことでは白状しない。そのうち、きっと気を失って、二、三度つづけられたら、私は死んでしまうだろう。白状なんて、するものか。私は志士のいどころを一命かけて、守って見せる。けれども、蚤《のみ》か、しらみ、或《あ》るいは疥癬《かいせん》の虫など、竹筒に一ぱい持って来て、さあこれを、おまえの脊中にぶち撒《ま》けてやるぞ、と言われたら、私は身の毛もよだつ思いで、わなわなふるえ、申し上げます、お助け下さい、と烈女も台無し、両手合せて哀願するつもりでございます。考えるさえ、飛び上るほど、いやなことです。私が、その休憩時間、お友達にそう言ってやりましたら、お友達も、みんな素直に共鳴して下さいました。いちど先生に連れられて、クラス全部で、＊上野の科学博物館へ行ったことがございますけれど、たしか三階の、標本室で、私は、きゃっと悲鳴を挙げ、くやしく、わんわん泣いてしまいました。皮膚に寄生する虫の標本が、蟹《かに》くらいの大きさに模型されて、ずらりと棚に並んで、飾られてあって、ばか！と大声で叫んで棍棒《こんぼう》もって滅茶《めちゃ》滅茶《めちゃ》に粉砕《ふんさい》したい気持でございました。それから三日も、私は寝ぐるしく、なんだか痒ゆく、ごはんもおいしくございませんでした。私は、菊の花さえきらいなのです。小さい花弁がうじゃうじゃして、まるで何かみたい。樹木の幹の、でこぼこしているのを見ても、ぞっとして全身むず痒くなります。筋子《すじこ》なぞを、平気でたべる人の気が知れない。牡蠣《かき》の貝殻《かいがら》。かぼちゃの皮。砂利道《じゃりみち》。虫食った葉。とさか。胡麻《ごま》。絞《しぼ》り染《ぞめ》。蛸《たこ》の脚。茶《ちゃ》殻《がら》。蝦《えび》。蜂《はち》の巣。苺《いちご》。蟻《あり》。蓮《はす》の実。蠅《はえ》。うろこ。みんな、きらい。ふり仮名も、きらい。小さい仮名は、虱《しらみ》みたい。グミの実、桑の実、どっちもきらい。お月さまの拡大写真を見て、吐きそうになったことがあります。刺繡《ししゅう》でも、図柄に依《よ》っては、とても我慢できなくなるものがあります。そんなに皮膚のやまいを嫌っているので、自然と用心深く、いままで、ほとんど吹出物の経験なぞ無かったのです。そうして結婚して、毎日お風呂へ行って、からだをきゅっきゅっと糠でこすって、きっと、こすり過ぎたのでございましょう。こんなに、吹出物してしまって、くやしく、うらめしく思います。私は、いったいどんな悪いことをしたというのでしょう。神さまだって、あんまりだ。私の一ばん嫌いな、嫌いなものをことさらにくださって、ほかに病気が無いわけじゃなし、まるで金の小さな的《まと》をすぽんと射当てたように、まさしく私の最も恐怖している穴へ落ち込ませて、私は、しみじみ不思議に存じました。

翌《あく》る朝、薄明のうちにもう起きて、そっと鏡台に向って、ああと、うめいてしまいました。私は、お化けでございます。これは、私の姿じゃない。からだじゅう、トマトがつぶれたみたいで、頸にも胸にも、おなかにも、ぶつぶつ醜怪《しゅうかい》を極めて豆粒ほども大きい吹出物が、まるで全身に角《つの》が生えたように、きのこが生えたように、すきまなく、一面に噴き出て、ふふふふ笑いたくなりました。そろそろ、両脚のほうにまで、ひろがっているのでございます。鬼。悪魔。私は、人ではございませぬ。このまま死なせて下さい。泣いては、いけない。こんな醜悪なからだになって、めそめそ泣きべそ掻《か》いたって、ちっとも可愛くないばかりか、いよいよ熟柿《じゅくし》がぐしゃと潰《つぶ》れたみたいに滑稽《こっけい》で、あさましく、手もつけられぬ悲惨の光景になってしまう。泣いては、いけない。隠してしまおう。あの人は、まだ知らない。見せたくない。もともと醜い私が、こんな腐った肌になってしまって、もうもう私は、取《と》り柄《え》がない。屑《くず》だ。はきだめだ。もう、こうなっては、あの人だって、私を慰《なぐさ》める言葉が無いでしょう。慰められるなんて、いやだ。こんなからだを、まだいたわるならば、私は、あの人を軽蔑《けいべつ》してあげる。いやだ。私は、このままおわかれしたい。いたわっちゃ、いけない。私を、見ちゃいけない。私の傍にいてもいけない。ああ、もっと、もっと広い家が欲しい。一生遠くはなれた部屋で暮したい。結婚しなければ、よかった。二十八まで、生きていなければよかったのだ。十九の冬に、肺炎になったとき、あのとき、なおらずに死ねばよかったのだ。あのとき死んでいたら、いまこんな苦しい、みっともない、ぶざまの憂目《うきめ》を見なくてすんだのだ。私は、ぎゅっと堅く眼をつぶったまま、身動きもせず坐って、呼吸だけが荒く、そのうちになんだか心までも鬼になってしまう気配が感じられて、世界が、シンと静まって、たしかにきのうまでの私で無くなりました。私は、もそもそ、けものみたいに立ち上り着物を着ました。着物は、ありがたいものだと、つくづく思いました。どんなおそろしい胴体でも、こうして、ちゃんと隠してしまえるのですものね。元気を出して、物干場《ものほしば》へあがっておひ様を険《けわ》しく見つめ、思わず、深い溜息《ためいき》をいたしました。ラジオ体操の号令が聞えてまいります。私は、ひとりで佗びしく体操はじめて、イッチ、ニッ、と小さい声出して、元気をよそってみましたが、ふっとたまらなく自分がいじらしくなって来て、とてもつづけて体操できず泣き出しそうになって、それに、いま急激にからだを動かしたせいか、頸と腋下《わきのした》の淋巴腺《リンパせん》が鈍く痛み出して、そっと触ってみると、いずれも固く腫《は》れていて、それを知ったときには、私、立って居られなく、崩れるようにぺたりと坐ってしまいました。私は醜いから、いままでこんなにつつましく、日陰を選んで、忍んで忍んで生きて来たのに、どうして私をいじめるのです、と誰にともなく焼き焦げるほどの大きい怒りが、むらむら湧《わ》いて、そのとき、うしろで、

「やあ、こんなところにいたのか。しょげちゃいけねえ。」とあの人の優しく呟《つぶや》く声がして、「どうなんだ。少しは、よくなったか？」

よくなったと答えるつもりだったのに、私の肩に軽く載せたあの人の右手を、そっとはずして、立ち上り、

「うちへかえる。」そんな言葉が出てしまって、自分で自分がわからなくなって、もう、何をするか、何を言うか、責任持てず、自分も宇宙も、みんな信じられなくなりました。

「ちょっと見せなよ。」あの人の当惑したみたいな、こもった声が、遠くからのように聞えて、

「いや。」と私は身を引き、「こんなところに、グリグリができてえ。」と腋の下に両手を当てそのまま、私は手放しで、ぐしゃと泣いて、たまらずああんと声が出て、みっともない二十八のおたふくが、甘えて泣いても、なんのいじらしさが在ろう、醜悪の限りとわかっていても、涙がどんどん沸《わ》いて出て、それによだれも出てしまって、私はちっともいいところが無い。

「よし。泣くな！　お医者へ連れていってやる。」あの人の声が、いままで聞いたこと

のないほど、強くきっぱり響きました。

その日は、あの人もお仕事を休んで、新聞の広告しらべて、私もせんに一、二度、名前だけは聞いたことのある有名な皮膚科専門のお医者に見てもらうことにきめて、私は、よそ行きの着物に着換えながら、

「からだを、みんな見せなければいけないかしら。」

「そうよ。」あの人は、とても上品に微笑《ほほえ》んで答えました。「お医者を、男と思っちゃいけねえ。」

私は顔を赤くしました。ほんのりとうれしく思いました。

外へ出ると、陽の光がまぶしく、私は自身を一匹の醜い毛虫のように思いました。この病気のなおるまで世の中を真暗闇の深夜にして置きたく思いました。

「電車は、いや。」私は、結婚してはじめてそんな贅沢《ぜいたく》なわがまま言いました。もう吹出物が手の甲にまでひろがって来ていて、いつか私は、こんな恐ろしい手をした女のひとを電車の中で見たことがあって、それからは、電車の吊皮《つりかわ》につかまるのさえ不潔で、うつりはせぬかと気味わるく思っていたのですが、いまは私が、そのいつかの女のひとの手と同じ工合《ぐあ》いになってしまって、「身の不運」という俗な言葉が、このときほど骨身に徹したことはございませぬ。

「わかってるさ。」あの人は、明るい顔してそう答え、私を、自動車に乗せて下さいました。築地から、日本橋、高島屋裏の病院まで、ほんのちょっとでございましたが、その間、私は葬儀車《そうぎしゃ》に乗っている気持でございました。眼だけが、まだ生きていて、巷《ちまた》の初夏のよそおいを、ぼんやり眺めて、路《みち》行く女のひと、男のひと、誰も私のように吹出物していないのが不思議でなりませんでした。

病院に着いて、あの人と一緒に待合室へはいってみたら、ここはまた世の中と、まるっきりちがった風景で、ずっとまえ築地の小劇場で見た「どん底」という芝居の舞台面を、ふいと思い出しました。外は深緑で、あんなに、まばゆいほど明るかったのに、ここは、どうしたのか、陽の光が在っても薄暗く、ひやと冷い湿気があって、酸いにおいが、ぷんと鼻をついて、盲人どもが、うなだれて、うようよいる。盲人では無いけれども、どこか、片端《かたわ》の感じで、老爺《ろうや》老婆《ろうば》の多いのには驚きました。私は、入口にちかい、ベンチの端に腰をおろして、死んだように、うなだれ、眼をつぶりました。ふと、この大勢の患者の中で、私が一ばん重い皮膚病なのかも知れない、ということに気がつき、びっくりして眼をひらき、顔をあげて、患者ひとりひとりを盗み見いたしましたが、やはり、私ほど、あらわに吹出物している人は、ひとりもございませんでした。皮膚科と、もうひとつ、とても平気で言えないような、いやな名前の病気と、そのふたつの専門医だったことを、私は病院の玄関の看板で、はじめて知ったのですが、それでは、あそこに腰かけている若い綺麗《きれい》な映画俳優みたいな男のひと、どこにも吹出物など無い様子だし、皮膚科ではなく、そのもうひとつのほうの病気なのかも知れない、と思えば、もう皆、この待合室に、うなだれて腰かけている亡者《もうじゃ》たち皆、そのほうの病気のような気がして来て、

「あなた、少し散歩していらっしゃい。ここは、うっとうしい。」

「まだ、なかなからしいな。」あの人は、手持ぶさたげに、私の傍に立ちつくしていたのでした。

「ええ。私の番になるのは、おひるごろらしいわ。ここは、きたない。あなたが、いらっしゃっちゃ、いけない。」自分でも、おや、と思ったほど、いかめしい声が出て、あの人も、それを素直に受け取ってくれた様子で、ゆっくり首肯《うなず》き、

「おめえも、一緒に出ないか？」

「いいえ。あたしは、いいの。」私は、微笑んで、「あたしは、ここにいるのが、一ばん楽なの。」

そうしてあの人を待合室から押し出して、私は、少し落ちつき、またベンチに腰をおろし酸っぱいように眼をつぶりました。はたから見ると、私は、きっとキザに気取って、

おろかしい瞑想《めいそう》にふけっているばあちゃん女史に見えるでしょうが、でも、私、こうしているのが一ばん、らくなんですもの。死んだふり。そんな言葉、思い出して、可笑《おか》しゅうございました。けれども、だんだん私は、心配になってまいりました。誰にも、秘密が在る。そんな、いやな言葉を耳元に囁《ささ》やかれたような気がして、わくわくしてまいりました。ひょっとしたら、この吹出物も――と考え、一時に総毛立つ思いで、あの人の優しさ、自信の無さも、そんなところから起って来ているのではないのかしら、まさか。私は、そのときはじめて、可笑しなことでございますが、そのときはじめて、あの人にとっては、私が最初で無かったのだ、ということに実感を以《もっ》て思い当り、いても立っても居られなくなりました。だまされた！　結婚詐欺《さぎ》。唐突にそんなひどい言葉も思い出され、あの人を追いかけて行って、ぶってやりたく思いました。ばかですわね。はじめから、それが承知であの人のところへまいりましたのに、いま急に、あの人が、最初でないこと、たまらぬ程《ほど》にくやしく、うらめしく、とりかえしつかない感じで、あの人の、まえの女のひとのことも、急に色濃く、胸にせまって来て、ほんとうにはじめて、私はその女のひとを恐ろしく、憎く思い、これまで一度だって、そのひとのこと思ってもみたことない私の呑気《のんき》さ加減が、涙の沸いて出た程に残念でございました。くるしく、これが、あの嫉妬《しっと》というものなのでしょうか。もし、そうだとしたなら、嫉妬というものは、なんという救いのない狂乱、それも肉体だけの狂乱。一点美しいところもない醜怪きわめたものか。世の中には、まだまだ私の知らない、いやな地獄があったのですね。私は、生きてゆくのが、いやになりました。自分が、あさましく、あわてて膝《ひざ》の上の風呂敷包《ふろしきづつみ》をほどき、小説本を取り出し、でたらめにペエジをひらき、かまわずそこから読みはじめました。ボヴァリイ夫人。＊エンマの苦しい生涯が、いつも私をなぐさめて下さいます。エンマの、こうして落ちて行く路が、私には一ばん女らしく自然のもののように思われてなりません。水が低きについて流れるように、からだのだるくなるような素直さを感じます。女って、こんなものです。言えない秘密を持って居ります。だって、それは女の「生《うま》れつき」ですもの。泥沼を、きっと一つずつ持って居ります。それは、はっきり言えるのです。だって、女には、一日一日が全部ですもの。男とちがう。死後も考えない。思索も、無い。一刻一刻の、美しさの完成だけを願って居ります。生活を、生活の感触を、溺愛《できあい》いたします。女が、お茶碗や、きれいな柄《がら》の着物を愛するのは、それだけが、ほんとうの生き甲斐だからでございます。刻々の動きが、それがそのまま生きていることの目的なのです。他に、何が要《い》りましょう。高いリアリズムが、女のこの不埒《ふらち》と浮遊を、しっかり抑えて、かしゃくなくあばいて呉《く》れたなら、私たち自身も、からだがきまって、どのくらい楽か知れないとも思われるのですが、女のこの底知れぬ

「悪魔」には、誰も触らず、見ないふりをして、それだから、いろんな悲劇が起るのです。高い、深いリアリズムだけが、私たちをほんとうに救ってくれるのかも知れませぬ。女の心は、いつわらずに言えば、結婚の翌日だって、ほかの男のひとのことを平気で考えることができるのでございますもの。人の心は、決して油断がなりませぬ。男女七歳*にして、という古い教えが、突然おそろしい現実感として、私の胸をついて、はっと思いました。日本の倫理というものは、ほとんど腕力的に写実なのだと、目まいのするほど驚きました。なんでもみんな知られているのだ。むかしから、ちゃんと泥沼が、明確にえぐられて在るのだと、そう思ったら、かえって心が少しすがすがしく、爽《さわ》やかに安心して、こんな醜い吹出物だらけのからだになっても、やっぱり何かと色気の多いおばあちゃん、と余裕を以《もっ》て自身を憫笑《びんしょう》したい気持も起り、再び本を読みつづけました。いま、ロドルフが、更《さら》にそっとエンマに身をすり寄せ、甘い言葉を口早に囁《ささや》いているところなのですが、私は、読みながら、全然別な奇妙なことを考えて、思わずにやりと笑ってしまいました。エンマが、このとき吹出物していたら、どうだったろう、とへんな空想が湧いて出て、いや、これは重大なイデエ*だぞ、と私は真面目になりました。エンマは、きっとロドルフの誘惑を拒絶したにちがいない。そうして、エンマの生涯は、まるっきり違ったものになってしまった。それにちがいない。あくまでも、拒絶したにちがいない。だって、そうするより他に、仕様ないんだもの。こんなからだでは。そうして、これは喜劇ではなく、女の生涯は、そのときの髪のかたち、着物の柄、眠《ね》むたさ、または些細《ささい》のからだの調子などで、どしどし決定されてしまうので、あんまり眠むたいばかりに、脊中のうるさい子供をひねり殺した子守女さえ在ったし、ことに、こんな吹出物は、どんなに女の運命を逆転させ、ロマンスを歪曲《わいきょく》させるか判《わか》りませぬ。いよいよ結婚式というその前夜、こんな吹出物が、思いがけなく、ぷつんと出て、おやおやと思うまもなく胸に四肢《しし》に、ひろがってしまったら、どうでしょう。私は、有りそうなことだと思います。吹出物だけは、ほんとうに、ふだんの用心で防ぐことができない、何かしら天意に依《よ》るもののように思われます。天の悪意を感じます。五年ぶりに帰朝する御主人をお迎えにいそいそ横浜の埠頭《ふとう》、胸おどらせて待っているうちにみるみる顔のだいじなところに紫色《むらさきいろ》の腫物があらわれ、いじくっているうちに、もはや、そのよろこびの若夫人も、ふためと見られぬお岩さま。そのような悲劇もあり得る。男は、吹出物など平気らしゅうございますが、女は、肌だけで生きて居るのでございますもの。否定する女のひとは、嘘《うそ》つきだ。フロベエルなど、私はよく存じませぬが、なかなか細密の写実家の様子で、シャルルがエンマの肩にキスしようとすると、（よして！　着物に皺《しわ》が、——）と言って拒否するところございますが、あんな細かく行きとどいた眼を持ちながら、なぜ、女の肌の病気のくるしみに就《つ》いては、書いて下さらなかったのでしょうか。男の人にはとてもわからぬ苦しみなのでしょうか。それとも、フロベエルほどのお人なら、ちゃんと見抜いて、けれどもそれは汚ならしく、とてもロマンスにならぬ故《ゆえ》、知らぬふりして敬遠しているのでございましょうか。でも、敬遠なんて、ずるい、ずるい。結婚のまえの夜、または、なつかしくてならぬ人と五年ぶりに逢《あ》う直前などに、思わぬ醜怪の吹出物に見舞われたら、私ならば死ぬる。家出して、堕落《だらく》してやる。自殺する。女は、一瞬間一瞬間の、せめて美しさのよろこびだけで生きているのだもの。明日は、どうなっても、――そっとドアが開いて、あの人が栗鼠《りす》に似た小さい顔を出して、まだか？と眼でたずねたので、私は、蓮っ葉《はすっぱ》にちょっちょっと手招きして、

「あのね、」下品に調子づいた甲高《かんだか》い声だったので私は肩をすくめ、こんどは出来るだけ声を低くして、「あのね、明日は、どうなったっていい、と思い込んだとき女の、一ばん女らしさが出ていると、そう思わない？」

「なんだって？」あの人が、まごついているので私は笑いました。

「言いかたが下手なの、わからないわね。もういいの。あたし、こんなところに、しばらく坐っているうちに、なんだか、また、人が変っちゃったらしいの。こんな、どん底にいると、いけないらしいの。あたし、弱いから、周囲の空気に、すぐ影響されて、

馴《な》れてしまうのね。あたし、下品になっちゃったわ。ぐんぐん心が、くだらなく、堕落して、まるで、もう、」と言いかけて、ぎゅっと口を噤《つぐ》んでしまいました。*プロステチウト、そう言おうと思っていたのでございます。女が永遠に口に出して言ってはいけない言葉。そうして一度は、必ず、それの思いに悩まされる言葉。まるっきり誇《ほこり》を失ったとき、女は、必ずそれを思う。私は、こんな吹出物して、心まで鬼になってしまっているのだな、と実状が薄ぼんやり判って来て、私が今まで、おたふく、おたふくと言って、すべてに自信が無い態《てい》を装っていたが、けれども、やはり自分の皮膚だけを、それだけは、こっそり、いとおしみ、それが唯一のプライドだったのだということを、いま知らされ、私の自負していた謙譲《けんじょう》だの、つつましさだの、忍従《にんじゅう》だのも、案外あてにならない贋物《にせもの》で、内実は私も知覚、感触の一喜一憂だけで、めくらのように生きていたあわれな女だったのだと気附いて、知覚、感触が、どんなに鋭敏だっても、それは動物的なものなのだ、ちっとも叡智《えいち》と関係ない。全く、愚鈍《ぐどん》な白痴《はくち》でしか無いのだ、とはっきり自身を知りました。

私は、間違っていたのでございます。私は、これでも自身の知覚のデリケエトを、なんだか高尚《こうしょう》のことに思って、それを頭のよさと思いちがいして、こっそり自身をいたわっていたところ、なかったか。私は、結局は、おろかな、頭のわるい女ですのね。

「いろんなことを考えたのよ。あたし、ばかだわ。あたし、しんから狂っていたの。」「むりがねえよ。わかるさ。」あの人は、ほんとうに、わかってるみたいに、賢《かし》こそうな笑顔で答えて、「おい、おれたちの番だぜ。」

看護婦に招かれて、診察室へはいり、帯をほどいてひと思いに肌ぬぎになり、ちらと自分の乳房を見て、私は、石榴《ざくろ》を見ちゃった。眼のまえに坐っているお医者よりも、うしろに立っている看護婦さんに見られるのが、幾そう倍も辛《つろ》うございました。お医者は、やっぱり人の感じがしないものだと思いました。顔の印象さえ、私には、はっきりいたしませぬ。お医者のほうでも、私を人の扱いせず、あちこちひねくって、

「中毒ですよ。何か、わるいもの食べたのでしょう。」平気な声で、そう言いました。

「なおりましょうか。」

あの人が、たずねて呉《く》れて、

「なおります。」

私は、ぼんやり、ちがう部屋にいるような気持で聞いていたのでございます。

「ひとりで、めそめそ泣いていやがるので、見ちゃ居れねえのです。」

「すぐ、なおりますよ。注射しましょう。」

お医者は、立ち上りました。

「単純な、ものなのですか?」とあの人。

「そうですとも。」

注射してもらって、私たちは病院を出ました。

「もう手のほうは、なおっちゃった。」

私は、なんども陽の光に両手をかざして、眺めました。

「うれしいか?」

そう言われて私は、恥ずかしく思いました。

女の決闘

第一

一回十五枚ずつで、*六回だけ、私がやってみることにします。こんなのは、どうだろうかと思っている。たとえば、ここに、*鷗外《おうがい》の全集があります。勿論《もちろん》、よそから借りて来たものである。私には、蔵書なんて、ありゃしない。私は、世の学問というものを軽蔑《けいべつ》して居ります。たいてい、たかが知れている。ことに可笑《おか》しいのは、全く無学文盲《むがくもんもう》の徒に限って、この世の学問にあこがれ、「あの、鷗外先生のおっしゃいますることには、」などと、おちょぼ口して、いつ鷗外から弟子《でし》のゆるしを得たのか、先生、先生を連発し、「勉強いたして居ります。」と殊勝《しゅしょう》らしく、眼を伏せて、おそろしく自己を高尚《こうしょう》に装《よそお》い切《き》ったと信じ込んで、澄《す》ましている風景のなかなかに多く見受けられることである。あさましく、かえって鷗外のほうでまごついて、赤面するにちがいない。勉強いたして居ります。というのは商人の使う言葉である。安く売る、という意味で、商人がもっぱらこの言葉を使用しているようである。なお、いまでは、役者も使うようになっている。＊曽我廼家五郎《そがのやごろう》とか、また何とかいう映画女優などが、よくそんな言葉を使っている。どんなことをするのか見当もつかないけれども、とにかく、「勉強いたして居ります。」とさかんに神妙がっている様子である。彼等《かれら》には、それでよいのかも知れない。すべて、生活の便法《べんぽう》である。非難すべきではない。けれども、いやしくも作家たるものが、鷗外を読んだからと言って、急に、なんだか真面目くさくなって、「勉強いたして居ります。」などと、澄まし込まなくてもよさそうに思われる。それでは一体、いままで何を読んでいたのだろう。甚《はなは》だ心細い話である。ここに鷗外の全集があります。私が、よそから借りて来たものであります。これを、これから一緒に読んでみます。きっと諸君は、「面白い、面白い、」とおっしゃるにちがいない。鷗外は、ちっとも、むずかしいことは無い。いつでも、やさしく書いて在る。かえって、漱石《そうせき》のほうが退屈である。鷗外を難解な、深遠のものとして、衆俗のむやみに触れるべからずと、いかめしい禁札《きんさつ》を張り出したのは、れいの「勉強いたして居ります。」女史たち、あるいは、大学の時の何々教授の講義ノオトを、学校を卒業して十年のちまで後生大事に隠し持って、機会在る毎《ごと》にそれをひっぱり出し、ええと、美は醜ならず、醜は美ならず、などと他愛ない事を呟《つぶや》き、やたらに外国人の名前ばかり多く出て、はてしなく長々しい論文をしたため、なむ学問なくては、かなうまい、としたり顔して落ちついている謂《い》わば、あの、研究科の生徒たち。そんな人たちは、窮極に於《お》いて、あさましい無学者にきまっているのであるが、世の中は彼等を、「智慧《ちえ》ある人」として、畏敬《いけい》するのであるから、奇妙である。鷗外だって、嘲《あざけ》っている。鷗外が芝居を見に行ったら、ちょうど舞台では、色のあくまでも白い侍《さむらい》が、部屋の中央に端坐《たんざ》し、「どれ、書見《しょけん》なと、いたそうか。」と言ったので、鷗外も、これには驚き閉口したと笑って書いて在《あ》った。*

諸君は、いま私と一緒に、鷗外全集を読むのであるが、ちっとも固くなる必要は無い。だいいち私が、諸君よりもなお数段劣る無学者である。書見など、いたしたことの無い男である。いつも寝ころんで読み散らしている、甚だ態度が悪い。だから、諸君もそのまま、寝ころんだままで、私と一緒に読むがよい。端坐されては困るのである。

ここに、鷗外の全集があります。これが、よそから借りて来たものであるということは、まえに言いました。鄭重《ていちょう》に取り扱いましょう。感激したからと言って、文章の傍に赤線ひっぱったりなんかは、しないことにしましょう。借りて来た本ですから、大事にしなければなりません。翻訳篇、第十六巻を、ひらいてみましょう。いい短篇小説が、たくさん在ります。目次を見ましょう。

＊「玉を懐《いだ》いて罪あり」HOFFMANN
＊「悪因縁《あくいんねん》」　KLEIST
＊「地震」　KLEIST

それにつづいて、四十篇くらい、みんな面白そうな題の短篇小説ばかり、ずらりと並んでいます。巻末の解説を読むと、これは、ドイツ、オーストリア、ハンガリーの巻であることがわかります。いちども名前を聞いたことの無いような原作者が、ずいぶん多いですね。けれども、そんなことに頓着《とんちゃく》せず、めくらめっぽう読んで行っても、みんなそれぞれ面白いのです。みんな、書き出しが、うまい。書き出しの巧《うま》いというのは、その作者の「親切」であります。また、そんな親切な作者の作品ばかり選んで翻訳したのは、訳者、鷗外の親切であります。鷗外自身の小説だって、みんな書き出しが巧いですものね。すらすら読みいいように書いて在ります。ずいぶん読者に親切で、愛情持っていた人だと思います。二つ、三つ、この第十六巻から、巧い書き出しを拾ってみましょう。みんな巧いので、選出するのに困難です。四十余篇、全部の書き出しを、いま、ここに並べてみたいほどです。けれども、それよりは、諸君が鷗外全集を買うなり、または私のように、よそから借りるなりして親しくお読みになれば、それは、ちゃんとお判《わか》りになることなのですから、わざと堪えて、七つ、いや、八つだけ、おめにかけます。

*「埋木」 OSSIP SCHUBIN

「アルフォンス・ド・ステルニイ氏は十一月にブルクセルに来て、自ら新曲悪魔の合奏を指揮すべし」と白耳義《ベルギー》独立新聞の紙上に出でしとき、府民は目を側《そば》だてたり。

*「父」 WILHELM SCHAEFER

私の外《ほか》には此《この》話は誰も知らぬ。それを知って居た男は関係者自身で去年の秋死んでしまった。

*「黄金杯」 JACOB WASSERMANN

千七百三十二年の暮に近い頃《ころ》であった。英国はジョージ第二世の政府を戴《いただ》いて居た。或《ある》晩夜廻りが倫敦《ロンドン》の町を廻って居ると、テンプルバアに近い所で、若い娘が途《みち》に倒れているのを見付けた。

*「一人者の死」 SCHNITZLER

戸を敲《たた》いた。そっとである。

*「いつの日か君帰ります」 ANNA CROISSANT-RUST

一群の鷗《かもめ》が丁度《ちょうど》足許《あしもと》から立って、鋭い、貪《むさぼ》るような声で鳴きながら、忙しく湖水を超えて、よろめくように飛んで行った。

「玉を懐いて罪あり」 AMADEUS HOFFMANN

路易《ルイ》第十四世の寵愛《ちょうあい》が、メントノン公爵夫人の一身に萃《あつ》まって世人の目を驚かした頃、宮中に出入をする年寄った女学士にマドレエヌ・ド・スキュデリイと云《い》う人があった。

＊「労働」KARL SCHOENHERR

二人共若くて丈夫である。男はカスパル、女はレジイと云う。愛し合っている。

以上、でたらめに本をひらいて、行きあたりばったり、その書き出しの一行だけを、順序不同に並べてみましたが、どうです。うまいものでしょう。あとが読みたくなるでしょう。物語を創《つく》るなら、せめて、これくらいの書き出しから説き起してみたいものですね。最後に、ひとつ、これは中でも傑出しています。

「地震」KLEIST

チリー王国の首府サンチヤゴに、千六百四十七年の大地震将《まさ》に起らんとするおり、囹《れい》圄《ぎょ》の柱に倚《よ》りて立てる一少年あり。名をゼロニモ・ルジエラと云いて、西班牙《スペイン》の産なるが、今や此世《このよ》に望を絶ちて自ら縊《くび》れなんとす。

いかがです。この＊裂帛《れっぱく》の気魄《きはく》は如何《いかん》。いかさまクライストは大天才ですね。その第一行から、すでに天にもとどく作者の太い火柱の情熱が、私たち凡俗のものにも、あきらかに感取できるように思われます。訳者、鷗外も、ここでは大童《おおわらわ》で、その訳文、弓のつるのように、ピンと張って見事であります。そうして、訳文の末に訳者としての解説を附して在りますが、曰《いわ》く、「地震の一篇は尺幅《しゃくはば》の間に無限の煙波《えんぱ》を収めたる千古の傑作なり。」

けれども、私は、いま、他に語りたいものを持っているのです。この第十六巻一冊でも、以上のような、さまざまの傑作あり、宝石箱のようなものであって、まだ読まぬ人は、大急ぎで本屋に駈《か》けつけ買うがよい、一度読んだ人は、二度読むがよい、二度読んだ人は、三度読むがよい、買うのがいやなら、借りるがよい、その第十六巻の中の、「女の決闘」という、わずか十三ページの小品について、私は、これから語ろうと思っているのです。

これは、いかにも不思議な作品であります。作者は、HERBERT EULENBERG.* もちろん無学の私は、その作者を存じて居りません。巻末の解説にも、その作者に就《つ》いては、何も記されて在りません。もっとも解説者は小島政二郎*氏であって、小島氏は、小説家としては私たちの先輩であり、その人の「新居」*という短篇集を、私が中学時代に愛読いたしました。誠実にこの鷗外全集を編纂《へんさん》なされて居られるようですが、如何《いか》にせんドイツ語ばかりは苦手の御様子で、その点では、失礼ながら私と五十歩百歩の無学者のようであります。なんにも解説して居りません。これがまた小島氏の謙遜《けんそん》の御態度であることは明らかで、へんに「書見いたそうか」式の学者の態度をおとりにならないところに、この編纂者のよさもあるのですが、やはり、ちょっと字典でも調べて原作者の人となりを伝えて下さったほうが、私のような不勉強家には、何かと便利なように思われます。とにかく、そんなに名高くない作者にちがいない。十九世紀、ドイツの作家。それだけ、覚えて置けばいいのでしょう。友人で、ドイツ文学の教授がありますけれど、この人に尋《たず》ねたら、知らんという。ALBERT EULENBERG ではないか、あるいは、ALBRECHT EULENBERG の間違いではないかという。いや、たしかに HERBERT だ、そんなに有名な作家でもないようだから、ちょっと人名字典か何かで調べてみて呉《く》れ、と重ねてたのみました。手紙で返事を寄こして、僕、寡聞《かぶん》にして、ヘルベルト・オイレンベルグを知りませず、恥じている。マイヤーの大字典にも出て居りませぬし、有名な作家ではないようだ。文学字典から次の事を知りました、と親切に、その人の著作年表をくわしく書いて送って下さったが、どうも、たいしたことは無い。いっこうに聞いたことも無いような作品ばかり書いている。つまり、こういうことになります。「女の決闘」の作者、HERBERT EULENBERG は、十九世紀後半のドイツの作家、あまり有名でない。日本のドイツ文学の教授も、字典を引かなければ、その名を知る能《あた》わず、むかし森鷗外が、かれの不思議の才能を愛して、その短篇、「塔《とう》の上の鶏」および「女の決闘」を訳述せり。

作者に就《つ》いては、それくらいの知識でたくさんでしょう。もっとくわしく書いたって、すぐ忘れてしまうのでは、なんにもなりませんから。この作品は、鷗外に依《よ》って訳され、それから、なんという雑誌に発表されたかは、一切不明であるという。のち「蛙《かえる》」*という単行本に、ひょいと顔を出して来たのである。鷗外全集の編纂者も、ずいぶん尋ねまわられた様子であるが、「どうしても分らない。御垂教《ごすいきょう》を得れば幸甚《こうじん》である。」と巻末に附記して在る。私が、それを知っていると面白いのであるが、知る筈《はず》がない。君だって知るまい。笑っちゃいけない。

不思議なのは、そんなことに在るのでは無い。不思議は、作品の中に在るのである。私は、これから六回、このわずか十三ページの小品をめぐって、さまざまの試みをしてみるつもりなのであるが、これが若《も》しHOFFMANNやKLEISTほどの大家なら、その作品に対して、どんな註釈《ちゅうしゃく》もゆるされまい。日本にも、それら大家への熱愛者が五万といるのであるから、私が、その作品を下手にいじくりまわしたならば、たちまち殴り倒されてしまうであろう。めったなことは言われぬ。それがHERBERTさんだったら、かえって私が、埋もれた天才を掘り出したなどと、ほめられるかも知れないのだから、ヘルベルトさんも気の毒である。この作家だって、当時本国に於《お》いては、大いに流行した人にちがいない。こちらが無学で、それを知らないだけの話である。

事実、作品に依《よ》れば、その描写の的確、心理の微妙、神への強烈な凝視《ぎょうし》、すべて、まさしく一流中の一流である。ただ少し、構成の投げやりな点が、かれを第二のシェクスピアにさせなかった。とにかく、これから、諸君と一緒に読んでみましょう。

女の決闘

古来例の無い、非常な、この出来事には、左の通りの短い行掛りがある。

ロシヤの医科大学の女学生が、或晩《ある》の事、何の学科やらの、高尚な講義を聞いて、下宿へ帰って見ると、卓の上にこんな手紙があった。宛名《あてな》も何も書いて無い。「あなたの御関係なすってお出《い》でになる男の事を、或《あ》る偶然の機会で承知しました。その手続はどうでも好いことだから、申しません。わたくしはその男の妻だと、只今《ただいま》まで思っていた女です。わたくしはあなたの人柄《ひとがら》を推察して、こう思います。あなたは決して自分のなすった事の成行《なりゆき》がどうなろうと、その成行のために、前になすった事の責を負わない方ではありますまい。又《また》あなたは御自分に対して侮辱《ぶじょく》を加えた事の無い第三者を侮辱して置きながら、その責を逃れようとなさる方でも決してありますまい。わたくしはあなたが、たびたび拳銃《けんじゅう》で射撃をなさる事を承《うけたまわ》っています。わたくしはこれまで武器と云《い》うものを手にした事がありませんから、あなたのお腕前がどれだけあろうとも、拳銃射撃は、わたくしよりあなたの方がお上手だと信じます。

だから、わたくしはあなたに要求します。それは明日午前十時に、下に書き記してある停車場へ拳銃御持参で、お出で下されたいと申す事です。この要求を致《いた》しますのに、わたくしの方で対等以上の利益を有しているとは申されません。わたくしも立会人を連れて参りませんから、あなたもお連れにならないように希望いたします。序《つい》でながら申しますが、この事件に就《つ》いて、前以《まえもっ》て問題の男に打明《うちあ》ける必要は無いと信じます。その男にはわたくしが好い加減な事を申して、今明日の間、遠方に参っていさせるように致しました。」

この文句の次に、出会う筈《はず》の場所が明細に書いてある。名前はコンスタンチェとして、その下に書いた苗字《みょうじ》を読める位《くらい》に消してある。

第　二

前回は、「その下に書いた苗字を読める位に消してある。」というところ迄《まで》でした。その一句に、匂《にお》わせて在る心理の微妙を、私は、くどくどと説明したくないのですが、読者は各々《おのおの》勝手に味わい楽しむがよかろう。なかなか、ここは、いいところなのでありま す。また、＊劈頭《へきとう》の手紙の全文から立ちのぼる女の「なま」な憎悪感に就《つ》いては、原作者の芸術的手腕に感服させるよりは、直接に現実の生《なま》ぐさい迫力を感じさせるように出来ています。このような趣向が、果して芸術の正道であるか邪道であるか、それについてはおのずから種々の論議の発生すべきところでありますが、いまはそれに触れず、この不思議な作品の、もう少しさきまで読んでみることに致しましょう。どうしても、この原作者が、目前に遂行されつつある怪事実を、新聞記者みたいな冷い心でそのまま書き写しているとしか思われなくなって来るのであります。すぐつづけて、

『この手紙を書いた女は、手紙を出してしまうと、直《す》ぐに町へ行って、銃を売る店を尋ねた。そして笑談《じょうだん》のように、軽い、好い拳銃を買いたいと云《い》った。それから段々話し込んで、嘘《うそ》に尾鰭《おひれ》を付けて、賭《かけ》をしているのだから、拳銃の打方を教えてくれと頼んだ。そして店の主人と一しょに、裏の陰気な中庭へ出た。そのとき女は、背後から拳銃を持って付いて来る主人と同じように、笑談らしく笑っているように努力した。

中庭の側には活版所がある。それで中庭に籠《こも》っている空気は鉛《なまり》の匂《にお》いがする。この辺の家の窓は、ごみで茶色に染まっていて、その奥には人影が見えぬのに、女の心では、どこの硝子《ガラス》の背後にも、物珍らしげに、好い気味だと云《い》うような顔をして、覗《のぞ》いている

人があるように感ぜられた。ふと気が付いて見れば、中庭の奥が、古木の立っている園に続いていて、そこに大きく開いた黒目のような、的《まと》が立ててある。それを見たとき女の顔は火のように赤くなったり、灰のように白くなったりした。店の主人は子供に物を言って聞かせるように、引金《ひきがね》や、弾丸を込める所や、筒や、照尺《しょうしゃく》をいちいち見せて、射撃の為方《しかた》を教えた。弾丸を込める所は、一度射撃するたびに、おもちゃのように、くるりと廻るのである。それから女に拳銃を渡して、始めての射撃をさせた。

女は主人に教えられた通りに、引金を引こうとしたが、動かない。一本の指で引けと教えられたのに、内内二本の指を掛けて、力一ぱいに引いて見た。そのとき耳が、がんと云《い》った。弾丸は三歩ほど前の地面に中《あた》って、弾《はじ》かれて、今度は一つの窓に中った。窓が、がらがらと鳴って壊れたが、その音は女の耳には聞えなかった。どこか屋根の上に隠れて止まっていた一群の鳩《はと》が、驚いて飛び立って、唯《ただ》さえ暗い中庭を、一刹那《いっせつな》の間、一層暗くした。

聾《つんぼ》になったように平気で、女はそれから一時間程《ほど》の間、矢張《やは》り二本の指を引金に掛けて引きながら射撃の稽古《けいこ》をした。一度打ったびに臭《くさ》い煙が出て、胸が悪くなりそうなのを堪えて、その癖《くせ》その匂いを好きな匂いでもあるように吸い込んだ。余り女が熱心なので、主人も吊《つ》り込《こ》まれて熱心になって、女が六発打ってしまうと、直《す》ぐ跡《あと》の六発の弾丸を込めて渡した。

夕方であったが、夜になって、的の黒白の輪が一つの灰色に見えるようになった時、女はようよう稽古を止《や》めた。今まで逢《あ》った事も無いこの男が、女のためには古い親友のように思われた。

「この位《くらい》稽古しましたら、そろそろ人間の猟《りょう》をしに出掛けられますでしょうね。」と笑談のようにこの男に言ったらこの場合に適当ではないかしら、と女は考えたが、手よりは声の方が余計に顫《ふる》えそうなのでそんな事を言うのは止《よ》しにした。そこで金を払って、礼を云《い》って店を出た。

例の出来事を発明してからは、まだ少しも眠らなかったので、女はこれで安心して寝ようと思って、六連発の拳銃を抱いて、床《とこ》の中へ這入《はい》った。』

ここらで私たちも一休みしましょう。どうです。少しでも小説を読《よ》み馴《な》れている人ならば、すでに、ここまで読んだだけでこの小説の描写の、どこかしら異様なものに、気づいたことと思います。一口で言えば、「冷淡さ」であります。失敬なくらいの、「そっけなさ」であります。何に対して失敬なのであるか、と言えば、それは、「目前の事実」に対してであります。目前の事実に対して、あまりにも的確の描写は、読むものにとっては、かえって、いやなものであります。殺人、あるいはもっとけがらわしい犯罪が起り、其《そ》の現場の見取図が新聞に出ることがありますけれど、奥の六畳間のまんなかに、その殺された婦人の形《かたち》が、てるてる坊主《ぼうず》の姿で小さく描かれて在ることがあります。ご存じでしょう？　あれは、実にいやなものであります。やめてもらいたい、と言いたくなるほどであります。あのような赤裸々《せきらら》が、この小説の描写の、どこかに感じられませんか。この小説の描写は、はッと思うくらいに的確であります。もう、いちど読みかえして下さい。中庭の側には活版所があるのです。私の貧しい作家の勘《かん》で以《もっ》てすれば、この活版所は、たしかに、そこに在ったのです。この原作者の空想でもなんでもないのです。そうして、たしかに、その辺の家の窓は、ごみで茶色に染まっているのであります。抜きさしならぬ現実であります。そうして一群の鳩が、驚いて飛び立って、唯さえ暗い中庭を、一刹那の間、一層暗くしたというのも、まさに、そのとおりで、原作者は、女のうしろに立ってちゃんと見ていたのであります。なんだか、薄気味悪いことになりました。その小説の描写が、怪《け》しからぬくらいに直截《ちょくせつ》である場合、人は感服と共に、一種不快な疑惑を抱くものであります。うま過ぎる。淫《いん》する。神を冒《おか》す。いろいろの言葉があります。描写に対する疑惑は、やがて、その的確すぎる描写を為《な》した作者の人柄《ひとがら》に対する疑惑に移行いたします。そろそろ、この辺から私(DAZAI)の小説になりかけて居りますから、読者も用心していて下さい。

私は、この「女の決闘」という、ほんの十頁《ページ》ばかりの小品をここまで読み、その、生きてびくびく動いているほどの生臭《なまぐさ》い、抜きさしならぬ描写に接し、大いに驚くと共に、なんだか我慢できぬ不愉快《ふゆかい》さを覚えた。この小品の原作者は、この作品を書く時、特別にその原作者に対する不愉快さは、やがて、直接に、悪い心境に在ったのでは無いかと、頗《すこぶ》る失礼な疑惑をさえ感じたのであります。悪い心境ということについては二つの仮説を設けることが出来ます。一つは原作者がこの小説を書くとき、たいへん疲れて居られたのではないかという臆測《おくそく》であります。人間は肉体の疲れたときには、人生に対して、また現実生活に対して、非常に不機嫌に、ぶあいそになるものであります。この「女の決闘」という小説の書き出しはどんなであったでしょうか。私はここでそれを繰返《くりかえ》すことは致しませんが、前回の分をお読みになった読者はすぐに思い出すことが出来るだろうと思います。いわば、ぶんなぐる口調で書いてあります。ふところ手をして、おめえに知らせてあげようか、とでもいうようなたいへん思いあがった書き出しでありました。だいいち、この事件の起ったとき、すなわち年号、(外国の作家はどんなささやかな事件を叙述するにあたっても必ず年号をいれる傾向があるように思われます。)それから、場所、それについても何も語っていなかったではありませんか。「ロシヤの医科大学の女学生が、或晩の事、何の学科やらの、」というような頗る不親切な記述があったばかりで、他はどの頁をひっくり返してみても、地理的なことはなんにも書かれてありません。実にぶっきらぼうな態度であります。作者が肉体的に疲労しているときの描写は必ず人を叱りつけるような、場合によっては、怒鳴りつけるような趣きを呈《てい》するものでありますが、それと同時に実に辛辣無残《しんらつむざん》の形相をも、ふいと表白してしまうものであります。人間の本性というものは或《ある》いはもともと冷酷無残のものなのかも知れません。肉体が疲れて意志を失ってしまったときには、*鎧袖一触《がいしゅういっしょく》、修辞も何もぬきにして、袈裟《けさ》がけに人を抜打《ぬきう》ちにしてしまう場合が多いように思われます。悲しいことですね。この「女の決闘」という小品の描写に、時々はッと思うほどの、憎々しいくらいの容赦なき箇所の在ることは、慧眼《けいがん》の読者は、既にお気づきのことと思います。作者は疲れて、人生に対して、また現実のつつましい営みに対して、たしかに乱暴の感情表示をなして居るという事は、あながち私の過言でもないと思います。

もう一つ、これは甚だロマンチックの仮説でありますけれども、この小説の描写に於《お》いて見受けられる作者の異常な憎悪感は、（的確とは、憎悪の一変形でありますから、）直接に、この作中の女主人公に対する抜きさしならぬ感情から出発しているのではないか。すなわち、この小説は、徹底的に事実そのままの資料に拠《よ》ったもので、しかも原作者はその事実発生したスキャンダルに決して他人ではなかった、という興味ある仮説を引き出すことが出来るのであります。更《さら》に明確にぶちまけるならば、この小品の原作者HERBERT EULENBERGさん御自身こそ、作中の女房コンスタンチェさんの御亭主であったという恐るべき秘密の匂いを嗅《か》ぎ出《だ》すことが出来るのであります。すれば、この作品の描写に於《お》ける、（殊《こと》にもその女主人公のわななきの有様を描写するに当っての）冷酷きわまる、それゆえにまざまざ的確の、作者の厭《いや》な眼の説明が残りなく出来ると私は思います。

もとよりこれは嘘であります。ヘルベルト・オイレンベルグさんは、そんな愚かしい家庭のトラブルなど惹《ひ》き起《おこ》したお方では無いのであります。この小品の不思議なほどに的確な描写の拠って来るところは、恐らくは第一の仮説に尽くされてあるのではないかと思います。それは間違いないのでありますが、けれども、ことさらに第二の嘘の仮説を設けたわけは、私は今のこの場合、しかつめらしい名作鑑賞*を行おうとしているのではなく、ヘルベルトさんには失礼ながら眼をつぶって貰《もら》って、この「女の決闘」という小品を土台にして私が、全く別な物語を試みようとしているからであります。ヘルベルトさんには全く失礼な態度であるということは判っていながら、つまり「尊敬しているからこそ甘えて失礼もするのだ。」という昔から世に行われているあのくすぐったい作法のゆえに、許していただきたいと思うのであります。

　さて、それでは今回は原作をもう少し先まで読んでみて、それから原作に足りないところを私が、傲慢《ごうまん》のようでありますが、たしかに傲慢のわざなのでありますが、少し補筆してゆき、いささか興味あるロマンスに組立ててみたいと思っています。この原作に於《お》いてはこれからさき少しお読みになれば判ることでありますが、女房コンスタンチェひとり、その人についての描写に終始して居り、その亭主ならびに、その亭主の浮気の相手のロシヤ医科大学の女学生については、殆《ほと》んど言及して在りません。私は、その亭主を、（乱暴な企てでありますが、）仮《かり》にこの小品の作者御自身と無理矢理きめてしまって、いわば女房コンスタンチェの私は唯一の味方になり、原作者が女房コンスタンチェを、このように無残に冷たく描写している、その復讐《ふくしゅう》として、若輩ちから及ばぬながら、次回より能《あた》う限り意地わるい描写を、やってみるつもりなのであります。それでは今回は次に一頁ほど原作者の記述をコピイして、それからまた私の、亭主と女学生についての描写をもせいぜい細かくお目に懸《か》けることに致しましょう。女房コンスタンチェが決闘の前夜、冷たいピストルを抱いて寝て、さてその翌朝、いよいよ前代未聞の女の決闘が開始されるのでありますが、それについて原作者 EULENBERG が、れいの心憎いまでの怜悧《れいり》無情《むじょう》の心で次のように述べてあります。これを少し読者に読んでいただき、次回から私（DAZAI）のばかな空想も聞いていただきたく思います。女房は、六連発の拳銃を抱いて、床の中へ這入りました。さて、その翌朝、原作は次のようになって居ります。『翌朝約束の停車場で、汽車から出て来たのは、二人の女の外には、百姓二人だけであった。停車場は寂しく、平地に立てられている。定木《じょうぎ》で引いた線のような軌道《きどう》がずっと遠くまで光って走っていて、その先の地平線のあたりで、一つになって見える。左の方の、黄いろみ掛かった畑を隔てて村が見える。停車場には、その村の名が付いているのである。右の方には砂地に草の生えた原が、眠そうに広がっている。

二人の百姓は、町へ出て物を売った帰りと見えて、停車場に附属している料理店に坐《すわ》り込《こ》んで祝杯を挙げている。

そこで女二人だけ黙って並んで歩き出した。女房の方が道案内をする。その道筋は軌道を越して野原の方へ這入り込む。この道は暗緑色の草が殆《ほとん》ど土を隠す程《ほど》茂っていて、その上に荷車の通った輪の跡が二本走っている。

薄ら寒い夏の朝である。空は灰色に見えている。道で見た二三本の立木は、大きく、不細工《ぶさいく》に、この陰気な平地に聳《そび》えている。丁度《ちょうど》森が歩哨《ほしょう》を出して、それを引っ込めるのを忘れたように見える。そこここに、低い、片羽のような、病気らしい灌木《かんぼく》が、伸びようとして伸びずにいる。

二人の女は黙って並んで歩いている。まるきり言語の通ぜぬ外国人同士のようである。

いつも女房の方が一足先に立って行く。多分そのせいで、女学生の方が、何か言ったり、問うて見たりしたいのを堪えているかと思われる。

遠くに見えている白樺《しらかば》の白けた森が、次第《しだい》にゆるゆると近づいて来る。手入をせられた事の無い、銀鼠色《ぎんねずいろ》の小さい木の幹が、勝手に曲りくねって、髪の乱れた頭のような枝葉を戴いて、一塊になっている。そして小さい葉に風を受けて、互に囁《ささや》き合《あ》っている。』

第　三

女学生は一こと言ってみたかった。「私はあの人を愛していない。あなたはほんとに愛しているの。」それだけ言ってみたかった。腹がたってたまらなかった。ゆうべ学校から疲れて帰り、さあ、けさ冷しておいたミルクでも飲みましょう、と汗ばんだ上衣《うわぎ》を脱いで卓のうえに置いた、そのとき、あの無智《むち》な馬鹿《ばか》らしい手紙が、その卓のうえに白くひっそり載っているのを見つけたのだ。私の室に無断で入って来たのに違いない。ああ、この奥さんは狂っている。手紙を読み終えて、私はあまりの馬鹿らしさに笑い出した。まったく黙殺ときめてしまって、手紙を二つに裂き、四つに裂き、八つに裂いて紙《かみ》屑入《くずい》れに、ひらひら落した。そのとき、あの人が異様に蒼《あお》ざめて、いきなり部屋に入って来たのだ。

「どうしたの。」

「見つかった。感づかれた。」あの人は無理に笑ってみせようと努めたようだが、ひくひく右の頬がひきつって、あの人の特徴ある犬歯がにゅっと出ただけのことである。

私はあさましく思い、「あなたよりは、あなたの奥さんの方が、きっぱりして居るようです。私に決闘を申込んで来ました。」あの人は、「そうか、やっぱりそうか。」と落ちつきなく部屋をうろつき、「あいつはそんな無茶なことをやらかして、おれの声名に傷つけ、心からの復讐をしようとしている。変だと思っていたのだ。ゆうべ、おれに、いつにないやさしい口調で、あなたも今月はずいぶん、お仕事をなさいましたし、気休めにどこか田舎《いなか》へ遊びにいらっしゃい。お金も今月はどっさり余分にございます。あなたのお疲れのお顔を見ると、私までなんだか苦しくなります。この頃、私にも少しずつ、芸術家の辛苦《しんく》というものが、わかりかけてまいりました。と、そんなことをぬかすので、おれも、ははあ、これは何かあるな、と感づき、何食わぬ顔して、それに同意し、今朝、旅行に出たふりしてまた引返し、家の中庭の隅にしゃがんで看視していたのだ。夕方あいつは家を出て、何時何処《いつどこ》で、誰から聞いて知っていたのか、お前のこの下宿へ真直《まっすぐ》にやって来て、おかみと何やら話していたが、やがて出て来て、こんどは下町へ出かけ、ある店の飾り窓の前に、ひたと吸いついて動かなんだ。その飾り窓には、野鴨《のがも》の剝製《はくせい》やら、鹿《しか》の角《つの》やら、いたちの毛皮などあり、私は遠くから見ていたのであるが、はじめは何の店やら判断がつかなかった。そのうちに、あいつはすっと店の中へ入ってしまったので、私も安心して、その店に近づいて見ることが出来たのだが、なんと驚いた、いや驚いたというのは嘘で、ああそうか、というような合点の気持だったのかな？　野鴨の剝製やら、鹿の角やら、いたちの毛皮に飾られて、十数挺の猟銃《りょうじゅう》が黒い銃身を鈍く光らせて、飾り窓の下に沈んで横になっていた。拳銃もある。私には皆わかるのだ。人生が、このような黒い銃身の光と、じかに結びつくなどは、ふだんはとても考えられぬことであるが、その時の私のうつろな絶望の胸には、とてもリリカルにしみて来たのだ。銃身の黒い光は、これは、いのちの最後の詩だと思った。パアンと店の裏で拳銃の音がする。つづいて、又《また》一発。私は危く涙を落しそうになった。そっと店の扉を開け、内を窺《うかが》ってみると、店はがらんとして誰もいない。私は入った。相続く銃声をたよりに、ずんずん奥へすすんだ。みると薄暮の中庭で、女房と店の主人が並んで立って、今しも女房が主人に教えられ、最初の一発を的に向ってぶっ放すところであった。女房の拳銃は火を放った。けれども弾丸は、三歩程《ほど》前の地面に当り、はじかれて、窓に当った。窓ガラスはがらがらと鳴ってこわれ、どこか屋根の上に隠れて止っていた一群の鳩が驚いて飛立って、たださえ暗い中庭を、さっと一層暗くした。私は再び涙ぐむのを覚えた。あの涙は何だろう。憎悪の涙か、恐怖の涙か。いやいや、ひょっとしたら女房への不憫《ふびん》さの涙であったかも知れないね。とにかくこれでわかった。あれはそんな女だ。いつでも冷たく忍従《にんじゅう》して、そのくせ、やるとなったら、世間を顧慮《こりょ》せずやりのける。ああ、おれはそれを頼もしい性格と思ったことさえある！　芋《いも》の煮付《につけ》が上手でね。今は危い。お前さんが殺される。おれの生れてはじめての恋人が殺される。もうこれが、私の生涯で唯一の女になるだろう、その大事な人を、その人をあれがいま殺そうとしている。おれは、そこまで見届けて、いま、お前さんのとこへ駈込《かけこ》んで来た。お前は——」「それは御苦労さまでした。生《うま》れてはじめての恋人だの、唯一の宝だの、それは一体なんのことです。所詮《しょせん》は、あなた芸術家としてのひとり合点、ひとりでほくほく享楽《きょうらく》しているだけのことではないの。気障《きざ》だねえ。お止《よ》しなさい。私はあなたを愛していない。あなたはどだい美しくないもの。私が少しでも、あなたに関心を持っているとしたら、それはあなたの特異な職業に対してであります。市民を嘲《あざけ》って芸術を売って、そうして、市民と同じ生活をしているというのは、なんだか私には、不思議な生物のように思われ、私はそれを探求してみたかったという、まあ、理窟《りくつ》を言えばそうなるのですが、でも結局なんにもならなかった。なんにも無いのね。めちゃめちゃだけが在るのね。私は科学者ですから、不可解なもの、わからないものには惹かれるの。それを知り極めないと死んでしまうような心細さを覚えます。だから私はあなたに惹かれた。私には芸術がわからない。私には芸術家がわからない。何かあると思っていたの。あなたを愛していたんじゃないわ。私は今こそ芸術家というものを知りました。芸術家というものは弱い、てんでなっちゃいない大きな低能児ね。それだけのもの、つまり智能《ちのう》の未発育な、いくら年とっても、それ以上は発育しない不具者なのね。純粋とは白痴《はくち》のことなの？　無垢《むく》とは泣虫のことなの？　あああ、何をまた、そんな蒼い顔をして、私を見つめるの。いやだ。帰って下さい。あなたは頼りにならないお人だ。いまそれがわかった。驚いて度を失い、ただうろうろして見せるだけで、それが芸術家の純粋な、所以《ゆえん》なのですか。おそれいりました。」と、私は自分ながら、あまり、筋の通ったこととも思えないような罵言《ばげん》をわめき散らして、あの人をむりやり、扉の外へ押し出し、ばたんと扉をしめて錠《じょう》をおろした。

粗末な夕食の支度《したく》にとりかかりながら、私はしきりに味気なかった。男というものの、のほほん顔が、腹の底から癪《しゃく》にさわった。一体なんだというのだろう。私は、たまには、あの人からお金を貰った。冬の手袋も買ってもらった。もっと恥ずかしい内輪のものをさえ買ってもらった。けれどもそれが一体どうしたというのだ。私は貧しい医学生だ。私の研究を助けてもらうために、ひとりのパトロンを見つけたというのは、これはどうしていけないことなのか。私には父も無い、母も無い。けれども、血筋は貴族の血だ。いまに叔母《おば》が死ねば遺産も貰える。私には私の誇《ほこり》があるのだ。私はあの人を愛していない。愛するとは、もっと別な、母の気持も含まれた、血のつながりを感じさせるような、特殊の感情なのではなかろうか。私は、あの人を愛していない。科学者としての私の道を、はじめからひとりで歩いていたつもりなのに、どうしてこう突然に、失敬な、いまわしい決闘の申込状やら、また四十を越した立派な男子が、泣きべそをかいて私の部屋にとびこんで来たり、まるで、私ひとりがひどい罪人であるかのように扱われている。私にはわからない。

ひとりで貧しい食事をしたため、葡萄酒《ぶどうしゅ》を二杯飲んだ。食後の倦怠《けんたい》は、人を、「どうとも勝手に」という、ふてぶてしい思いに落ちこませるものである。決闘ということが、何だか、食後の運動くらいの軽い動作のように思われて来た。やってみようかなあ。私は殺される筈《はず》がない。あの男の話によれば、先方の女は、今日はじめて、拳銃の稽古《けいこ》をしていたというではないか。私は学生倶楽部《がくせいクラブ》で、何時でも射撃の最優勝者ではなかったか。馬に乗りながらでも十発九中。殺してやろう、私は侮辱を受けたのだ。この町では決闘は、若《も》し、それが正当のものであったなら、役人から受ける刑罰もごく軽く、別に名誉を損ずるほどのことにならぬと聞いていた。私の歩いている道に、少しでも、うるさい毛虫が這い寄ったら、私はそれを杖《つえ》でちょいと除去するのが当然の事だ。私は若くて美しい。いや美しくはないけれど、でも、ひとりで生き抜こうとしている若い女性は、あんな下らない芸術家に恋々とぶら下り、私に半狂乱の決闘状など突きつける女よりは、きっと美しいに相違ない。そうだ、それは瞳の問題だ。いやもう、これはなかなか大変な奢《おご》りの気持になったものだ。どれ、公園を散歩して来ましょう。私の下宿のすぐ裏が、小さい公園で、亀の子に似た怪獣が、天に向って一筋高く水を吹上げ、その噴水のまわりは池で、東洋の金魚も泳いでいる。*ペエトル一世が、王女アンの結婚を祝う意味で、全国の町々に、このような小さい公園を下賜《かし》せられた。この東洋の金魚も、王女アンの貰い玩具であったそうな。私はこの小さい公園が好きだ。瓦斯燈《ガスとう》に大きい蛾《が》がひとつ、ピンで留められたようについている。ふと見ると、ベンチにあの人がいる。私の散歩の癖を知っているから、ここで待ち伏せていたのであろう。私は、いまは気楽に近寄り、「さきほどは御免《ごめん》なさい。大きな白痴。」お馬鹿さんなどという愛称は、私には使えない。「あした決闘を見においで。私が奥さんを殺してあげる。いやなら、あなたのお家にじっとひそんで、奥さんのお帰りを待っていなさい。見に来なければ、奥さんを無事に帰してあげるわよ。」そう言ったとき、あの人はなんと答えたか。世にもいやしい笑いを満面に湛《たた》え、ふいとその笑いをひっこめ、しらじらしい顔して、「え、なんだって？

わけの分らんことをお前さんは言ったね。」そう言い捨てて、立ち去ったのである。私にはわかっている。あの人は、私に、自分の女房を殺して貰いたいのだ。けれども、それを、すこしも口に出して言いたくなし、また私の口からも聞いたことがないというようにして置きたかった。それは、あとあと迄《まで》、あの人の名誉を守るよすがともなろう。女二人に争われて、自分は全く知らぬ間に、女房は殺され、情婦は生きた。ああ、そのことは、どんなに芸術家の白痴の虚栄を満足させる事件であろう。あの人は、生き残った私に、そうして罪人の私に、こんどは憐憫《れんびん》をもって、いたわりの手をさしのべるという形にしたいのだ。見え透《みす》いている。あんな意気地無しの卑屈《ひくつ》な怠《なま》けものには、そのような醜聞《しゅうぶん》が何よりの御自慢なのだ。そうして顔をしかめ、髪をかきむしって、友人の前に告白のポオズ。ああ、おれは苦しい、と。あの人の夜霧《よぎり》に没する痩《や》せたうしろ姿を見送り、私は両肩をしゃくって、くるりと廻れ右して、下宿に帰って来た。なにがなしに悲しい。女性とは、所詮《しょせん》、ある窮極点に立てば、女性同士で抱きあって泣きたくなるものなのか。私は自身を不憫なものとは思わない。けれども、あの人の女房が急に不憫になって来た。いたわり合わなければならぬ間柄ではなかろうか。まだ見ぬ相手の女房への共感やら、憐憫やら、同情やら、何やらが、ばたばた、大きい鳥の翼のように、私の胸を叩くのだ。私は窓を開け放ち、星空を眺めながら、五杯も六杯も葡萄酒を飲んだ。

ぐるぐる眼が廻って、ああ、星が降るようだ。そうだ。あの人はきっと決闘を見に来る。私達のうしろについて来る。見に来たらば、女房を殺してあげると私は先刻言ったのだから。あの人は樹の幹に隠れて見ているに違いない。そうして私に、ここで見ているという知らせのつもりで軽く咳《せき》ばらいなどするかも知れない。いきなり、その幹のかげの男に向って発砲しよう。愚劣な男は死ぬがよい。それにきまった。私はどさんと、ぶっ倒れるようにベッドに寝ころがった。おやすみなさい、コンスタンチェ。（コンスタンチェとは女房の名である。）

あくる日、二人の女は、陰鬱《いんうつ》な灰色の空の下に小さく寄り添って歩いている。黙って並んで歩いている。女学生はさっきから、一言聞いてみたかった。あなたはあの人を愛しているの？　ほんとうに愛しているの？　けれども、相手の女は、まるで一匹のたくましい雌馬《めすうま》のように、鼻孔をひろげて、荒い息を吐き吐き、せっせと歩いて、それに追いすがる女学生を振払《ふりはら》うように、ただ急ぎに急ぐのである。女学生は、女房のスカアトの裾《すそ》から露出《ろしゅつ》する骨張った脚を見ながら、次第にむかむか嫌悪が生じる。「あさましい。理性を失った女性の姿は、どうしてこんなに動物の臭《にお》いがするのだろう。汚い。下等だ。毛虫だ。助けまい。あの男を撃つより先に、やはりこの女と、私は憎しみをもって勝敗を決しよう。あの男が此所《ここ》へ来ているか、どうか、私は知らない。見えないようだ。どうでもよい。いまは目前の、このあさはかな、取乱した下等な雌馬だけが問題だ。」二人の女は黙ってせっせと歩いている。女学生がどんなに急いで歩いても、いつも女房の方が一足先に立って行く。遠くに見えている白樺《しらかば》の森が次第にゆるゆると近づいて来る。あの森が、約束の地点だ。（以上 DAZAI）

すぐつづけて原作は、

『この森の直《す》ぐ背後で、女房は突然立ち留まった。その様子が今まで人に追い掛けられていて、この時決心して自分を追い掛けて来た人に向き合うように見えた。

「お互に六発ずつ打つ事にしましょうね。あなたがお先へお打ちなさい。」

「ようございます。」

二人の交《まじ》えた会話はこれだけであった。

女学生ははっきりした声で数を読みながら、十二歩歩いた。そして女房のするように、一番はずれの白樺の幹に並んで、相手と向き合って立った。

周囲の草原はひっそりと眠っている。停車場から鐸《すず》の音が、ぴんぱんぴんぱんと云《い》うように聞える。丁度《ちょうど》時計のセコンドのようである。セコンドや時間がどうなろうと、そんな事は、もうこの二人には用が無いのである。女学生の立っている右手の方に浅い水《みず》溜《たまり》があって、それに空が白く映っている。それが草原の中に牛乳をこぼしたように見える。白樺の木どもは、これから起って来る、珍らしい出来事を見ようと思うらしく、互に摩《す》り寄《よ》って、頸《くび》を長くして、声を立てずに見ている。』見ているのは、白樺の木だけではなかった。二人の女の影のように、いつのまにか、白樺の幹の蔭《かげ》にうずくまっている、れいの下等の芸術家。

ここで一休みしましょう。最後の一行は、私が附け加えました。

おそろしく不器用で、赤面しながら、とにかく私が、女学生と亭主の側からも、少し書いてみました。甚だ概念的で、また甘ったるく、原作者オイレンベルグ氏の緊密なる写実を汚すこと、おびただしいものであることは私も承知して居ります。けれども、原作は前回の結尾からすぐに、『この森の直ぐ背後で、女房は突然立ち留まった。云々。』となっているのでありますが、その間に私の下手な蛇足《だそく》を挿入すると、またこの「女の決闘」という小説も、全く別な二十世紀の生々しさが出るのではないかと思い、実に大まかな通俗の言葉ばかり大胆に採用して、書いてみたわけであります。二十世紀の写実とは、あるいは概念の肉化にあるのかも知れませんし、一概に、甘い大げさな形容詞を排斥《はいせき》するのも当るまいと思います。人は世俗の借金で自殺することもあれば、また概念の無形の恐怖から自殺することだってあるのです。決闘の次第は次回で述べます。

第四

決闘の勝敗の次第をお知らせする前に、この女ふたりが拳銃を構えて対峙《たいじ》した可憐《かれん》陰惨《いんさん》、また奇妙でもある光景を、白樺の幹の蔭にうずくまって見ている、れいの下等の芸術家の心懐《しんかい》に就《つ》いて考えてみたいと思います。私はいま仮にこの男の事を下等の芸術家と呼んでいるのでありますが、それは何も、この男ひとりを限って、下等と呼んでいるのでは無くして、芸術家全般がもとより下等のものであるから、この男も何やら著述をしているらしいその罰で、下等の仲間に無理矢理、参加させられてしまったというわけなのであります。この男は、芸術家のうちではむしろ高貴なほうかも知れません。第一に、このひとは紳士であります。服装正しく、挨拶も尋常で、気弱い笑顔は魅力的であります。散髪を怠《おこた》らず、学問ありげな、れいの虚無的なるぶらりぶらりの歩き方をも体得して居た筈《はず》でありますし、それに何よりも泥酔《でいすい》する程《ほど》に酒を飲まぬのが、決定的にこの男を上品な紳士の部類に編入させているのであります。けれども、悲しいかな、この男もまた著述をなして居るとすれば、その外面の上品さのみを見て、油断することは出来ません。何となれば、芸術家には、殆《ほとん》ど例外なく、二つの哀れな悪徳が具《そな》わって在るものだからであります。その一つは、好色の念であります。この男は、よわい既に不惑《ふわく》を越え、文名やや高く、可憐無邪気の恋物語をも創り、市井《しせい》婦女子をうっとりさせて、汚れない清潔の性格のように思われている様子でありますが、内心はなかなか、そんなものではなかったのです。初老に近い男の、好色の念の熾烈《しれつ》さに就《つ》いて諸君は考えてみたことがおありでしょうか。或《あ》る程度の地位も得た、名声さえも得たようだ、得てみたら、つまらない、なんでもないものだ、日々の暮しに困らぬ程《ほど》の財産もできた、自分のちからの限度もわかって来た、まあ、こんなところかな？ この上むりして努めてみたって、たいしたことにもなるまい、こうして段々老いてゆくのだ、と気がついたときは、人は、せめて今いちどの冒険に、あこがれるようにならぬものであろうか。ファウスト*は、この人情の機微《きび》に就《つ》いて、わななきつつ書斎で独語しているようであります。ことにも、それが芸術家の場合、黒煙濛々《もうもう》の地団駄《じだんだ》踏むばかりの焦躁でなければなりません。芸術家というものは、例外なしに生れつきの好色人であるのでありますから、その渇望《かつぼう》も極度のものがあるのではないかと、笑いごとでは無しに考えられるのであります。殊《こと》にも、この男は紅毛人であります。紅毛人の I love you には、日本人の想像にも及ばぬ或る種の直接的な感情が含まれている様子で、「愛します」という言葉は、日本に於《お》いてこそ綺麗《きれい》な精神的なものと思われているようですが、紅毛人に於いては、もっと、せっぱつまった意味で用いられているようであります。よろずに奔放《ほんぽう》で熾烈であります。いいとしをして思慮分別も在りげな男が、内実は、中学生みたいな甘い咏歎《えいたん》にひたっているこどもあるのだし、たかが女学生の生意気なのに惹かれて、家も地位も投げ出し、狂乱の姿態を示すことだってあるのです。それは、日本でも、西欧でも同じことであるのですが、ことにも紅毛人に於いては、それが甚だしいように思われます。この哀れな、なんだか共感を誘う弱点に依《よ》って、いまこの男は、二人の女の後《うしろ》についてやって来て、そうして、白樺の幹の蔭に身をかくし、息を殺して、二人の女の決闘のなりゆきを見つめていなければならなくなった。もう一つ、この男の、芸術家の通弊《つうへい》として避けられぬ弱点、すなわち好奇心、言葉を換えて言えば、誰も知らぬものを知ろうという虚栄、その珍らしいものを見事に表現してやろうという功名心、そんなものが、この男を、ふらふら此《こ》の決闘の現場まで引きずり込んで来たものと思われます。どうしても一匹、死なない虫がある。自身、愛慾《あいよく》に狂乱していながら、その狂乱の様《さま》をさえ描写しようと努めているのが、これら芸術家の宿命であります。本能であります。諸君は、*藤十郎《とうじゅうろう》の恋、というお話をご存じでしょうか。あれは、坂田藤十郎が、芸の工夫のため、いつわって人妻に恋を仕掛けた、ということになっていますが、果して全部が偽《いつわ》りの口説《くぜつ》であったかどうか、それは、わかったものじゃ無いと私は思って居ります。本当の恋を囁いている間に自身の芸術家の虫が、そろそろ頭をもたげて来て、次第にその虫の喜びのほうが増大して、満場の喝采《かっさい》が眼のまえにちらつき、はては、愛慾も興覚めた、という解釈も成立し得ると思います。まことに芸術家の、表現に対する貪婪《どんらん》、虚栄、喝采への渇望は、始末に困って、あわれなものであります。今、この白樺の幹の蔭に、雀《すずめ》を狙う黒い猫みたいに全身緊張させて構えている男の心境も、所詮は、初老の甘ったるい割り切れない「恋情」と、身中の虫、芸術家としての「虚栄」との葛藤である、と私には考えられるのであります。

ああ、決闘やめろ。拳銃からりと投げ出して二人で笑え。止《よ》したら、なんでも無いことだ。ささやかなトラブルの思い出として残るだけのことだ。誰にも知られずにすむのだ。私は二人を愛している。おんなじように愛している。可愛い。怪我《けが》しては、いけない。やめて欲しい、とも思うのだが、さて、この男には幹の蔭から身を躍《おど》らせて二人の間に飛び込むほどの決断もつかぬのです。もう少し、なりゆきを見たいのです。男は更に考える。

発砲したからといっても、必ず、どちらかが死ぬるとはきまっていない。死ぬるどころか、双方かすり疵《きず》一つ受けないことだって在り得る。たいてい、そんなところだろう。死ぬるなんて、並たいていの事ではない。どうして私は、事態の最悪の場合ばかり考えたがるのだろう。ああ、けさは女房も美しい。ふびんな奴だ。あいつは、私を信じすぎていたのだ。私も悪い。女房を、だましすぎていた。だますより他はなかったのだ。家庭の幸福なんて、お互い嘘の上ででも無けれあ成り立たない。いままで私は、それを信じていた。女房なんて、謂《い》わば、家の道具だと信じていた。いちいち真実を吐露《とろ》し合っていたんじゃ、やり切れない。私は、いつもだましていた。それだから女房は、いつも私を好いてくれた。真実は、家庭の敵。嘘こそ家庭の幸福の花だ、と私は信じていた。この確信に間違い無いか。私は、なんだか、ひどい思いちがいしていたのでは無いか。このとしになるまで、知らずにいた厳粛《げんしゅく》な事実が在ったのでは無いか。女房は、あれは、道具にちがいないけれど、でも、女房にとって、私は道具でなかったのかも知れぬ。もっと、いじらしい、懸命な思いで私の傍にいてくれたのかも知れない。女房は私を、だましていなかった。私は悪い。けれども、それだけの話だ。私は女房に、どんな応答をしたらいいのか。私はおまえを愛していない。けれども、それは素知らぬ振りして、一生おまえとは離れまい決心だった。平和に一緒に暮して行ける確信が私に在ったのだが、もう、今は、だめかも知れない。決闘なんて、なんという無智なことを考えたものだ！やめろ！と男は、白樺の蔭から一歩踏み出し、あやうく声を出しかけて、見ると、今しも二人の女が、拳銃持つ手を徐々に挙げて、発砲一瞬まえの姿勢に移りつつあったので、はっと声を呑《の》んでしまいました。もとより、この男もただものでない。当時流行の作家であります。謂《い》わば、眼から鼻に抜けるほどの才智を持った男であります。普通、好人物の如《ごと》く醜《みにく》く動転、とり乱すようなことは致しません。やるなら、やれ、と糞度胸《くそどきょう》を据え、また白樺の蔭にひたと身を隠して、事のなりゆきを凝視しました。

やるならやれ。私の知った事でない。もうこうなれば、どっちが死んだって同じ事だ。二人死んだら尚更《なおさら》いい。ああ、あの子は殺される。私の、可愛い不思議な生きもの。私はおまえを、女房の千倍も愛している。たのむ、女房を殺せ！　あいつは邪魔だ！　賢夫人だ。賢夫人のままで死なせてやれ。ああ、もうどうでもいい。私の知ったことか。せいぜい華やかにやるがいい、と今は全く道義を越えて、目前の異様な戦慄《せんりつ》の光景をむさぼるように見つめていました。誰も見た事の無いものを私はいま見ている、このプライド。やがてこれを如実《にょじつ》に描写できる、この仕合《しあわ》せ。ああ、この男は、恐怖よりも歓喜を、五体しびれる程《ほど》の強烈な歓喜を感じている様子であります。神を恐れぬこの傲慢、痴夢、我執、人間侮辱。芸術とは、そんなに狂気じみた冷酷を必要とするものであったでしょうか。男は、冷静な写真師になりました。芸術家は、やっぱり人ではありません。その胸に、奇妙な、臭い一匹の虫がいます。その虫を、サタン、と人は呼んでいます。

発砲せられた。いまは、あさましい芸術家の下等な眼だけが動く。男の眼は、その決闘のすえ始終を見とどけました。そうして後日、高い誇りを以《もっ》て、わが見たところを誤《あや》またず描写しました。以下は、その原文であります。流石《さすが》に、古今の名描写であります。背後の男の、貪婪な観察の眼をお忘れなさらぬようにして、ゆっくり読んでみて下さい。

女学生が最初に打った。自分の技倆《ぎりょう》に信用を置いて相談に乗ったのだと云《い》う風で、落ち着いてゆっくり発射した。弾丸は女房の立っている側の白樺の幹をかすって力が無くなって地に落ちて、どこか草の間に隠れた。

その次に女房が打ったが、矢張《やは》り中《あた》らなかった。

それから二人で交《かわ》る代《がわ》る、熱心に打ち合った。銃の音は木精《こだま》のように続いて鳴り渡った。そのうち女学生の方が先に逆《のぼ》せて来た。そして弾丸が始終高い所ばかりを飛ぶようになった。

女房も矢張《やは》り気がぼうっとして来て、なんでももう百発も打ったような気がしている。その目には遠方に女学生の白いカラが見える。それをきのう的を狙ったように狙って打っている。その白いカラの外《ほか》には、なんにも目に見えない。消えてしまったようである。自分の踏んでいる足下の土地さえ、あるか無いか覚えない。

突然、今自分は打ったか打たぬか知らぬのに、前に目に見えた白いカラが地に落ちた。そして外国語で何か一言云《い》うのが聞えた。

その刹那に周囲のものが皆一塊になって見えて来た。灰色の、じっとして動かぬ大空の下の暗い草原、それから白い水潦《みずたまり》、それから側のひょろひょろした白樺の木などである。白樺の木の葉は、この出来事をこわがっているように、風を受けて囁き始めた。女房は夢の醒《さ》めたように、堅い拳銃を地に投げて、着物《きもの》の裾をまくって、その場を逃げ出した。

女房は人げの無い草原を、夢中になって駆けている。唯《ただ》自分の殺した女学生のいる場所から成《なる》たけ遠く逃げようとしているのである。跡には草原の中には赤い泉が湧《わ》き出《だ》したように、血を流して、女学生の体が横《よこた》わっている。

女房は走れるだけ走って、草臥《くたび》れ切《き》って草原のはずれの草の上に倒れた。余り駆けたので、体中の脈がぴんぴん打っている。そして耳には異様な囁きが聞える。「今血が出てしまって死ぬるのだ」と云《い》うようである。

こんな事を考えている内に、女房は段段に、しかも余程《よほど》手間取って、落ち着いて来た。それと同時に草原を物狂わしく走っていた間感じていた、旨《うま》く復讐を為遂《なしと》げたと云う喜《よろこび》も、次第につまらぬものになって来た。丁度《ちょうど》向うで女学生の頸の創《きず》から血が流れて出るように、胸に満ちていた喜が逃げてしまうのである。「これで敵《かたき》を討った」と思って、物に追われて途方《とほう》に暮れた獣のように、夢中で草原を駆けた時の喜は、いつか消えてしまって、自分の上を吹いて通る、これまで覚えた事のない、冷たい風がそれに代ったのである。なんだか女学生が、今死んでいるあたりから、冷たい息が通って来て、自分を凍えさせるようである。たった今まで、草原の中をよろめきながら飛んでいる野の蜜蜂《みつばち》が止まったら、羽を焦《こが》してしまっただろうと思われる程《ほど》、赤く燃えていた女房の顳顬《こめかみ》が、大理石のように冷たくなった。大きい為事《しごと》をして、ほてっていた小さい手からも、血が皆どこかへ逃げて行ってしまった。

「復讐と云《い》うものはこんなに苦い味のものか知ら」と、女房は土の上に倒れていながら考えた。そして無意識に唇を動かして、何か渋いものを味わったように頰をすぼめた。併《しか》し此場《この》を立ち上がって、あの倒れている女学生の所へ行って見るとか、それを介抱《かいほう》して遣《や》るとか云う事は、どうしても遣りたくない。女房はこの出来事に体を縛り付けられて、手足も動かされなくなっているように、冷淡な心持をして時の立つのを待っていた。そして此間に相手の女学生の体からは血が流れて出てしまう筈《はず》だと思っていた。

夕方になって女房は草原で起き上がった。体の節節が狂っていて、骨と骨とが旨く食い合わないような気がする。草臥れ切った頭の中では、まだ絶えず拳銃を打つ音がする。頭の狭い中で、決闘が又《また》しても繰返されているようである。此辺の景物が低い草から高い木まで皆黒く染まっているように見える。そう思って見ている内に、突然自分の影が自分の体を離れて、飛んで出たように、目の前を歩いて行く女が見えて来た。黒い着物を着て、茶色な髪をして白く光る顔をして歩いている。女房はその自分の姿を見て、丁度《ちょうど》他人を気の毒に思うように、その自分の影を気の毒に思って、声を立てて泣き出した。

きょうまで暮して来た自分の生涯は、ばったり断ち切られてしまって、もう自分となんの関係も無い、白木の板のようになって自分の背後から浮いて流れて来る。そしてその上に乗る事も、それを拾い上げる事も出来ぬのである。そしてこれから先《さ》き生きているなら、どんなにして生きていられるだろうかと想像して見ると、その生活状態の目の前に建設せられて来たのが、如何《いか》にもこれまでとは違った形をしているので、女房はそれを見ておののき恐れた。譬《たと》えば移住民が船に乗って故郷の港を出る時、急に他郷がこわくなって、これから知らぬ新しい境へ引《ひ》き摩《ず》られて行くよりは、寧《むし》ろ此《この》海の沈黙の中へ身を投げようかと思うようなものである。

そこで女房は死のうと決心して、起ち上がって元気好く、項《うなじ》を反《そら》せて一番近い村をさして歩き出した。

女房は真《ま》っ直《すぐ》に村役場に這入《はい》って行ってこう云《い》った。「あの、どうぞわたくしを縛って下さいまし、わたくしは決闘を致しまして、人を一人殺しました。」

第五

決闘の次第は、前回に於《お》いて述べ尽しました。けれども物語は、それで終っているのではありません。火事は一夜で燃え尽しても、火事場の騒ぎは、一夜で終るどころか、人と人との間の疑心、悪罵《あくば》、奔走《ほんそう》、駈引《かけひ》きは、そののち永《なが》く、ごたついて尾を引き、人の心を、生涯とりかえしつかぬ程《ほど》に歪曲《わいきょく》させてしまうものであります。この、前代未聞の女同士の決闘も、とにかく済んだ。意外にも、女房が勝って、女学生が殺された。その有様を、ずるい、悪徳の芸術家が、一つあまさず見とどけて、的確の描写を為《な》し、成功して写真の妙手と称《たた》えられた。さて、それから事件は、どうなったのでしょう。まず、原文を読んでみましょう。原文も、この辺から、調子が落ちて、決闘の場面の描写ほど、張りが無いようであります。それは、その訳です。今迄《いままで》は、かの流行作家も、女房の行く跡を、飢餓《きが》の狼《おおかみ》のようについて歩いて、女房が走ると自分も走り、女房が立ちどまると、自分も踞《しゃが》み、女房の姿態と顔色と、心の動きを、見つめ切りに見つめていたので、従ってその描写も、どきりとするほどの迫真の力を持つことが出来たのでありますが、いま決闘も終結し、女房は真《ま》っ直《すぐ》に村役場に這入って行ってしまったので、もはや観察の手段が無くなりました。下手《へた》に村役場のまわりに、うろついていたら、人に見られて、まずい事になります。この芸術家は、神の審判よりも、人の審判を恐れているたちの男でありますから、女房につづいて村役場に飛び込み、自分の心の一切を告白する勇気など持ち合せが無かったのであります。正義よりも、名声を愛して居ります。致しかたの無い事かも知れません。敢《あ》えて責めるべき事で無いかも知れない。人間は、もともとそんな、くだらないものであります。この利巧《りこう》な芸術家も、村役場に這入って行く女房の姿を見て、ちょっと立ちどまり、それから、ばかな事はしたくない、という頗《すこぶ》る当り前の考えから、くるりと廻れ右して、もと来た道をさっさと引き返し、汽車に乗り、何食わぬ顔してわが家に帰り、ごろりとソファに寝ころがった。それから、いろいろ人から聞いて、女房のその後の様子を、次の如《ごと》く知ることが出来たのであります。以下は、勿《もち》論《ろん》、芸術家が直接に見て知ったことでは無く、さまざまの人達から少しずつ聞いたところのものを綜合《そうごう》して、それに自分の空想をもたくみに案配《あんばい》して綴《つづ》った、謂《い》わば説明の文章であります。描写の文章では無いようであります。すなわち、女房が村役場に這入って行って、人を一人殺しました、と自首する。

「それを聞いて役場の書記二人はこれまで話に聞いた事も無い出来事なので、女房の顔を見て微笑《ほほえ》んだ。少し取り乱しているが、上流の奥さんらしく見える人が変な事を言うと思ったのである。書記等は多分これはどこかから逃げて来た女気違だろうと思った。女房は是非《ぜひ》縛って貰いたいと云《い》って、相手を殺したと云う場所を精《くわ》しく話した。それから人を遣《や》って調べさせて見ると、相手の女学生はおおよそ一時間前に、頸の銃創から出血して死んだものらしかった。それから二本の白樺の木の下の、寂しい所に、物を言わぬ証拠人として拳銃が二つ棄《す》ててあるのを見出した。拳銃は二つ共、込めただけの弾丸を皆打ってしまってあった。そうして見ると、女房の持っていた拳銃の最後の一弾が気まぐれに相手の体に中《あた》ろうと思って、とうとうその強情を張り通したものと見える。

女房は是非この儘《まま》抑留して置いて貰いたいと請求した。役場では、その決闘と云《い》うものが正当な決闘であったなら、女房の受ける処分は禁獄に過ぎぬから、別に名誉を損ずるものではないと、説明して聞かせたけれど、女房は飽《あ》くまで留めて置いて貰おうとした。

女房は自分の名誉を保存しようとは思っておらぬらしい。たったさっきまで、その名誉のために一命を賭《と》したのでありながら、今はその名誉を有している生活と云うものが、そこに住《すま》う事も、そこで呼吸をする事も出来ぬ、雰囲気の無い空間になったように、どこへか押《お》し除《の》けられてしまったように思われるらしい。丁度《ちょうど》死んでしまったものが、もう用が無くなったので、これまで骨を折って覚えた言語その外の一切の物を忘れてしまうように、女房は過去の生活を忘れてしまったものらしい。

女房は市へ護送せられて予審に掛かった。そこで未決監《みけっかん》に入れられてから、女房は監《かん》獄長《ごくちょう》や、判事や、警察医や僧侶に、繰り返して、切《せつ》に頼み込んで、これまで夫としていた男に衝《つ》き合《あわ》せずに置いて貰う事にした。それればかりでは無い。その男の面会に来ぬようにして貰った。それから色色な秘密らしい口供《こうきょう》をしたり、又《また》わざと矛盾《むじゅん》する口供をしたりして、予審を二三週間長引かせた。その口供が故意にしたのであったと云う事は、後になって分かった。

或る夕方、女房は檻房《かんぼう》の床の上に倒れて死んでいた。それを見附けて、女の押丁《おうてい》＊が抱いて寝台の上に寝かした。その時女房の体が、着物だけの目方しかないのに驚いた。女房は小鳥が羽の生えた儘《まま》で死ぬように、その着物を着た儘で死んだのである。跡から取調べたり、周囲の人を訊問して見たりすると、女房は檻房に入れられてから、絶食して死んだのであった。渡された食物を食わぬと思われたり、又《また》無理に食わせられたりすまいと思って、人の見る前では呑み込んで、直《す》ぐそれを吐き出したこともあったらしい。丁度《ちょうど》相手の女学生が、頸の創《きず》から血を出して萎《しな》びて死んだように絶食して、次第に体を萎びさせて死んだのである。」

女房も死んでしまいました。はじめから死ぬるつもりで、女学生に決闘を申込んだ様子で、その辺の女房のいじらしい、また一筋の心理に就《つ》いては、次回に於《お》いて精細に述べることにして、今は専《もっぱ》ら、女房の亭主すなわち此《こ》の短いが的確の「女の決闘」の筆者、卑怯千万《ひきょうせんばん》の芸術家の、その後の身の上に就いて申し上げる事に致します。女学生は、何やら外国語を一言叫んで、死んでいった。女房も、ほとんど自殺に等しい死にかたをして、この世から去っていった。けれども、三人の中で最も罪の深い、この芸術家だけは、死にもせずペンを握って、「小鳥が羽の生えた儘《まま》で死ぬように、その着物を着た儘で死んだのである。」などと、自分の女房のみじめな死を、よそごとのように美しく形容し、その棺に花束一つ投入してやったくらいの慈善を感じてすましている。これは、いかにも不思議であります。果して、芸術家というものは、そのように冷淡、心の奥底まで一個の写真機に化しているものでしょうか。私は、否、と答えたいのでありますが、とにかく今、諸君と共に、この難問に就《つ》いて、尚《なお》しばらく考えてみることに致しましょう。この悪徳の芸術家は、女房の取調べと同時に、勿論《もちろん》、市の裁判所に召喚《しょうかん》され、予審検事の皮肉極《きわ》まる訊問を受けた筈《はず》であります。

——どうも、とんだ災難でございましたね。（と検事は芸術家に椅子《いす》を薦《すす》めて言いました。）奥さんのおっしゃる事は、ちっとも筋道がとおりませんので、私ども困って居ります。一体、どういう原因に拠《よ》る決闘だか、あなたは、ご存じなんですね。

——存じません。

——私の言いかたが下手だったのかしら。失礼いたしました。何か、お心当りは在る筈《はず》なんですね。

——心当り？

——相手の女学生を、ご存じなんですね。

——相手の？

——いいえ、奥さんの相手です。失礼いたしました。奥さんの決闘の相手です。お互い紳士ですものね。

——存じて居ります。

——え？　何をご存じなんです。煙草はいかがです。ずいぶん煙草を、おやりのようですね。煙草は、思索の翼と言われていますからね。あなたの作品を、うちの女房と娘が奪い合いで読んでいますよ。「法師の結婚」という小説です。私も、そのうち読ませていただくつもりですけれど、天才の在るおかたは羨《うら》やましいですね。この部屋は、少し暑過ぎますね。私はこの部屋がきらいなんですよ。窓を開けましょう。さぞ、おいやでしょうね。

——何を申し上げればいいのでしょう。

——いいえ、そういうわけじゃ無いんです。私は、そんな、失礼な事は考えて居りません。お互い、このとしになると、世の中が馬鹿げて見えて来ますね。どうだっていいんです。お互い、弱い者同士ですものね。馬鹿げていますよ。私は、この裁判所と自宅との間を往復して、ただ並木路を往復して歩いて、ふと気がついたら二十年経っていました。いちどは冒険を。いいえ、あなたのことじゃ無いんです。いろいろの事がありましたものね。おや、聞えますね。囚人たちの唱歌《しょうか》ですよ。*シオンのむすめ、……

——語れかし！

——わが愛の君に。私は讃美歌をさえ忘れてしまいました。いいえ、そういう謎《なぞ》のつもりでは無かったのです。あなたから、何もお伺《うかが》いしようと思いません。そんなに気を廻さないで下さい。どうも、私も、きょうはなんだか、いやになりました。もう、止《よ》しにしましょうか。

——そうお願いできれば、……

——ふん。あなたを罰する法律が無いので、いやになったのですよ。お帰りなさい。

——ありがとう存じます。

——あ、ちょっと。一つだけ、お伺いします。奥さんが殺されて、女学生が勝った場合は、どうなりますか？

——どうもこうもなりません。そいつは残った弾丸で、私をも撃ち殺したでしょう。

——ご存じですね。奥さんは、すると、あなたの命の恩人ということになりますね。

——女房は、可愛げの無い女です。好んで犠牲《ぎせい》になったのです。エゴイストです。

——もう一つお伺いします。あなたは、どちらの死を望みましたか？　あなたは、隠れて見ていましたね。旅行していたというのは嘘ですね。あの前夜も、女学生の下宿に訪ねて行きましたね。あなたは、どちらの死を望んでいたのですか？　奥さんでしょうね。

——いいえ、私は、（と芸術家は威厳《いげん》のある声で言いました。）どちらも生きてくれ、と念じていました。

——そうです。それでいいのです。私はあなたの、今の言葉だけを信頼します。（と検事は、はじめて白い歯を出して微笑み、芸術家の肩をそっと叩いて、）そうで無ければ、私は今すぐあなたを、未決檻に送るつもりでいたのですよ。殺人幇助《さつじんほうじょ》という立派な罪名があります。

　以上は、かの芸術家と、いやらしく老獪《ろうかい》な検事との一問一答の内容でありますが、ただ、これだけでは私も諸君も不満であります。「いいえ、私は、どちらも生きてくれ、と念じていました。」という一言を信じて、検事は、この男を無罪放免という事にした様子でありますが、私たちの心の中に住んでいる小さい検事は、なかなか疑い深くて、とてもこの男を易々《やすやす》と放免することが出来ないのであります。この男は、予審の検事を、だましたのではないでしょうか。「どちらも生きてくれ、と念じていました。」というのは、嘘ではないか。この男は、あの決闘のとき、白樺の木の蔭に隠れて、ああ、どっちも死ね！　両方死ね、いやいや、女房だけ死ね！　女房を殺してくれ、と全身に油汗を流して念じていた瞬間が、在ったじゃないか。確かに在った。この男は、あれを忘れているのであろうか。或いはちゃんと覚えている癖に、成長した社会人特有の厚顔無恥《こうがんむち》の、謂《い》わば世馴れた心から、けろりと忘れた振りして、平気で嘘を言い、それを取調べる検事も亦《また》、そこのところを見抜いていながら、その追究を大人気《おとなげ》ないものとして放棄し、とにかく話の筋が通って居れば、それで役所の書類作成に支障は無し、自分の勤めも大過無し、正義よりも真実よりも自分の職業の無事安泰が第一だと、そこは芸術家も検事も、世馴れた大人同士の暗黙の裏の了解ができて、そこで、「どちらも生きてくれと念じていました。」「よろしい、信頼しましょう。」ということになったのでは無いでしょうか。けれども、その疑惑は、間違っています。私は、それに就《つ》いて、いま諸君に、僭《せん》越《えつ》ながら教えなければなりません。その時の、男の答弁は正しいのです。また、その一言を信頼し、無罪放免した検事の態度も正しいのです。決してお互い妥協《だきょう》しているのではありません。男は、あの決闘の時、女房を殺せ！と願いました。と同時に、決闘やめろ！拳銃からりと投げ出して二人で笑え、と危く叫ぼうとしたのであります。人は、念々《ねんねん》と動く心の像すべてを真実と見做《みな》してはいけません。自分のものでも無い或る卑しい想念を、自分の生れつきの本性の如《ごと》く誤って思い込み、悶々《もんもん》している気弱い人が、ずいぶん多い様子であります。卑しい願望が、ちらと胸に浮《うか》ぶことは、誰にだってあります。時々刻々、美醜さまざまの想念が、胸に浮んでは消え、浮んでは消えて、そうして人は生きています。その場合に、醜いものだけを正体として信じ、美しい願望も人間には在るという事を忘れているのは、間違いであります。念々と動く心の像は、すべて「事実」として存在はしても、けれども、それを「真実」として指摘するのは、間違いなのであります。真実は、常に一つではありませんか。他は、すべて信じなくていいのです。忘れていていいのです。多くの浮遊の事実の中から、たった一つの真実を拾い出して、あの芸術家は、権威を以《もっ》て答えたのです。検事も、それを信じました。二人共に、真実を愛し、真実を触知し得る程《ほど》の立派な人物であったのでしょう。

あの、あわれな、卑屈な男も、こうして段々考えて行くに連れて、少しずつ人間の位置を持ち直して来た様子であります。悪いと思っていた人が、だんだん善《よ》くなって来るのを見る事ほど楽しいことはありません。弁護のしついでに、この男の、身中の虫、「芸術家」としての非情に就《つ》いても、ちょっと考えてみることに致しましょう。この男ひとりに限らず、芸術家というものは、その腹中に、どうしても死なぬ虫を一匹持っていて、最大の悲劇をも冷酷の眼で平気で観察しているものだ、と前回に於《お》いても、前々回に於いても非難して来た筈《はず》でありますが、その非難をも、ちょっとついでに取り消してお目に掛けたくなりました。何も、人助けの為《ため》であります。慈善は、私の本性かも知れません。「醜いものだけを正体として信じ、美しい願望も人間には在るということを忘れているのは、間違いであります。」とD先生が教えて居ります。何事も、自分を、善いほうに解釈して置くのがいいようだ。さて、芸術家には、人で無い部分が在る、芸術家の本性は、サタンである、という私の以前の仮説《かせつ》に対して、私は、もう一つの反立法を持ち合せているのであります。それを、いま、お知らせ致します。

――リュシエンヌよ、私は或る声楽家を知っていた。彼が許嫁《いいなずけ》の死の床に侍《じ》して、その臨終《りんじゅう》に立会った時、傍《かたわ》らに、彼の許嫁の妹が身を慄《ふる》わせ、声をあげて泣きむせぶのを聴きつつ、彼は心から許嫁の死を悲しみながらも、許嫁の妹の涕泣《ていきゅう》に発声法上の欠陥のある事に気づいて、その涕泣に迫力を添えるには適度の訓練を必要とするのではなかろうか。と不図《ふと》考えたのであった。而《しか》もこの声楽家は、許嫁との死別の悲しみに堪えずしてその後間もなく死んでしまったが、許嫁の妹は、世間の掟《おきて》に従って、忌の果てには、心置きなく喪服を脱いだのであった。

これは、私の文章ではありません。*辰野隆《たつのゆたか》先生訳、仏人リイル・アダン*氏の小話であります。この短い実話を、もう一度繰りかえして読んでみて下さい。ゆっくり読んでみて下さい。薄情なのは、世間の涙もろい人たちの間にかえって多いのであります。芸術家は、めったに泣かないけれども、ひそかに心臓を破って居ります。人の悲劇を目前にして、目が、耳が、手が冷いけれども、胸中の血は、再び旧にかえらぬ程《ほど》に激しく騒いでいます。芸術家は、決してサタンではありません。かの女房の卑劣《ひれつ》な亭主も、こう考えて来ると、あながち非難するにも及ばなくなったようであります。眼は冷く、女房の殺人の現場を眺め、手は平然とそれを描写しながらも、心は、なかなか悲愁断腸《ひしゅうだんちょう》のものが在ったのではないでしょうか。次回に於《お》いて、すべてを述べます。

第　六

いよいよ、今回で終りであります。一回、十五、六枚ずつにて半箇年間、つまらぬ事ばかり書いて来たような気が致します。私にとっては、その間に様々の思い出もあり、また自身の体験としての感懐も、あらわにそれと読者に気づかれ無いように、こっそり物語の奥底に流し込んで置いた事でもありますから、私一個人にとっては、之《これ》は、のちのちも愛着深い作品になるのではないかと思って居ります。読者には、あまり面白くなかったかも知れませんが、私としては、少し新しい試みをしてみたような気もしているので、もう、この回、一回で読者とおわかれするのは、お名残《なご》り惜しい思いであります。所詮、作者の、愚かな感傷《かんしょう》ではありますが、殺された女学生の亡霊、絶食して次第に体を萎びさせて死んだ女房の死顔、ひとり生き残った悪徳の夫の懊悩《おうのう》の姿などが、この二、三日、私の背後に影法師のように無言で執拗《しつよう》に、つき従っていたことも事実であります。さて、今回は、原文を、おしまいまで全部、読んでしまいましょう。説明は、その後でする事に致します。

——遺物を取り調べて見たが、別に書物も無かった。夫としていた男に別《わかれ》を告げる手紙も無く、子供等に暇乞《いとまごい》をする手紙も無かった。唯一度檻房《かんぼう》へ来た事のある牧師に当てて、書き掛けた短い手紙が一通あった。牧師は誠実に女房の霊を救おうと思って来たのか、物珍らしく思って来て見たのか、それは分からぬが、兎《と》に角《かく》一度来たのである。この手紙は牧師の二度と来ぬように、謂《い》わば牧師を避けるために書く積《つも》りで書き始めたものらしい。煩悶《はんもん》して、こんな手紙を書き掛けた女の心を、その文句が幽《かす》かに照しているのである。

「先日お出でになった時、大層《たいそう》御尊信なすってお出での様子で、お話になった、あのイエス・クリストのお名に掛けて、お願致します。どうぞ二度とお尋《たずね》下さいますな。わたくしの申す事を御信用下さい。わたくしの考《かんがえ》では若《も》しイエスがまだ生きてお出でなされたなら、あなたがわたくしの所へお出でなさるのを、お遮《さえぎ》りなさる事でしょう。昔天国の門に立たせて置かれた、あの天使のように、イエスは燃える抜身《ぬきみ》を手にお持《もち》になって、わたくしのいる檻房へ這入ろうとする人をお留《とめ》なさると存じます。わたくしはこの檻房から、わたくしの逃げ出して来た、元の天国へ帰りたくありません。よしや天使が薔薇《ばら》の綱をわたくしの体に巻いて引入れようとしたとて、わたくしは帰ろうとは思いません。なぜと申しますのに、わたくしがそこで流した血は、決闘でわたくしの殺した、あの女学生の創《きず》から流れて出た血のようにもう元へは帰らぬのでございます。わたくしはもう人の妻でも無ければ人の母でもありません。もうそんなものには決してなられません。永遠になられません。ほんにこの永遠と云《い》う、たっぷり涙を含んだ二字を、あなた方どなたでも理解して尊敬して下されば好いと存じます。」

「わたくしはあの陰気な中庭に入り込んで、生れてから初めて、拳銃と云うものを打って見ました時、自分が死ぬる覚悟で致しまして、それと同時に自分の狙っている的は、即《すなわ》ち自分の心の臓だと云《い》う事が分かりました。それから一発一発と打つたびに、わたくしは自分で自分を引き裂くような愉快を味《あじわ》いました。この心の臓は、もとは夫や子供の側で、セコンドのように打っていて、時を過ごして来たものでございます。それが今は数知れぬ弾丸に打ち抜かれています。こんなになった心の臓を、どうして元の場所へ持って行かれましょう。よしやあなたが主御自身であっても、わたくしを元へお帰しなさる事はお出来になりますまい。神様でも、鳥よ虫になれとは仰《おっし》ゃる事が出来ますまい。先にその鳥の命をお断ちになってからでも、そう仰ゃる事は出来ますまい。わたくしを生きながら元の道へお帰らせなさることのお出来にならないのも、同じ道理でございます。幾《いく》らあなたでも人間のお詞《ことば》で、そんな事を出来《でか》そうとは思召《おぼしめ》しますまい。」

「わたくしは、あなたの教で禁じてある程《ほど》、自分の意志の儘《まま》に進んで参って、跡を振り返っても見ませんでした。それはわたくし好く存じています。併《しか》しどなただって、わたくしに、お前の愛しようは違うから、別な愛しようをしろと仰ゃる事は出来ますまい。あなたの心の臓はわたくしの胸には嵌《は》まりますまい。又《また》わたくしのはあなたのお胸には嵌まりますまい。あなたはわたくしを、謙遜を知らぬ、我慾の強いものだと仰ゃるかも知れませんが、それと同じ権利で、わたくしはあなたを、気の狭い卑屈な方だと申す事も出来ましょう。あなたの尺度でわたくしをお測りになって、その尺度が足らぬからと言って、わたくしを度はずれだと仰ゃる訳には行きますまい。あなたとわたくしとの間には、対等の決闘は成り立ちません。お互に手に持っている武器が違います。どうぞもうわたくしの所へ御出で下さいますな。切にお断《ことわり》申します。」

「わたくしの為《ため》には自分の恋愛が、丁度《ちょうど》自分の身を包んでいる皮のようなものでございました。若《も》しその皮の上に一寸《ちょっと》した染《しみ》が出来るとか、一寸した創《きず》が付くとかしますと、わたくしはどんなにしてでも、それを癒《い》やしてしまわずには置かれませんでした。わたくしはその恋愛が非常に傷《きずつ》けられたと存じました時、その為に、長煩《ながわずら》いで腐って行くように死なずに、意識して、真《ま》っ直《す》ぐに立った儘《まま》で死のうと思いました。わたくしは相手の女学生の手で殺して貰おうと思いました。そうしてわたくしの恋愛を潔《いさぎよ》く、公然と相手に奪われてしまおうと存じました。」

「それが反対になって、わたくしが勝ってしまいました時、わたくしは唯《ただ》名誉を救っただけで、恋愛を救う事が出来なかったのに気が付きました。総《すべ》ての不治の創の通りに、恋愛の創も死ななくては癒えません。それはどの恋愛でも傷けられると、恋愛の神が侮辱せられて、その報いに犠牲を求めるからでございます。決闘の結果は予期とは相違していましたが、兎《と》に角《かく》わたくしは自分の恋愛を相手に渡すのに、身を屈《かが》めて、余儀《よぎ》なくせられて渡すのでは無く、名誉を以《もっ》て渡そうとしたのだと云《い》うだけの誇《ほこり》を持っています。」

「どうぞ聖者の毫光《ごうこう》を御尊敬なさると同じお心持で、勝利を得たものの額《ひたい》の月桂冠《げっけいかん》を御尊敬なすって下さいまし。」

「どうぞわたくしの心の臓をお労《いた》わりなすって下さいまし。あなたの御尊信なさる神様と同じように、わたくしを大胆に、偉大に死なせて下さいまし。わたくしは自分の致した事を、一人で神様の前へ持って参ろうと存じます。名誉ある人妻として持って参ろうと存じます。わたくしは十字架に釘付けにせられたように、自分の恋愛に釘付けにせられて、数多《あまた》の創から血を流しています。こんな恋愛がこの世界で、この世界にいる人妻のために、正当な恋愛でありましたか、どうでしたか、それはこれから先の第三期の生活に入ったなら、分かるだろうと存じます。わたくしが、この世に生れる前と、生れてからとで経験しました、第一期、第二期の生活では、それが教えられずにしまいました。」

ここまで書いて来て、かの罪深き芸術家は、筆を投じてしまいました。女房の遺書の、強烈な言葉を、ひとつひとつ書き写している間に、異様な恐怖に襲われた。脊骨を雷に撃たれたような気が致しました。実人生の、暴力的な真剣さを、興覚《きょうざ》めする程《ほど》に明確に見せつけられたのであります。たかが女、と多少は軽蔑を以《もっ》て接して来た、あの女房が、こんなにも恐ろしい、無茶なくらいの燃える祈念で生きていたとは、思いも及ばぬ事でした。女性にとって、現世の恋情が、こんなにも焼き焦げる程《ほど》ひとすじなものとは、とても考えられぬ事でした。命も要《い》らぬ、神も要らぬ、ただ、ひとりの男に対する恋情の完成だけを祈って、半狂乱で生きている女の姿を、彼は、いまはじめて明瞭に知る事が出来たのでした。彼は、もともと女性軽蔑者でありました。女性の浅間《あさま》しさを知悉《ちしつ》しているつもりでありました。女性は男に愛撫《あいぶ》されたくて生きている。称讃されたくて生きている。我利我利《がりがり》。淫蕩《いんとう》。無智。虚栄。死ぬまで怪しい空想に身悶《みもだ》えしている。貪慾《どんよく》。無思慮。ひとり合点。意識せぬ冷酷。無恥厚顔。吝嗇《りんしょく》。打算。相手かまわぬ媚態《びたい》。ばかな自惚《うぬぼ》れ。その他、女性のあらゆる悪徳を心得ているつもりでいたのであります。女で無ければわからぬ気持、そんなものは在り得ない。ばかばかしい。女は、決して神秘でない。ちゃんとわかっている。あれだ。猫だ。と此《こ》の芸術家は、心の奥底に、そのゆるがぬ断定を蔵していて、表面は素知らぬ振りしてわが女房にも、また他の女にも、当らず触らずの愛想のいい態度で接していました。また、この不幸の芸術家は、女の芸術家というものをさえ、てんで認めていませんでした。当時の甘い批評家たちが、女の作家の二、三の著書に就《つ》いて、女性特有の感覚、女で無ければ出来ぬ表現、男にはとてもわからぬ此の心理、などと驚歎《きょうたん》の言辞を献上するのを見て、彼はいつでも内心、せせら笑って居りました。みんな男の真似《まね》ではないか。男の作家たちが空想に拠って創造した女性を見て、女は、これこそ真の私たちの姿だ、と愚かしく夢中になって、その嘘の女性の型に、むりやり自分を押し込めようとするのだが、悲しい哉《かな》、自分は胴が長すぎて、脚が短い。要らない脂肪が多過ぎる。それでも、自分は、ご存じ無い。実に滑稽奇怪《こっけいきかい》の形で、しゃなりしゃなりと歩いている。男の作家の創造した女性は、所詮、その作家の不思議な女装の姿である。女では無いのだ。どこかに男の「精神」が在る。ところが女は、かえってその不自然な女装の姿に憧《あこが》れて、その毛臑《けずね》の女性の真似をしている。滑稽の極《きわみ》である。もともと女であるのに、その姿態と声を捨て、わざわざ男の粗暴の動作を学び、その太い音声、文章を「勉強」いたし、さてそれから、男の「女音」の真似をして、「わたくしは女でございます。」とわざと嗄れた声を作って言い出すのだから、実に、どうにも浅間しく複雑で、何が何だか、わからなくなるのである。女の癖に口鬚《くちひげ》を生やし、それをひねりながら、「そもそも女というものは、」と言い出すのだから、ややこしく、不潔に濁って、聞く方にとっては、やり切れぬ。所謂《いわゆる》、女特有の感覚は、そこには何も無い。女で無ければ出来ぬ表現も、何も無い。男にはとてもわからぬ心理なぞは勿論《もちろん》、在るわけは無い。もともと男の真似なのだ。女は、やっぱり駄目《だめ》なものだ、というのが此《こ》の中年の芸術家の動かぬ想念であったのであります。けれども、いま、自身の女房の愚かではあるが、強烈のそれこそ火を吐くほどの恋の主張を、一字一字書き写しているうちに、彼は、これまで全く知らずにいた女の心理を、いや、女の生理、と言い直したほうがいいかも知れぬくらいに、なまぐさく、また可憐な一筋の思いを、一糸《いっし》纏《まと》わぬ素《す》はだかの姿で見てしまったような気がして来たのであります。知らなかった。女というものは、こんなにも、せっぱつまった祈念を以《もっ》て生きているものなのか。愚かには違い無いが、けれども、此《こ》の熱狂的に一直線の希求には、何か笑えないものが在る。恐ろしいものが在る。女は玩具、アスパラガス、花園、そんな安易なものでは無かった。この愚直の強さは、かえって神と同列だ。人間でない部分が在る、と彼は、真実、驚倒した。筆を投じて、ソファに寝ころび、彼は、女房とのこれ迄《まで》の生活を、また、決闘のいきさつを、順序も無くちらちら思い返してみたのでした。あ、あ、といちいち合点がゆくのです。私は女房を道具と思っていたが、女房にとっては、私は道具で無かった。生きる目あての全部であった、という事が、その時、その時の女房の姿態、無言の行動ではっきりわかるような気がして来たのであります。女は愚かだ。けれども、なんだか懸命だ。とてもロマンスにならない程《ほど》、むき出しに懸命だ。女の真実というものは、とても、これは小説にならぬ。書いてはならぬ。神への侮辱だ。なるほど、女の芸術家たちが、いちど男に変装して、それからまた女に変装して、女の振りをする、というややこしい手段を採用するのも、無理もない話だ。女の、そのままの実体を、いつわらずぶちまけたら、芸術も何も無い、愚かな懸命の虫一匹だ。人は、息を呑んでそれを凝視するばかりだ。愛も無い、歓《よろこ》びも無い、ただしらじらしく、興覚めるばかりだ。私はこの短篇小説に於《お》いて、女の実体を、あやまち無く活写しようと努めたが、もう止《よ》そう。まんまと私は、失敗した。女の実体は、小説にならぬ。書いては、いけないものなのだ。いや、書くに忍びぬものが在る。止そう。この小説は、失敗だ。女というものが、こんなにも愚かな、盲目の、それゆえに半狂乱の、あわれな生き物だとは知らなかった。まるっきり違うものだ。女は、みんな、──いや、言うまい。ああ、真実とは、なんて興覚めなものだろう。男は、ふいと死にたく思いました。なんの感激も無しに立って、「卓に向い、その時たまたま記憶に甦《よみがえ》って来た曽遊《そうゆう》のスコットランドの風景を偲《しの》ぶ詩を二三行書くともなく書きとどめ、新刊の書物の数頁を読むともなく読み終ると、『いやに胸騒ぎがするな』と呟《つぶや》きながら、小机の抽斗《ひきだし》から拳銃を取り出したが、傍のソファに悠然と腰を卸《おろ》してから、胸に銃口を当てて引金を引いた。」之《これ》が、かの悪徳の夫の最後でありました、と言えば、かのリイル・アダン氏の有名なる短篇小説の結末にそっくりで、多少はロマンチックな匂いも発して来るのでありますが、現実は、決して、そんなに都合よく割り切れず、此《こ》の興覚めの強力な実体を見た芸術家は立って、ふらふら外へ出て、そこらを暫《しばら》く散歩し、やがてまた家へ帰り、部屋を閉め切って、さてソファにごろりと寝ころび、部屋の隅の菖蒲《しょうぶ》の花を、ぼんやり眺め、また徐《おもむ》ろに立ち上り菖蒲の鉢に水差しの水をかけてやり、それから、いや、別に変った事も無く、翌《あく》る日も、その翌る日も、少くとも表面は静かな作家の生活をつづけていっただけの事でありました。失敗の短篇「女の決闘」をも、平気を装って、その後間も無く新聞に発表しました。批評家たちは、その作品の構成の不備を指摘しながらも、その描写の生々しさを、賞讃することを忘れませんでした。どうやら、佳作、という事に落ちついた様子であります。けれども芸術家は、その批評にも、まるで無関心のように、ぼんやりしていました。それから、驚くべきことには、実にくだらぬ通俗小説ばかりを書くようになりました。いちど、いやな恐るべき実体を見てしまった芸術家は、それに拠っていよいよ人生観察も深くなり、その作品も、所謂《いわゆる》、底光りして来るようにも思われますが、現実は、必ずしもそうでは無いらしく、かえって、怒りも、憧れも、歓びも失い、どうでもいいという白痴の生きかたを選ぶものらしく、この芸術家も、あれ以来というものは、全く、ふやけた浅墓《あさはか》な通俗小説ばかりを書くようになりました。かつて世の批評家たちに最上級の言葉で賞讃せられた、あの精密の描写は、それ以後の小説の片隅にさえ、見つからぬようになりました。次第に財産も殖《ふ》え、体重も以前の倍ちかくなって、町内の人たちの尊敬も集《あつま》り、知事、政治家、将軍とも互角の交際をして、六十八歳で大往生いたしました。その葬儀《そうぎ》の華やかさは、五年のちまで町内の人たちの語り草になりました。再び、妻はめとらなかったのであります。

というのが、私(DAZAI)の小説の全貌なのでありますが、もとより之《これ》は、HERBERT EULENBERG 氏の原作の、許しがたい冒瀆《ぼうとく》であります。原作者オイレンベルグ氏は、決して私のこれまで述べて来たような、悪徳の芸術家では、ありません。それは、前にも、くどく断って置いた筈《はず》であります。必ず、よい御家庭の、佳《よ》き夫であり、佳き父であり、つつましい市民としての生活を忍んで、一生涯をきびしい芸術精進にささげたお方であると、私は信じて居ります。前にも、それは申しましたが、「尊敬して居ればこそ、安心して甘えるのだ。」という日本の無名の貧しい作家の、頗《すこぶ》る我儘《わがまま》な言い訳《わけ》に拠って、いまは、ゆるしていただきます。冗談にもせよ、人の作品を踏台《ふみだい》にして、そうして何やら作者の人柄に傷つけるようなスキャンダルまで捏造《ねつぞう》した罪は、決して軽くはありません。けれども、相手が、一八七六年生れ、一昔まえの、しかも外国の大作家であるからこそ、私も甘えて、こんな試みを為《な》したので、日本の現代の作家には、いくら何でも、決してゆるされる事ではありません。それに、この原作は、第二回に於《お》いて、くわしく申して置きましたように、原作者の肉体疲労のせいか、たいへん投げやりの点が多く、単に素材をほうり出したという感じで、私の考えている「小説」というものとは、甚だ遠いのであります。もっとも、＊このごろ日本でも、素材そのままの作品が、「小説」として大いに流行している様子でありますが、私は時たま、そんな作品を読み、いつも、ああ惜しい、と思うのであります。口はばったい言い方でありますが、私に、こんな素材を与えたら、いい小説が書けるのに、と思う事があります。素材は、小説でありません。素材は、空想を支えてくれるだけであります。私は、今まで六回、たいへん下手で赤面しながらも努めて来たのは、私のその愚かな思念の実証を、読者にお目にかけたかったが為《ため》でもあります。私は、間違っているでしょうか。

　これは非常に、こんぐらかった小説であります。私が、わざとそのように努めたのであります。その為にいろいろ、仕《し》掛《かけ》もして置いたつもりでありますから、ひまな読者は、ゆっくりお調べを願います。ほんとうの作者が一体どこにいるのか、わからなくしてしまおうとさえ思いましたが、調子に乗って浮薄な才能を振り廻していると、とんでも無い目に遭《あ》います。神に罰せられます。私は、それに就《つ》いては、節度を保ったつもりであります。とにかく、この私の「女の決闘」をお読みになって、原作の、女房、女学生、亭主の三人の思いが、原作に在るよりも、もっと身近かに生臭く共感せられたら、成功であります。果して成功しているかどうか、それは読者諸君が、各々おきめになって下さい。

私の知合いの中に、四十歳の牧師さんがひとり居ります。生れつき優しい人で、聖書に就《つ》いての研究も、かなり深いようであります。みだりに神の名を口にせず、私のような悪徳者のところへも度々たずねて来てくれて、私が、その人の前で酒を呑み、大いに酔っても、べつに叱りも致しません。私は教会は、きらいでありますが、でも、この人のお説教は、度々聞きにまいります。先日、その牧師さんが、苺《いちご》の苗をどっさり持って来てくれて、私の家の狭い庭に、ご自身でさっさと植えてしまいました。その後で、私は、この牧師さんに、れいの女房の遺書を読ませて、その感想を問いただしました。

「あなたなら、この女房に、なんと答えますか。この牧師さんは、たいへん軽蔑されてやっつけられているようですが、これは、これでいいのでしょうか。あなたは、この遺書をどう思います。」

牧師さんは顔を赤くして笑い、やがて笑いを収め、澄んだ眼で私をまっすぐに見ながら、

「女は、恋をすれば、それっきりです。ただ、見ているより他はありません。」

私たちは、きまり悪げに微笑みました。

注

（作品名の下に初出を示す）

燈籠　（「若草」一九三七〈昭和一二〉年一〇月）

九頁　セル　梳《そ》毛糸《もうし》で平織《ひらお》りや綾織《あやお》りにした、和服用の毛織物。毛織物のセルジ（サージ）から来た語。春先や秋口など、季節の変わり目に愛用された。

一〇頁　髪結《かみゆい》　男女の頭髪を結う職業。床屋や髪結い床は、地域の人々がやってきて、一定の時間会話しやすい場所ゆえに、噂話の発生源となることが多かった。

一三頁　商業学校　ここでは、旧制の実業専門学校のひとつである高等商業学校を指すと思われる。主に、中学校を卒業した十代後半の若者に対し商業に関する専門的な教育を施した。

一三頁　大丸　大手の老舗百貨店である大丸《だいまる》の店舗は、昭和初期には京都・大阪・神戸にしかない。ここでの大丸は、甲府の繁華街である銀座通りにあった松林軒《しょうりんけん》デパートを指す可能性がある。松林軒デパートは、一九三七年一〇月に、山梨県内初の百貨店として開業。太宰が後に発表した短篇「新樹の言葉」(『愛と美について』竹村書房、一九三九年)に登場する青年と妹もこの「大丸デパアト」で働いていることになっている。太宰の作品に「大丸」が登場するのは、この二作品だけである。

一三頁 **簡単服** 一九二〇年代から流行した、木綿地《もめんじ》や浴衣地《ゆかたじ》の、ゆったりとした夏物のワンピース。仕立ても着装も簡単な洋服として、主に成人女性の家庭着や、少女用の衣服として広まった。関西ではアッパッパとも呼ばれた。太宰の短篇「満願」(「文筆」一九三八年九月)の終盤では、「簡単服を着た清潔な姿」で歩いて行く女性の姿が印象的に描かれる。

一三頁 **間**《けん》 かつて日本で一般的に使われていた長さの単位。一間は通常六尺《しゃく》(約一・八二メートル)にあたる。

一五頁 **尺**《しゃく》 かつて日本で一般的に使われていた長さの単位。一尺は約三〇・三センチメートル。

一六頁 **千円** 物によって価格の上昇率は変わるため、単純な比較は困難であるが、中等の白米一〇キロが一九三七年では約二円六五銭だったのが、二〇二四年現在、約四五〇〇円とすると一七〇〇倍なので、千円は一七〇万円に相当することになる。前出の「新樹の言葉」には、「大丸デパアト」の呉服部で働く青年が「こないだも、一日仕入が早かったばかりに、三万円ちかく、もうけました」と言う場面がある。

一八頁 **五十燭**《しょく》 燭は、かつて使われていた光度の単位。一燭はおおよそ蠟燭一本分の明るさなので、五十燭は五〇本分の明るさ。

富嶽百景　(「文体」一九三九〈昭和一四〉年二・三月)

一九頁　富士の頂角《ちょうかく》　富士山の頂角をめぐる冒頭部は、太宰の妻である津島美知子《つしまみちこ》(旧姓石原、一九一二〜九七)の父である石原初太郎『富士山の自然界』(東京宝文館、一九二五年)の記述を踏まえている。同書の一四九〜一五〇頁には、以下の記述がある。「試《ためし》に画家の筆に成る富士山を吟味するに、其《その》頂角が実際を表わすものは殆《ほと》んどない、凡《すべ》て鋭に過ぐるのである。/例えば広重の富士は八十五度位、文晁のは八十四度位で、秋里籬島《あきさとりとう》の名所図会中の図は各地の画家のスケッチに依《よ》るものであるが何れも八十四、五度で、大概の画は此《こ》の位に角度に描かるゝのである。/けれども陸軍の実測図によりて東西及《および》南北に断面図を作って見ると、東西縦断は頂角が百二十四度となり、南北は百十七度である」(「/」は改行を示す)。

一九頁　広重《ひろしげ》　歌川(安藤)広重(一七九七〜一八五八)。江戸時代後期の浮世絵師。風景画や花鳥画を得意とした。代表作「東海道五十三次」には、しばしば富士山が描かれている。

一九頁　文晁《ぶんちょう》　谷文晁(一七六三〜一八四一)。江戸時代後期の画家。南画《なんが》に諸派の影響を加えた、文晁風を打ち立てた。富士山をたびたび描き、写山楼《しゃざんろう》とも号した。代表作に「公余《こうよ》探《たん》勝図巻《しょうずかん》」がある。

一九頁　陸軍の実測図　大日本帝国陸軍の測量部が作成した地図。当時の日本で最も正確な地図と見なされていた。

一九頁　北斎《ほくさい》　葛飾《かつしか》北斎(一七六〇〜一八四九)。江戸時代中〜後期の浮世絵師。風景画のみならず、役者絵・美人画・絵本・読本挿絵《よみほんさしえ》など幅広い領域で活躍。代表作「富嶽三十六景」の他に「富嶽百景」もある。

二一頁　小島烏水《こじまうすい》　一八七三〜一九四八。登山家、浮世絵研究家。紀行文や随筆を多く書き、山岳愛好、近代登山を一般に広め、日本山岳会初代会長も務めた。代表作『日本山水論』(隆文館、一九〇五年)の「甲斐山嶽論《かいさんがくろん》」には「信濃《しなの》最も山に富むが故《ゆえ》に、山質と山形の標本をあつむるに宜《よろし》く、飛騨《ひだ》は山最も高きが故に、山又山の屋根に登らむとするもの往くべく、甲斐に至りては火山以外に尤物《ゆうぶつ》を萃《あつ》む、山の拗《す》ね者《もの》は多く、此土に仙遊するが如《ごと》し、只《た》だ駿河《するが》を以《もっ》て東海道に隔てられ、信濃を以て中山道に遠かりたるが故に、古来交通の衝に当らず、これ江戸に近きにも係らず、世に閑却せられたる所以也《ゆえんなり》、山を愛する者は、甲斐に遊ばん哉」と書かれている。

二一頁　天下茶屋《や》　一九三四年、山梨県南都留郡河口村御坂峠《みなみつるぐんかわぐちむらみさかとうげ》に作られた木造二階建ての掛茶《かけぢゃ》屋兼旅人宿。太宰は一九三八年九月一三日から一一月一五日まで滞在した。滞在中に発表された随想「富士に就《つ》いて」(「国民新聞」一九三八年一〇月六日)や「九月十月十一月」(「国民新聞」一九三八年一二月九〜一一日)でも、この宿の様子や富士の見え方に言及している。

二二頁　**井伏鱒二**《いぶせますじ》　一八九八〜一九九三。小説家。一九二〇年代から九〇年代まで長きにわたって活躍した、昭和文学を代表する存在。主な作品に「山椒魚」(『文藝都市』一九二九年五月)、『ジョン万次郎漂流記——風来漂民奇譚』(河出書房、一九三七年)、『黒い雨』(新潮社、一九六六年)など。二人の交流は一九二八年、太宰が高等学校時代に主宰していた同人雑誌「細胞文芸」に寄稿を依頼したことから始まった。太宰は終生師事し、私生活でも世話になった。一九三八年九月一八日、甲府市水門町《こうふしすいもんちょう》の石原家で太宰が美知子夫人と見合いをした際には、井伏が付き添った。翌年一月八日には、井伏夫妻が媒酌人《ばいしゃくにん》となって、東京杉並の井伏宅で結婚式が行われた。

二二頁　**ドテラ**　主に男性が防寒や寝具に用いる着物。一般的な着物よりも大きめに作られ、綿《わた》が入っている。

二四頁　**浪漫派《ろうまんは》の一友人**　ここでは太宰と同じく雑誌「日本浪曼派」(一九三五〜三八)に所属した友人の意で、ドイツ文学研究者の高橋幸雄(一九一二〜八三)。高橋は、一九三八年九月二五日に天下茶屋に一泊した。

二五頁　**富士見西行**《ふじみさいぎょう》　画題。平安末期の歌人、西行法師(一一一八〜九〇)が後ろ向きで富士山を眺めている姿を、笠や旅包みと共に描いたもの。絵画、彫刻、焼物などに用いられた。

二五頁　**能因法師**《のういんほうし》　九八八〜?　平安時代中期の歌人。中古三十六歌仙の一人。

二六頁 **デカダン** décadent(フランス語)。虚無的、退廃的な傾向。太宰が同年に発表した短篇「デカダン抗議」(「文藝世紀」一九三九年一一月)の冒頭には「一人の遊蕩《ゆうとう》の子を描写して在るゆえを以て、その小説を、デカダン小説と呼ぶのは、当るまいと思う。私は何時でも、謂《い》わば、理想小説を書いて来たつもりなのである」と記されている。

二六頁 **性格破産者** 内面をコントロールできず、普通の日常生活を送ったり、社会に溶けこんだりすることに困難を覚える人。廣津《ひろつ》和郎《かずお》が「神経病時代」(「中央公論」一九一七年一〇月)で描いて知られた。

二六頁 **佐藤春夫** 一八九二〜一九六四。詩人、小説家。代表作に『田園の憂鬱《ゆううつ》』(一九一九年)、『殉情《じゅんじょう》詩集』(一九二一年)など。門弟三千人と言われ、井伏や太宰からも師事された。ここでの小説は、佐藤が太宰との関係を描いた「芥川賞――憤怒こそ愛の極点(太宰治)」(「改造」一九三六年一一月)を指す。ただし「芥川賞」の中に「性格破産者」という言葉は使われていない。

二六頁 **モウパスサン** ギー・ド・モーパッサン(一八五〇〜九三)。フランスの自然主義の小説家。短篇小説の名手として知られる。代表作に『脂肪の塊』(一八八〇)、『女の一生』(一八八三)、『ベラミ』(一八八五)など。女性が泳いで男性に会いに行く作品は『従卒』(一八八七)を指すか。ただし女性は軍人の若い妻で、男性は従卒であり、令嬢と貴公子という関係ではない。

二五九頁　なんとかいう芝居　近松半二《ちかまつはんじ》（一七二五〜八三）作の人形浄瑠璃・歌舞伎「妹背山婦女《いもせやまおんな》庭訓《ていきん》」の三段目「吉野《よしの》川《がわ》」を指す。大判事《だいはんじ》清澄《きよずみ》の息子の久我之助《こがのすけ》と、太宰家の娘の雛鳥《ひなどり》という愛し合う男女が、両家の土地争いと、久我之助を家臣に、雛鳥を側室にねらう蘇我入《そがのいる》鹿《か》のために引き裂かれ、吉野川の両岸で嘆き合う。

二五九頁　朝顔の大井《おおい》川《がわ》　浄瑠璃《じょうるり》義太《ぎだ》夫節《ゆうぶし》の「生写《しょううつし》朝顔話《あさがおばなし》」における大井川の場面。秋月弓之助の娘深《み》雪《ゆき》は、宇治の蛍狩りで宮城阿曽次郎と恋仲になるが、別の縁談が起こったので家出をする。放浪の過程で盲目となり、かつて阿曽次郎が詠じた「朝顔の歌」を歌って門付《かどづけ》をする身になる。あるとき客に呼ばれて身の上を語るが、その客こそ改名した阿曽次郎であった。しかし阿曽次郎は周囲を憚《はばか》って名のれずに去る。あとで恋人と知った深雪は大井川まで追って行くが、川留めで渡れず、悲嘆のあまり投身しようとする。太宰の「HUMAN LOST」（「新潮」一九三七年四月）には「まことの愛の有様は、たとえば、みゆき、朝顔日記、めくらめっぽう雨の中、ふしつ、まろびつ、あと追うてゆく狂乱の姿である」という記述がある。

二五九頁　清姫《きよひめ》　安珍《あんちん》　絵巻「道成寺縁起《どうじょうじえんぎ》」の登場人物。清姫は、家に泊まった修行僧の安珍に恋をして、蛇の姿になって川を渡り、後を追って、安珍が隠れた道成寺の鐘に巻き付いて火を吐き、焼き殺す。

二六〇頁　鞍馬《くらま》天狗《てんぐ》　鞍馬山に住んでいたと言い伝えられる天狗。ここでは、一九二〇年代、作家の大佛次郎《おさらぎじろう》が神出鬼没の勤王《きんのう》の志士として創造し、シリーズ化して、映画でも人気を博した架空のヒーロー。

三三頁　月見草《つきみそう》　本来は、大形で白い花を咲かせる、アカバナ科の越年草。ここではオオマツヨイグサを指している。夏の夕方に黄色い花を咲かせ、翌朝にしぼむ。

三三頁　被布《ひふ》　防寒用に、着物の上に羽織《はお》る服。

三四頁　三七七八米《メートル》の富士の山　一般には標高三七七六メートルとされる。

三四頁　雁《がん》の腹雲《はらぐも》　巻積雲。小さな雲が密集して魚のうろこや雁の腹の模様に見える。まだら雲。

三六頁　単一表現　無駄な説明や修飾を省いた、簡潔で鮮明な表現。志賀直哉《しがなおや》の創作手法や、俳人吉岡禅寺洞《よしおかぜんじどう》が説いた主観の浄化による「単一の精神」の影響を受けていたとする研究がある。

三六頁　ほていさま　布袋《ほてい》は七福神の一神。ふくよかで、腹を出したまま笑顔を浮かべ、大きな袋を担いでいる。

四二頁　バット　煙草《たばこ》の銘柄「ゴールデンバット」の略。一九〇六年に発売され、安価で大衆に愛された。太宰作品にもしばしば登場し、二か月後に発表された短篇「懶惰《らんだ》の歌留多《かるた》」(「文藝」一九三九年四月)にも「一日にバット五十本以上も吸い尽く」す「私」の姿が戯画的に描かれている。

四二頁　金剛石も磨《みが》かずば　戦前の小学校唱歌「金剛石《こんごうせき》」の冒頭。昭憲皇太后御製《ぎょせい》の和歌に、奥好義《おくよしいさ》が作曲した。磨かないダイヤモンドは輝かないように、学ばない能力は開花しないという意味。全文は次の通り。「金剛石もみがかずば　珠《たま》のひかりはそわざらん。人もまなびてのちにこそ　まことの徳はあらわるれ。時計のはりのたえまなく、めぐるがごとく時のまも、日かげおしみてはげみなば、いかなるわざかならざらむ。」

四五頁　タイピスト　文書作成のためにタイプライターを打つ仕事をする人。戦前の職業婦人の代表的な仕事のひとつ。

四六頁　罌粟《けし》の花　初夏に、紅・白・紫などの花を開くケシ科の一年草または多年草。種子(ケシ粒)は非常に小さなものにたとえられる。

四六頁　酸漿《ほおずき》　夏に小さな黄色い花を下向きに咲かせ、秋に熟した果実が赤く色づくナス科の多年草。

女生徒　(「文學界」一九三九〈昭和一四〉年四月)

五〇頁　たどん　黒い団子型の燃料。木炭や石炭の粉に、ふのりなどを加えて丸く固めて、乾燥させて作る。

五一頁　「唐人《とうじん》お吉《きち》」　江戸時代末期、アメリカ領事ハリスの妾となった後、非業の死を遂げた斎藤きちをモデルにした物語。一九二八年から三一年にかけて作家の十一谷義《じゅういちやぎ》三郎《さぶろう》が小説にして、三〇年以降たびたび映画化された。映画ごとに主題歌があり、別に流行歌も作られていたので、さまざまな「唐人お吉」の唄が広まっていた。

五四頁 **近衛《このえ》さん** 政治家の近衛《このえ》文麿《ふみまろ》(一八九一〜一九四五)。一九三七年六月に初めて首相となる。翌月に起こった盧溝橋事《ろこうきょうじ》件《けん》に対し、当初は不拡大方針で臨むが収拾できないまま、一九三九年一月に総辞職。一九四〇年に第二次、一九四一年に第三次内閣を組織する。

五五頁 **いまの戦争** 日本と中国との戦争。一九三七年の盧溝橋事件に端を発し、当初は北支事変、日支事変などと呼ばれたが、全面戦争へと拡大した。

五五頁 **ボンネット風の帽子** 婦人用の帽子。額《ひたい》を出して後頭部から顔の周りを覆い、ひもやリボンをあごの下で結ぶ。

五八頁 **角《つの》をためて牛を殺す** わずかな欠点を直そうとして、全体を駄目にしてしまうこと。

五九頁 **この雑誌にも、「若い女の欠点」という見出し** 「婦人公論」一九三八年五月号に「若い女の欠点」という特集が組まれている。執筆者は、神近市子《かみちかいちこ》、河上徹太郎、西村伊作、丹羽文雄、帯刀貞代《たてわきさだよ》、阿部真之助、岡本かの子、賀川豊彦、大妻コタカ、島木健作、阿部知二、藤澤桓夫。

六一頁 **修身《しゅうしん》** 戦前の日本の学校で、教育勅語に基礎づけられた道徳を教えていた科目。一九四五年に廃止。

二六三頁　**ねんねこ**　子供をおんぶするにあたって上から羽織る、綿《わた》の入った半纏《はんてん》。

二六六頁　**一高**《いちこう》　第一高等学校の略称。旧制高校（二七四頁、「高等学校」の項参照）のひとつ。一八八六年に第一高等中学校として設置され、九四年から第一高等学校となる。主に帝国大学に進学する若者を教育した。一九四九年、新制東京大学の教養学部に統合。

二六七頁　**久原房之助**　一八六九～一九六五。実業家、政治家。日立製作所などを設立。一九二八年に衆議院議員、三九年五月に政友会総裁。

二七二頁　**かえろかえろと**　北原白秋作詞、山田耕筰作曲の童謡「かえろかえろ」（「童話」一九二五年四月、初出題「かえろかえろと」）。本来の歌詞は「かえろかえろと／なに見てかえる。／寺の築地《ついじ》の／影を見い見いかえる。／「かえろが鳴くからかぁえろ。」」と続く。

二七九頁　**ああ、それなのに**　星野貞志《ほしのさだし》（サトウハチロー）が作詞し、古賀政男が作曲した一九三七年の流行歌の一節。歌手は美《み》ち奴《やっこ》。

二八〇頁　**ロココ**　rococo（フランス語）。一八世紀中期、ルイ一五世の時代のフランスを中心に流行した美術様式。優美さ、軽快さ、愛らしさが特徴。

二八二頁　**敷島**《しきしま》　煙草の銘柄。一九〇四年に専売局から発売された。片側に口が付いている。

二八三頁　**プチ・ブル**　petit-bourgeois（フランス語）の略。小市民階級。資本主義社会において、ブルジョワジー（二七四頁、「ブルジョア」の項参照）とプロレタリアートとの中間にある階級。経済的にはプロレタリアート側に近いのに、ブルジョワジー側の趣味を持ち、生活を送る人々を軽蔑的に呼ぶ際にも使われる。

八七頁　**濹東綺譚《ぼくとうきたん》**　永井荷風《ながいかふう》（一八七九～一九五九）の代表作。東京及び大阪の「朝日新聞」夕刊に、一九三七年四月一六日から六月一五日まで連載された。玉の井《たまのい》の私娼窟《ししょうくつ》を訪れた初老の作家は、偶然お雪という女と親しくなりつつ、「失踪」という題の小説を書き進める。しかしお雪とは深い関係になる前に別れることにする。

八九頁　**おまえ百まで、わしゃ九十九まで**　夫婦仲よく元気で長く生きようという言葉。後に「共に白髪が生えるまで」と続く。

九〇頁　**ソロモンの栄華**　ソロモンはダビデの息子で、イスラエル王国第三代の王。経済に力を入れ、王国に繁栄をもたらしたその治世が「ソロモンの栄華」と呼ばれた。

九三頁　**『裸足《はだし》の少女』**　チェコスロバキアの映画「はだしの少女」（一九三五年）。ヨゼフ・ロヴエンスキー監督。日本では一九三七年六月に公開された。

九四頁　**クオレ**　イタリアの小説家エドモンド・デ・アミーチス（一八四六～一九〇八）が、一八八六年に発表した児童文学作品。主人公エンリコの学校を中心とした日常が、日記体で綴《つづ》られる。ガロオンはエンリコの頼もしい親友。

九五頁　**ケッセルの昼顔《ひるがお》**　フランスの小説家ジョゼフ・ケッセル（一八九八～一九七九）が一九二八年に発表した代表作。不自由のない暮らしをしていたはずの医者の妻が、隠れて売春をするようになる。当初はうまく二重生活が進み、彼女に惚れこむ男も現れるが、夫の友人が客として来たために、露見を恐れた彼女は結果として刃傷事件を引き起こしてしまう。
九七頁　刹那主義《せつなしゅぎ》　今この瞬間の喜びや楽しみだけを大事にしようとする考え方。

華燭(『愛と美について』竹村書房、一九三九〈昭和一四〉年五月)

一〇一頁　帝大　帝国大学の略。帝国大学は、戦前にあった旧制の国立総合大学。東京には、現在の東京大学の主たる前身である東京帝国大学があった。
一〇三頁　或《あ》る種の政治運動　ここでは、戦前の日本で非合法とされていた左翼活動。
一〇四頁　転向　それまでの思想信条を変えること。特に、一九三〇年代の日本においては、左翼活動を断念すること。
一〇四頁　活動写真　映画の旧称。主に一九一〇年代から二〇年代の、無声映画の時代に使われた。
一〇五頁　コサック騎兵《きへい》　ウクライナやロシアに存在した強力な軽騎兵。普段は農業や漁業に従事し、戦争や紛争の際には兵士として戦った。
一〇五頁　小桜縅《こざくらおどし》の鎧《よろい》　小桜の文様を染めた革で、甲冑《かっちゅう》の小札《こざね》板を結び合わせた鎧。
一〇六頁　ミルクホール　牛乳・コーヒー・パン・ドーナツなどを提供する、洋風の手軽な飲食店。一八九七年、東京の神田にできて以来、一九三〇年代にかけて流行した。

一一〇頁　**高等学校**　戦前の旧制高等学校。旧制中学(五年制)の四年を修了すると入学資格があった。多くは三年制。大半の学生は帝国大学に進学した。

一一二頁　**As you see**　英語。このとおり。見ての通り。

一一三頁　**インポテンス**　impotence(英語)。無気力、無力、不能。

一一三頁　**資生堂**《しせいどう》　銀座にあるレストランの資生堂パーラー。一九〇二年に資生堂薬局内に設立されたソーダファウンテンを前身として、一九二八年七月に開店。洋食やアイスクリーム、コーヒーなどを提供した。銀座を散歩する途中に立ち寄る人も多く、ボックス席は落ち着ける場所として人気があった。太宰の「二十世紀旗手」(「改造」一九三七年一月)や「ろまん燈籠」(「婦人画報」一九四〇年一一月～四一年六月)にも、資生堂パーラーのボックス席を利用する登場人物たちが描かれている。

一一四頁　**銘仙**《めいせん》　平織《ひらお》りの絹織物。安価かつ丈夫で、華やかな色や柄《がら》が工夫されており、大正から昭和にかけて、女性の普段着として全国的に流行した。

一一八頁　**久留米絣**《くるめがすり》　福岡県久留米地方で織られている、藍染《あいぞ》めを主体とした丈夫な木綿の絣織物。

一二三頁　**ブルジョア**　豊かな財産や生産手段を持った、経済的地位の高い資本家階級。

一二三頁　**ブルジョア・シッペル**　ドイツの劇作家カール・シュテルンハイム(一八七八～一九四二)が一九一三年に発表した戯曲。美声を武器にプロレタリア階級からブルジョワ階級の仲間入りをしようとするシッペルと、彼を音楽会の場でだけ利用しようとするブルジョワたちの俗物根性が諷刺的に描かれる。

二三三頁　坊主《ぼうず》殺せば　「坊主殺せば七代祟《たた》る」という言い伝え。「坊主騙《だま》せば七代祟る〈僧侶を欺くと、子孫にまで災厄が及ぶ〉」が転じたものか。

二三五頁　モダンガール　近代的で、新しいタイプを感じさせる女性。洋装をまとい、断髪にした都会的な女性を指すことが多い。一九二〇年代後半には、享楽的な文化や娯楽の主要な担い手としてメディアで多く取りあげられ、「モガ」と略されて呼ばれた。

葉桜と魔笛（「若草」一九三九〈昭和一四〉年六月）

二三四頁　日本海に沿った…　島根県で、日本海に面した、中学と城がある松江以外の町ということから、島根県浜田町（現・浜田市）が想定される。なお、太宰の妻の津島美知子は次のように回想している。「『葉桜と魔笛』は、私の母から聞いた話がヒントになっている。私の一家は日露戦争のころ山陰に住んでいた。松江で母は日本海海戦の大砲の轟きをきいたのである。」（「御崎町」『回想の太宰治』人文書院、一九七八年、講談社文芸文庫、二〇〇八年）

二三四頁　松江の中学校　太宰の義父にあたる石原初太郎は、一九〇三年から島根県立第一中学校の学校長を務めていた。

一三六頁　十万億土《じゅうまんおくど》　この世から極楽浄土《ごくらくじょうど》に至るまでにあるという無数の仏土。

一三六頁　日本海大海戦　日露戦争において、日本軍がロシアの艦隊を日本海で迎え撃った一九〇五年五月二七日の戦い。この歴史的勝利を記念して、翌年からこの日が海軍記念日とされた。

一三六頁　東郷提督《とうごうていとく》　東郷平八郎（一八四七～一九三四）。日本海海戦時、連合艦隊司令長官。ロシア帝国の主力艦隊であったバルチック艦隊を撃破した。

一四一頁　軍艦マアチ　行進曲の名称。鳥山啓《とりやまひらく》が作詞した「軍艦」に、瀬戸口藤吉《せとぐちとうきち》が曲をつけ、一九〇〇年に瀬戸口によって「軍艦行進曲」として編曲され、戦前戦中に広く普及していた。

畜犬談（「文学者」一九三九〈昭和一四〉年一〇月）

一四五頁　伊馬鵜平《いまうへい》　一九〇八～八四。劇作家、ユーモア小説家。後には伊馬春部《いまはるべ》と名乗った。太宰とは井伏鱒二宅で出会い、デビュー前から終生変わらぬ友人であった。

一四六頁　ことしの正月　太宰自身は、一九三九年一月六日から甲府市御崎町五六番地の借家に住むようになった。

一五〇頁　**ウロン**　胡乱。正体がはっきりせず、疑わしいこと。
一五三頁　**四十九聯隊《れんたい》の練兵場《れんぺいじょう》**　日露戦争後、甲府市外の相川村《あいかわむら》に陸軍歩兵四九連隊が設置された。練兵場は甲府市の北西にあった。
一五三頁　**軟弱外交**　他国の要求を呑《の》むばかりになるような、弱気で意気地のない外交を非難する言葉。
一五八頁　**東京の三鷹村《みたかむら》**　太宰は一九三九年九月一日に甲府を引き払い、三鷹村に引っ越した。三鷹は当時、急速に発展している時期で、一九四〇年二月一一日には三鷹町になった。翌年には中島航空機の研究所が作られるなど、軍需産業も盛んであった。
一五九頁　**笹子峠《ささごとうげ》**　山梨県にある峠。標高一〇九六メートル。現在の大月市と甲州市の境にある。古くから甲州街道における難所として知られていた。

皮膚と心（「文學界」一九三九〈昭和一四〉年一一月）

一七三頁　**銀座の有名な化粧品店の、蔓《つる》バラ模様**　資生堂（前出二七四頁、同語の項参照）を想起させる。当時の資生堂の包装紙に使われていた模様は、赤を基調に緑が配色され、唐草《からくさ》に椿《つばき》の花・葉を散らした、アール・ヌーヴォー風のもの。一九二四年に矢部季《やべすえ》が制作し、二七年に澤令花《さわれいか》が改訂した。

一七九頁　**お白洲《しらす》**　江戸時代に、罪の取り調べや裁きがなされた場所。奉行所《ぶぎょうしょ》の庭に白い砂利《じゃり》が敷かれていたことに由来する。

一七九頁　**上野の科学博物館**　一九三一年一一月開館の東京科学博物館(現・国立科学博物館)。

一八三頁　**築地の小劇場**　一九二四年六月に、小山内薫《おさないかおる》や土方与志《ひじかたよし》らが作った築地小劇場。国内外の多くの芝居が上演された。一九四五年三月の東京大空襲で焼失。

一八五頁　**「どん底」**　ロシアの作家マクシム・ゴーリキー(一八六八〜一九三六)の代表的な戯曲。一九〇二年初演。四幕。都会の片隅の簡易宿泊所を舞台に、社会の底辺に生きる人々の出口のない状況が描かれる。日本での初演は一九一〇年、「夜の宿」という題名で小山内薫が演出した。一九三六年、村山知義の演出の際に「どん底」という題名になる。

一八五頁　**いやな名前の病気**　ここでは性感染症のこと。

一八八頁　**ボヴァリイ夫人**　フランスの作家ギュスターヴ・フロベール(一八二一〜八〇)が一八五七年に刊行した長篇小説。平凡な医者である夫のシャルルに満足できないエンマは、田舎貴族《いなかきぞく》のロドルフの誘惑を受け入れて不倫し、やがては贅沢《ぜいたく》に耽り借金も重ねてゆく。太宰の弟子《でし》の堤重久は、「太宰治百選1」(「太宰治研究」一九六七年六月)において、太宰がこの作品について「シャルルがボヴァリイの肩に触ると、洋服にしわが寄るといって顔をしかめるあたり、うまいといっていました」と回想している。

一八九頁　**男女七歳にして、という古い教え**　「男女七歳にして席を同じうせず」すなわち七歳になったら男女は区別し、交際させないという、江戸時代から女大学などでしばしば説かれた教え。元は中国の「礼記《らいき》」の「内則」によるとされる。

一八九頁　**イデエ**　Idée(フランス語)。理念、思いつき。

一九〇頁　**あんまり眠むたいばかりに、脊中のうるさい子供をひねり殺した子守女**　ロシアの作家アントン・チェーホフ(一八六〇～一九〇四)の短篇小説「ねむい」(一八八八年)を指す。一三歳の子守娘のワーリカが、過酷な労働のために夢と現実との境界が曖昧《あいまい》になって、揺りかごの中の赤ん坊を絞め殺し、眠りに就くところで終わる。

一九〇頁　**お岩さま**　四代鶴屋南北《つるやなんぼく》(一七五五～一八二九)の歌舞伎「四谷怪談《よつやかいだん》」の登場人物。父の敵である夫に裏切られ、毒を飲まされて醜悪な容貌となり、狂死するが、幽霊となって夫を苦しめ、取り殺す。

一九三頁　**プロステチウト**　prostitute(英語)。売春婦。

女の決闘　(「月刊文章」一九四〇〈昭和一五〉年一～六月)

一九五頁　**六回だけ、私がやってみる**　この小説は雑誌「月刊文章」に一九四〇年一月号から六月号まで連載された。「月刊文章」は作家志望者を読者の中心に据えた雑誌。

一九五頁　**鷗外《おうがい》の全集**　文豪・森鷗外(一八六二～一九二二)の全集は、一九二三年一月から一九二七年一〇月まで、鷗外全集刊行会から刊行された。ここではその『鷗外全集』全一八巻のうち、一九二四年五月に刊行された第一六巻を指す。美知子夫人によれば「親戚から借りてきた」ものであったという。

一九六頁　曽我廼家五郎《そがのやごろう》　一八七七〜一九四八。大阪出身の俳優。歌舞伎から喜劇に転身して人気を博し、「喜劇王」と呼ばれた。

一九七頁　鷗外が芝居を見に行ったら　森鷗外の短篇小説「百物語」(「中央公論」一九一一年一〇月)には、語り手の「僕」が依田学海《よだがっかい》と壮士俳優の青年との対話を聞きながら、「書見という詞《ことば》」をきっかけに「極めて滑稽《こっけい》な記憶」を想起し、次のように語る場面がある。「それは昔どこやらで旧俳優のした世話物を見た中に、色若衆のような役をしている役者が、「どれ、書見をいたそうか」と云《い》って、見台を引き寄せた事であった。なんでもそこへなまめいた娘が薄茶か何か持って出ることになっていた。その若衆のしらじらしい、どうしても本の読めそうにない態度が、書見と云う和製の漢語にひどく好く適合していたが、この滑稽を舞台の外で、今繰り返して見せられたように、僕は思ったのである。」

一九八頁　「玉を懐《いだ》いて罪あり」　ドイツの作家エルンスト・テオドール・アマデウス・ホフマン(一七七六〜一八二二)の中篇小説「スキュデリー嬢」。パリで高名な宝石職人カルヂリヤックの殺人事件に巻き込まれた、愛し合うその娘と弟子を、女学士スキュデリイが国王を介して解決に向かわせるミステリー風の物語。

一九八頁「悪因縁《あくいんねん》」 「聖ドミンゴ島の婚約」として知られるクライスト(次注参照)の短篇小説。白人に対する黒人の反乱が起こっている島で、家に迷い込んできた白人グスタアフと、当初は陥れようとした彼と結ばれ、家族を裏切って救おうとする混血のトオニイとの悲恋の物語。

一九八頁 KLEIST ドイツの劇作家ハインリヒ・フォン・クライスト(一七七七〜一八一一)。太宰がクライストを敬愛していたことは、友人の檀一雄、編集者の野原一夫、弟子の堤重久(二七八頁、ボヴァリイ夫人の項参照)など、多くの友人・知人の証言がある。なかでも友人の久保喬《くぼたかし》は、「クライストの短篇集の中の「智利《チリ》の地震」という作品を私に見せた。「これは鷗外の翻訳でも読んだことがあるがね、今読んでもまたうたれたよ」……「この第一行から太い火柱のような情熱があるね。これはロマン派の傑作だな」と、太宰は言った」と回想している(『太宰治の青春像――人と文学』六興出版、一九八三年)。

一九八頁「地震」 クライストの短篇小説。チリの大地震で、禁断の恋に陥ったために直前に死刑を執行されるはずだった令嬢と獄中にあった青年は運良く逃れ再会し、遭遇した旧知の人々にも親切にされるが、ミサのために戻った町で群衆に見つかり、私刑にさらされる。

一九九頁「埋木」 ドイツの作家オシップ・シュービン(一八五四〜一九三四)の中篇小説。才能のある音楽家のゲザは、世の名声をかち得た音楽家ステルニイに恋人も創作も奪われ、世に埋もれてゆく。太宰は「東京八景」(「文學界」一九四一年一月)にもこの小説の一節を引用している。

一九九頁「父」 ドイツの作家ヴィルヘルム・シェーファー（一八六八〜一九五二）の短篇小説。困窮した息子のために借金取りを殺した父親について、その息子は子供たちに事実を隠して育て、死の間際に甥にだけ伝えた。

一九九頁「黄金杯」 ドイツの作家ヤーコプ・ヴァッサーマン（一八七三〜一九三四）の短篇小説。行き倒れていたところを救われて女中をしていたサラアは、客人の黄金の杯に惹かれて盗み出す。その客人が、かつての盗賊仲間に殺され、サラアが罪を課せられる。しかし逮捕されてから死刑になるまでのサラアは、打って変わって聖人のような様相を帯びてゆく。

一九九頁「一人者の死」 オーストリアの作家アルトゥール・シュニッツラー（一八六二〜一九三一）の短篇小説。ある独身男性の死に際して集められた医者・商人・詩人の三名の友人は、遺書から意外な事実を告げられ、困惑して帰宅することになる。

一九九頁「いつの日か君帰ります」 ドイツの作家アンナ・クロワッサン＝ルスト（一八六〇〜一九四三）の短篇小説。病気の良人《おっと》のために芸術への志を犠牲にして生活のために働く女性は、「いつの日か君帰ります」という弟子に教えた旋律が頭の中でくり返されることに苛立ちながら帰途に就く。自由になる決心をして帰宅すると、良人は自殺していた。

二〇〇頁「労働」 オーストリアの作家カール・シェーンヘル（一八六七〜一九四三）の短篇小説。カスパルとレジイという若くて健康な夫婦が互いに仕事に追われ、短時間話すこともできずに働き続ける様子が描かれる。

二〇〇頁　**裂帛**《れっぱく》　絹を引き裂く音のように、鋭く激しいさま。

二〇一頁　**HERBERT EULENBERG**　ヘルベルト・オイレンベルク(一八七六～一九四九)。ドイツの詩人、劇作家、小説家、評論家。「私」の想定とは異なり、戦前から戦後にかけて多くの文学賞を得た高名な文学者であった。

二〇一頁　**小島政二郎**　一八九四～一九九四。小説家。鷗外全集刊行時には、慶應義塾大学文学部の教員も務めていた。一九二〇年代半ばまでは純文学の新進作家と見なされていたが、後には通俗小説に活躍の場を移した。

二〇一頁　「**新居**」　「婦人公論」一九二五年一一月号に発表された小島政二郎の短篇小説。翌年に単行本『新居』(春陽堂)に収録。新婚の兄夫婦と同居した弟は、美しく贅沢な嫂《あによめ》に惹かれるが、しだいに彼女の雑然とした生活態度に失望してゆく。

二〇二頁　**友人で、ドイツ文学の教授**　芳賀檀《はがまゆみ》(一九〇三～九一)。津島美知子「御崎町から三鷹へ」(「太宰治全集附録第四号」一九四八年一二月)に「この原作者については、独文学者の芳賀檀氏に問合わせて御面倒をかけた」とある。ドイツ文学者で「日本浪曼派」の同人でもあった芳賀は当時、第三高等学校(現・京都大学の前身のひとつ)の教授であった。

二〇二頁　**マイヤーの大字典**　ドイツの代表的な百科事典のひとつ。初版は一八四〇～五二年刊。

二〇三頁　「**塔**《とう》**の上の鶏**」　森鷗外が翻訳したオイレンベルクの短篇小説。教会の塔の上に飾られていた鶴《つる》が盗まれる。犯人は、何か新聞の種になるようなことがしてみたいと思った村の裁縫師であった。

三〇三頁 「蛙《かえる》」 森鷗外が一九一九年に玄文社出版部から刊行した翻訳小説集の題名。「女の決闘」他五篇の小説と、四篇の戯曲、六篇の抒情詩を収める。「蛙」はその冒頭に掲載された、フランスの詩人フレデリック・ミストラルの短篇小説。

三〇六頁 劈頭《へきとう》 物事の最初。まっさき。

三一一頁 鎧袖一触《がいしゅういっしょく》 鎧《よろい》の袖《そで》が触れただけで、簡単に敵を倒してしまうこと。

三一三頁 名作鑑賞 掲載誌「月刊文章」には、しばしば高名な作家の作品の一部を丁寧に読み味わう文章が掲載されていた。たとえば「女の決闘」第四回が掲載された一九四〇年四月号には、福田清人による「名文鑑賞　岡本かの子」が掲載されている。

三一一頁 ペエトル一世 ロシアの皇帝ピョートル一世(一六七二〜一七二五)。近代化政策と大国化路線を進めた。娘のアンナ・ペトロヴナ(一七〇八〜一七二八)は、一七二五年、カール・フリードリヒと結婚。

三一七頁 ファウスト ドイツの文豪ヨーハン・ヴォルフガング・フォン・ゲーテ(一七四九〜一八三二)の戯曲(第一部・一八〇八年、第二部・一八三三年)およびその主人公。老学者ファウスト博士はメフィストフェレスという悪魔と契約し、死後の魂と引き替えに若返り、望み通りの人生を送ろうとする。

三八頁　藤十郎《とうじゅうろう》の恋　菊池寛(一八八八〜一九四八)の中篇小説。一九一九年四月三日から一三日にかけて「大阪毎日新聞」に連載された。芸に行き詰まっていた名優坂田藤十郎が、新境地を開くための工夫に悩み、芝居茶屋の女房お梶《かじ》に、偽りの恋を誘いかけて成功する。

二三九頁　押丁《おうてい》　刑務所において、看守の補助をして拘禁者を取り扱う役人。

二四二頁　シオンのむすめ　讃美歌委員会編『讃美歌』(一九三一)の五四六番に「シオンのむすめ語れかしわがあいのきみに」という一節がある。シオン(Zion)はエルサレムにある丘。シオンの娘は、エルサレムの住民、ユダヤ民族を指す。

二四七頁　辰野隆《たつのゆたか》　一八八八〜一九六四。フランス文学研究者。一九二一年に東京帝国大学助教授。三一年に教授。太宰は一九三〇年に東京帝大仏蘭西《フランス》文学科を受験している。「東京八景」には「辰野隆先生を、ぼんやり畏敬していた」と書かれている。

二四七頁　リイル・アダン　一八三八〜八九。フランスの小説家。言及されている作品は、辰野隆『忘れ得ぬ人々』(弘文堂書房、一九三九年)所収の「感傷主義(X君とX夫人)」で紹介されている作品の一節。リュシエンヌという女性の「芸術は宿命的に感情硬化に到達するのではなかろうか」という問いに対して、詩人マキシミリヤンは引用部のように答えた。

二五二頁　毫光《ごうこう》　元は仏教用語で、仏の眉間にある細い白毛《びゃくもう》から放たれて国々を照らす光を指す。

二五九頁　このごろ日本でも、素材そのまま　一九三九年半ばから文壇で起こっていた素材派・芸術派論争が背景にある。時局を背景に作品の題材や材料を重視する立場と、あくまで芸術的な表現に価値を認める立場との間で意見が対立した。

注の作成に当たっては、主に次の文献を参照した。

・津島美知子『回想の太宰治』(人文書院、一九七八年、講談社文芸文庫、二〇〇八年)
・九頭見和夫『太宰治と外国文学――翻案小説の「原典」へのアプローチ』(和泉書院、二〇〇四年)
・山梨県立文学館編『太宰治展　生誕100年』(二〇〇九年)
・和田博史『資生堂という文化装置』(岩波書店、二〇一一年)
・山内祥史『太宰治の年譜』(大修館書店、二〇一二年)

(斎藤理生)

解　説

安藤　宏

本書には、太宰治が昭和一二(一九三七)年〜一五年に発表した小説八篇が収められている(発表順)。前衛的でデカダンな作風から、中期の明るく健康的な作風に移行していく過渡期の作品群である。太宰は第一創作集『晩年』(昭和一一年)でデビューするのだが、そこで打ち出されたのは「自分」で「自分」を語る、その「自己の見え方」に徹底してこだわる「自意識過剰の饒舌体」なのだった。文壇で注目され、第一回芥川賞の候補にもなるのだが、それによって自意識の過剰はより一層その度を強め、ついには合わせ鏡を覗くような自己分裂に陥ってしまうのである。おそらくそれを克服するために求められるのは、「自己」を異なる視点から相対化していく〝他者〟の存在なのだろう。太宰はいかにしてスランプを克服し、再生を果たしていったのか——そのプロセスを本書からじっくり読み味わっていただければと思う。

〝再生〟の物語――「華燭」

「華燭」は、〈男爵〉と呼ばれる青年が、かつての奉公人〈とみ〉と再会し、彼女とその弟の感化を受け、再生の道を見いだしていく物語である。冒頭は新婚夫婦のほほえましい挿話から始まるのだが、作者の実生活においても、起筆に並行して石原美知子との縁談が進行しつつあった。

ちなみに〈男爵〉の設定は、執筆当時の太宰に限りなく似たものになっている。

〈男爵というのは、謂《い》わば綽名《あだな》である。北国の地主《じぬし》のせがれに過ぎない。この男は、その学生時代、二、三の目立った事業を為《な》した。恋愛と、酒と、それから或《あ》る種の政治運動。〉〈地主の家に生《うま》れて労せずして様々の権利を取得していることへの気おくれが、それらに就《つ》いての過度の顧慮《こりょ》が、この男の自我を、散々に殴打し、足蹶《あしげ》にした。〉〈おれは滅亡の民であるという思念一つが動かなかった。早く死にたい願望一つである。〉〈まんまと失敗したのである。そんなにうまく人柱なぞという光栄の名の下に死ねなかった。謂《い》わば、人生の峻厳《しゅんげん》は、男ひとりの気ままな狂言を許さなかったのである。〉

（本書一〇二～一〇三頁）

大地主の家に生まれ、時代思潮（マルクス主義）との板挟みに遭い、自殺未遂をするまでに苦しむ男の姿……。実はこれはそれまでの小説では決してストレートには語られることのなかった〝事実〟である。それをこのような形で安易に概括してしまってよいものなのか、熱心な読者の中には、その性急さに、ある種の危惧を感じる向きもあるかもしれない。少なくともそれを直接語ることをみずからに禁じ、さまざまな暗示表現を編み出していったところに、『晩年』をはじめとする初期作品の魅力があったはずなのだから……。

ちなみに〈男爵〉が立ち直るきっかけになった、〈とみ〉の弟の言葉を引いてみよう。

〈どんなにささやかでも、個人の努力を、ちからを、信じます。むかし、ばらばらに取り壊し、渾沌《こんとん》の淵《ふち》に沈めた自意識を、単純に素朴に強く育て直すことが、僕たちの一ばん新しい理想になりました。いまごろ、まだ、自意識の過剰だの、ニヒルだのを高尚《こうしょう》なことみたいに言っている人は、たしかに無智《むち》です。〉（本書一三二頁）

それを聞いた〈男爵〉は、〈来た。待っていたものが来た。新しい、全く新しい次のジェネレーションが、少しずつ少しずつ見えて来た〉という感慨が胸にこみ上げて来たのだという。姉弟の素朴な「情」によって無為な生活を送る青年が立ち直っていくという物語――それはたしかにほほえましく、うるわしい。だが一方で、そこに愛読者としてある種の気恥ずかしさのようなものを感じてしまうのはなぜなのだろう。それまでの自意識のめくるめくようなドラマは、こうした形で明快に〝解決〟されてしまってよいものだったのだろうか。

誤解のないように言っておかなければならないが、「華燭」は、信頼と素朴な「情」の価値を謳い上げた好篇である。太宰がこれによって再生を果たしていく経緯も納得のいくものだ。しかし「素朴な人情」への憧れと自意識の過剰とはおそらく相反関係にあって、振り子が〝清く正しい生活〟への思いに一方的に傾いてしまうと、なぜか「太宰らしくない」感じがしてしまう。しみじみ、太宰治というのは気の毒な作家だと思う。

創作と実生活のあいだ――「富嶽百景」

「富嶽百景」は、〈富士には、月見草がよく似合う〉という人口に膾炙《かいしゃ》した一句で知られる短篇である。だが実はこの文言は、単に風景を審美的に愛でたものではない。〈富士〉を日常的現実の総体に譬《たと》え、その中でささやかにつつましく生きていく自身の決意が〈月見草〉に託されているのである。太宰の旧制中学時代の習作に〈自分をつまみ出せるような強い兄を持ちたい〉(「角力《すもう》」大正一四〈一九二五〉年)という一節があるけれども、富士はここにいう〈兄〉のように強く、包容力のある存在でなければならない。だからこそ〈弟〉もまた、けなげな〈月見草〉として生きていくことができるのである。

この小説に登場する〈富士〉は、少々間が抜けており、至っておおらかな存在だ。たとえば冒頭で広重、文晁、北斎が引用され、峻厳な富士が印象づけられたあとで、すぐにそれらは〈ニッポンのフジヤマ〉〈ワンダフル〉という、外国人の見た通俗的な〈日本〉の表象に置き換えられてしまう。〈風呂屋のペンキ画〉〈芝居の書割《かきわり》〉、あるいはまた〈ほていさまの置物《おきもの》〉といった比喩も容赦がない。夜、帰宅途中に見た〈青く透《す》きとおるよう〉な姿から〈鬼火。狐火。ほたる〉が連想される場面からは、富士が本来持つ、霊験あらたかなイメージの片鱗がうかがえるのだが、それも直後には財布を落とした失敗談に回収されてしまう。

単に「俗」であることと、本来「俗」ではないにもかかわらず、という留保が付けられている場合とではその意味が違う。俳諧に、「雅《みやび》」なるものをわざと「俗」に落としてみせる「やつし」という手法があるが、その意味では「富嶽百景」はすぐれて俳諧的な発想に立った小説なのである。作中の富士に感じるわれわれの親近感も、おそらくはこうした「やつし」の操作が与ってのことなのではないだろうか。

富士の通俗性を揶揄していた段階から〈(富士も)よくやってるなあ〉と頼もしく感じる心情に変化していくプロセスは、実は生活のすさんでいた〈私〉が師匠の井伏鱒二《いぶせますじ》や茶屋の人々の素朴な心情に触れ、心の交流を深めていく過程でもある。見合い、縁談の進行にともなって、〈私〉は次第に「俗」を肯定的に受け止めることができるようになるのである。特に見合い相手の母親の〈あなたおひとり、愛情と、職業に対する熱意さえ、お持ちならば、それで私たち、結構でございます〉という一言は、読み手の心を大きくゆさぶるクライマックスでもある。しかしここで、今一度思い起こしてみることにしよう。先ほど「華燭」で、素朴な「情」に傾きすぎる〝気恥ずかしさ〟について触れたけれども、実はこの小説には、こうした〝更生〟の物語に巧みな留保が付けられている。〈私〉は単なる生活人ではなく、「小説の書けない小説家」でもあるのだ。生活者としては「素朴な人情」を実感できたとしても、創作のレベルで、これを「単一表現」によって描くのは決して容易な業《わざ》ではない。見合いのあとに御坂峠に戻っても、〈私はぼんやりして、仕事する気も起らず、机のまえに坐って、とりとめのない楽書《らくがき》をしながら〉〈小説は、一枚も書きすすめることができな〉いのだという。素朴な人情に感動すれば直ちに素朴な表現が可能になる、というわけのものではなく、「生活」と「芸術」との一致は、ことほどさように単純なものではないのである。

実は裏話になるが、太宰治が実際にこの時、御坂峠滞在中に書いていた小説は「華燭」と「火の鳥」の二篇なのだった。「火の鳥」は女性主人公の更生記で、初の長篇の試みだったが、結局中絶している。「華燭」は先にも述べたように、うるわしい〝更生〟の物語ではあるが、その筆致はいささか性急に過ぎるきらいがあった。「富嶽百景」の場合は、「華燭」と同じ更生譚の形を取りながら、あえて生活と創作とのズレが示されている点にポイントがあるのではないだろうか。その意味でも作品末尾の酸漿《ほおずき》に似た富士の姿は象徴的だ。この箇所に関しては、従来、肯定的なイメージと否定的なイメージと、二つの解釈が並立してきたのだが、おそらく事態の本質は、ようやく肯定形に転じ、ハッピーエンドで終わろうとしていたはずの富士が、異なる現実から見ればやはり相対化をまぬがれない、という事実にこそあるように思われる。身近に頼もしく存在していた富士もすでに後景にしりぞき、幻のような姿に変じてしまっている。生活と創作は果たして一致するのか、課題は依然として先送りされたままだ。あえてこうした終わり方をとった点にこそ、不断に「自己」を問い続けていこうとする、太宰文学本来の面目がかけられているのではないだろうか。

〝女がたり〟の魅力――「燈籠」「女生徒」

太宰がこの時期あらたに手にした文体に〝女がたり〟がある。そもそもの経緯は、男性小説家の「自意識過剰」の閉塞状況を打破するものとして、これを他者の視点から語るべくして呼び込まれたものなのだった。自尊心の処理に苦しむ「男」に対して、「女」には〝陋巷《ろうこう》の美学〟、つまり、平凡な日常性の中でつつましく、謙虚に生きる美しさが求められることになるわけで、今日の目から見たとき、こうした役割がある種のジェンダーバイアスを背負っているのは確かだろう。だがそれを前提にした上でなおかつ、太宰治の〝女がたり〟には、当初与えられた役割を踏み越えていくような、不可思議なエネルギーが秘められているように思う。

たとえば「燈籠」は〝女がたり〟の先陣を切った小説なのだが、交番に連行されるなど一連の事件が落着したあと、〈さき子〉は親子三人でひっそり食事を取る場面――小説の結末――を次のように語っている。

〈私たちのしあわせは、所詮《しょせん》こんな、お部屋の電球を変えることくらいのものなのだ、とこっそり自分に言い聞かせてみましたが、そんなにわびしい気も起らず、かえってこのつつましい電燈をともした私たちの一家が、ずいぶん綺麗《きれい》な走馬燈《そうまとう》のような気がして来て、ああ、覗くなら覗け、私たち親子は、美しいのだ、と庭に鳴く虫にまでも知らせてあげたい静かなよろこびが、胸にこみあげて来たのでございます。〉

（本書一八頁）

ここに描かれているのは、太宰がそれまで駆使してきた「自意識過剰の饒舌体」では決して描くことのできなかった世界である。陋巷の生活に息づく生活のリリシズム、とでも言ったらよいのだろうか。出世や世間体にこだわる「男」とこだわらない「女」と。これを意識的に対比することによって、庶民のつましく、ささやかな喜びがせり出してくる仕掛けになっており、その手際はなかなかのものだと言ってよいだろう。

「女生徒」は女性の告白体小説の系譜としては「燈籠」に次ぐもので、発表当時から川端康成に高く評価されるなど注目を集めた。川端は女性よりも「女性的」なその文体に注目したのだが、実はこの小説は、有明淑《ありあけしず》という一読者が送ってきた日記をもとに執筆されたものなのだった。もとの日記（青森県近代文学館蔵）が公開された折、小説と同一の記述が目立つことから、そのオリジナリティに疑問が呈されたこともあったが、子細に比べてみると、抜粋箇所の選択は太宰の明確な創意に基づいており、少女が朝、目覚めてから夜、床に就くまでの一日の出来事に、内容が凝縮、再編成されていることがわかる。有明淑は文学者志望で、その日記からはしっかりした自我を持ち、社会的視野も兼ね備えた女性であったことがわかる。それが太宰の手にかかると、「大人」と「子供」の中間にある「少女」の、そのナイーブな感性のみが抽出、拡大されることになるのである。世間的な意味で「女」になってしまうことへの嫌悪と、一方で他者のまなざしにとらわれぬ「女」であろうとする密かな誇りと。時代の価値観にとらわれつつも、一方でそれを踏み越えていく感性のきらめきは、たとえば次のような箇所にも表れているのではないだろうか。

〈或る夕方、御飯をおひつに移している時、インスピレーション、と言っては大袈《おおげ》裟《さ》だけれど、何か身内にピュウッと走り去ってゆくものを感じて、なんと言おうか、哲学のシッポと言いたいのだけれど、そいつにやられて、頭も胸も、すみずみまで透明になって、何か、生きて行くことにふわっと落ちついた様な、黙って、音も立てずに、トコロテンがそろっと押し出される時のような柔軟性でもって、このまま浪《なみ》のまにまに、美しく軽く生きとおせるような感じがしたのだ。〉（本書五三頁）

実は「日記」にもほぼ同一の記載が見えるのだが、有明淑のものであり、また太宰の文体にも溶かし込まれているこうしたみずみずしい感性は、性差を超えた、すぐれた直感に支えられた「詩」の論理でもある。

クロスする「男」と「女」――「皮膚と心」「葉桜と魔笛」

「皮膚と心」は、ある一人の人妻に吹き出物が出来、それがおさまるまでの夫婦の日常の挿話なのだが、妻の目から語られる夫は自信のない、「卑屈さ」に満ちた存在である。たとえば夫は妻に、ことさらにぞんざいな言葉で語りかけたりするのだが、その科白が読後、妙に耳に残るのはなぜなのだろう。「女」が「男」の言葉を間接話法で語ることによって、夫婦の関係のリアリティがすかし絵のように浮かび上がってくるからなのだろうか。「女」の一人称で「男」から見えるであろう「女」を語ることにより、ひと組の男女が日常を生きていく絆《きずな》が、そこはかとなく彷彿してくるのである。

「葉桜と魔笛」は、こうした「男」と「女」のクロスオーバーがより効果を上げている例と言えるかもしれない。老婦人が三五年前の記憶を思い起こす、という回想形式を通して、かつて父親と自分が妹を看取った記憶が語られるのだが、「女」が「男」をよそおい、〝男がたり〟と〝女がたり〟が相互に反転する様相を通して、「事実」があらたな意味を帯びて一人歩きし始めることになる。そもそもM・Tなる男の書簡はすべて妹の創ったもので、「女」から創られた「男」の不実なのだった。それに対し、その書簡の引用は、姉から妹に宛てた、虚構の「男」の文体である。さらに「葉桜と魔笛」一篇を統括するのは老女の語りであり、さらにそれを創ったのは男性作家の「太宰治」である。結末の口笛の正体は最後まで不明だが、父親である可能性が示唆されており、舞台にもう一人の「男」が介在していた可能性が高い。このように「男」と「女」が相互に繰り返し異性を演じ合う共同性の成果として、〝陋巷の美学〟がせり出してくるのである。

「自己」をいかに語るか──「畜犬談」

この時期、太宰は短篇の名手としての才能を一気に開花させていくのだが、ポイントは、「自己」が「自己」を自閉的に語るのではなく、ある時は〝女がたり〟を通して、またある時は対象に仮託して語ってみせていく点にある。後者の代表例が「畜犬談」なのであって、作中の〈犬〉は「人間」一般──その畏るべき他者性──のメタファとして読むことができるし、〈ポチ〉もまた、〈私〉自身のコンプレックスが投影された存在である。興味深いのは背後にある、人間や自身の弱点に対する深い洞察で、そこに漂ういわく言いがたいユーモアとペーソスがこの小説の持ち味になっている。前半では〈私〉の

〝犬嫌い〟がことさらに強調されるのだが、これはもちろん単純な逆説ととるべきで、レトリックだとはわかっていても、読者はその巧みな伏線の張り方に思わず釣り込まれて読んでしまう。

小説の舞台裏──「女の決闘」

「女の決闘」は、ドイツのオイレンベルグという小説家の原作（森鷗外訳）を〈私(DAZAI)〉が全文引用した上で、これを書き換えながら読者に解説していく物語である。創作の背景を解き明かす、いわば「楽屋裏小説」ともいうべきもので、これを機に、太宰のパロディの才能が一気に開花していくのである。

夫に愛人のいることを知った妻が、その愛人に決闘を申し込むという内容なのだが、原作では一度も登場しないはずの夫が、実は作者オイレンベルグその人であった、という大胆な憶測のもとに内容が書き換えられていく。〈私(DAZAI)〉は原作の描写にある種の空々しさを感じてしまうのだが、実はこれは日本語の文章において厳密な意味での「三人称」が成り立ちにくい事情にも関わっている。もともと和文体（古文）は客観的に「描く」ことよりも、現場の実況中継的な一人称の「語り」を中心に発達してきた経緯があり、読者もまた、語り手が作者その人であった方が親近感をもって内容を受け止めやすい。創作の舞台裏を明かしていく「太宰的話法」もまた、こうした日本語の特色を最大限に生かした成果としてあったわけで、この小説は、はからずも西洋の小説と対照する形で、太宰が自分自身の「語り」の持ち味を惜しむことなく解き明かしてくれる結果になっているわけである。

一方でこの小説は、一個の芸術家論でもある。作中には「女は愚かだ」という偏見が繰り返し登場するのだが、作中のオイレンベルグ（実際には無名ではなく、著名な作家である）と〈DAZAI〉は、なぜこれほどまでに女性嫌悪を露わにするのだろうか。いささか大胆な推測ではあるけれども、実は彼の中には小説家として赤裸々な現実に向き合うことへの恐怖が潜在していて、それが「女のわからなさ」にすり替えられ、女性嫌悪となって表れているのではあるまいか。その意味でも作者と作中の〈DAZAI〉とは明らかに別人なのであって、「女房」の心情に対する解釈も含め、読者は〈DAZAI〉の解釈を疑い、これを相対化しながら読んでいく楽しみがあるのである。

初期の「自己」語りが破綻したあと、太宰は〝女がたり〟やパロディの手法を通して自己相対化を繰り返し、自身の「文学」の再生を実践していった。収録作は一見その作風を異にしているけれども、「自己」をいかに語るか、という核心《コア》は変わらない。否、より正確に言えば、いかに「自己」を語るか、ではなく、いかに「自己」を語ることの難しさを語るか、という点にこそポイントがあるわけで、そのためにあらたに見出され、駆使されていく文体と方法の魅力を、じっくり読み味わっていただければ、と思う。

〔編集附記〕

一　本書は、「燈籠」「富嶽百景」「女生徒」「華燭」「葉桜と魔笛」については『太宰治全集』第二巻を、「畜犬談」「皮膚と心」「女の決闘」については同第三巻(いずれも筑摩書房、一九九八年)を、それぞれ底本とした。なお、以下に述べる表記整理ほか、全般にわたり安藤宏氏の助言を得た。

一　本文について、原則として漢字は新字体に、仮名づかいは現代仮名づかいに改めた。

一　読みにくい語や読み誤りやすい語には、適宜、現代仮名づかいで振り仮名を付した。底本にある振り仮名はそのままとしたが、直近に同じ語がある際は、初出箇所に付した場合がある。

一　送り仮名は原文通りとし、その過不足は振り仮名によって処理した。

例　明に　→　明に《あきらか》

一　本文中の「＊」マークは、巻末に注があることを示す。

一　本文中に、今日からすると不適切な表現があるが、原文の歴史性を考慮してそのままとした。

一　口絵にある作者の肖像写真ならびに書籍は、いずれも安藤宏氏所蔵のものである。

(岩波文庫編集部)

富嶽百景《ふがくひゃっけい》・女生徒《じょせいと》 他六篇

2024年9月13日　第1刷発行

作　者　太宰《だざい》 治《おさむ》

編　者　安藤《あんどう》 宏《ひろし》

発行者　坂本政謙

発行所　株式会社 岩波書店
〒101-8002 東京都千代田区一ツ橋2-5-5
案内 03-5210-4000　営業部 03-5210-4111
文庫編集部 03-5210-4051
https://www.iwanami.co.jp/

印刷 製本・法令印刷　カバー・精興社

ISBN 978-4-00-310909-0　Printed in Japan

読書子に寄す

——岩波文庫発刊に際して——

岩波茂雄

真理は万人によって求められることを自ら欲し、芸術は万人によって愛されることを自ら望む。かつては民を愚昧ならしめるために学芸が最も狭き堂宇に閉鎖されたことがあった。今や知識と美とを特権階級の独占より奪い返すことはつねに進取的なる民衆の切実なる要求である。岩波文庫はこの要求に応じそれに励まされて生まれた。それは生命ある不朽の書を少数者の書斎と研究室とより解放して街頭にくまなく立たしめ民衆に伍せしめるであろう。近時大量生産予約出版の流行を見る。その広告宣伝の狂態はしばらくおくも、後代にのこすと誇称する全集がその編集に万全の用意をなしたるか。千古の典籍の翻訳企図に敬虔の態度を欠かざりしか。さらに分売を許さず読者を繫縛して数十冊を強うるがごとき、はたしてその揚言する学芸解放のゆえんなりや。吾人は天下の名士の声に和してこれを推挙するに躊躇するものである。このときにあたって、岩波書店は自己の責務のいよいよ重大なるを思い、従来の方針の徹底を期するため、すでに十数年以前より志して来た計画を慎重審議この際断然実行することにした。吾人は範をかのレクラム文庫にとり、古今東西にわたって文芸・哲学・社会科学・自然科学等種類のいかんを問わず、いやしくも万人の必読すべき真に古典的価値ある書をきわめて簡易なる形式において逐次刊行し、あらゆる人間に須要なる生活向上の資料、生活批判の原理を提供せんと欲する。この文庫は予約出版の方法を排したるがゆえに、読者は自己の欲する時に自己の欲する書物を各個に自由に選択することができる。携帯に便にして価格の低きを最主とするがゆえに、外観を顧みざるも内容に至っては厳選最も力を尽くし、従来の岩波出版物の特色をますます発揮せしめようとする。この計画たるや世間の一時の投機的なるものと異なり、永遠の事業として吾人は微力を傾倒し、あらゆる犠牲を忍んで今後永久に継続発展せしめ、もって文庫の使命を遺憾なく果たさしめることを期する。芸術を愛し知識を求むる士の自ら進んでこの挙に参加し、希望と忠言とを寄せられることは吾人の熱望するところである。その性質上経済的には最も困難多きこの事業にあえて当たらんとする吾人の志を諒として、その達成のため世の読書子とのうるわしき共同を期待する。

昭和二年七月